公元787年，唐封疆大吏马总集诸子精华，编著成《意林》一书6卷，流传至今
意林：始于公元787年，距今1200余年

一则故事 改变一生

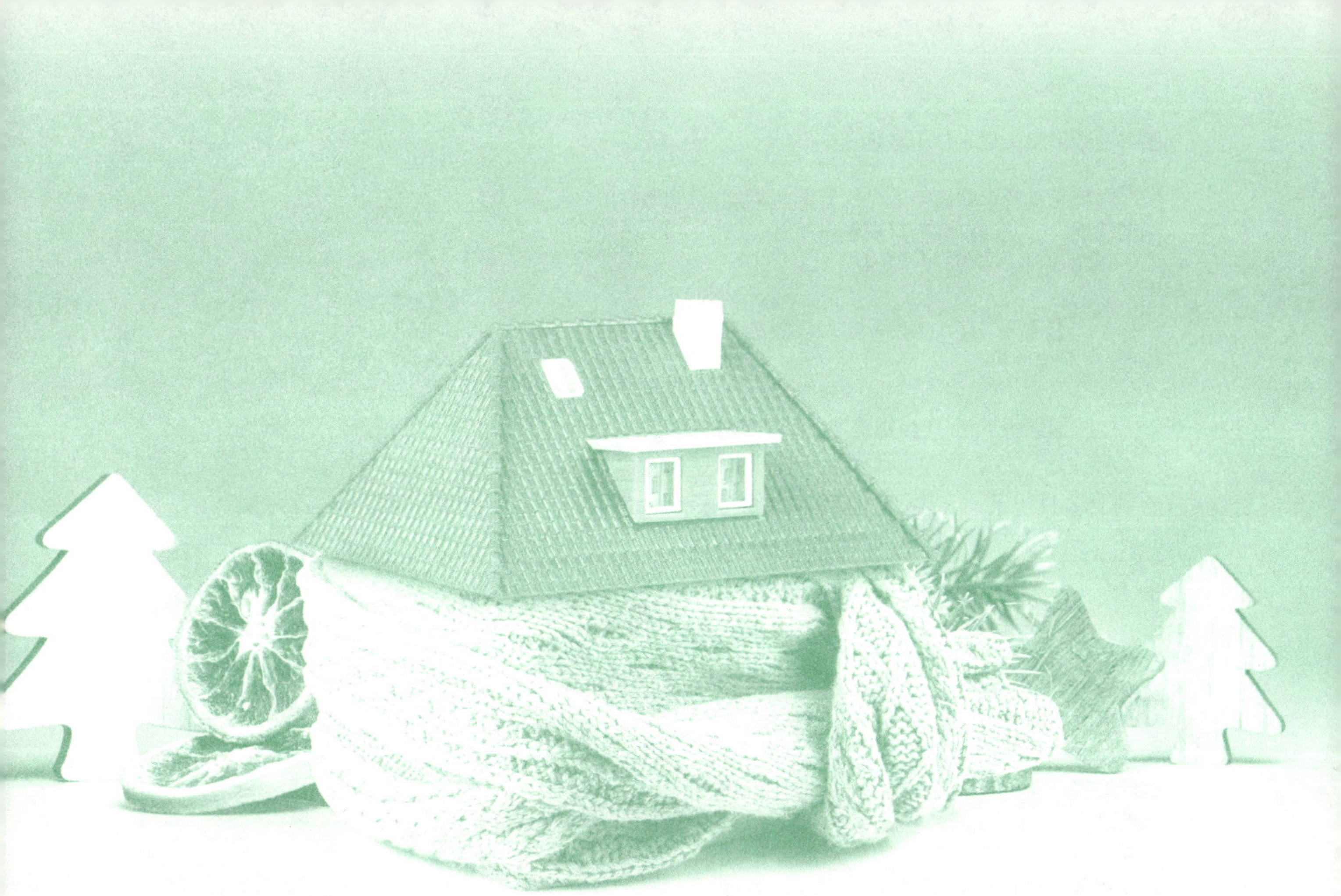

意林感动卷
愿你与这个世界温暖相拥

《意林》编辑部 编

吉林摄影出版社
·长春·

图书在版编目（CIP）数据

意林感动卷. 愿你与这个世界温暖相拥 /《意林》编辑部编. -- 长春：吉林摄影出版社，2023.12
ISBN 978-7-5498-6081-4

Ⅰ. ①意… Ⅱ. ①意… Ⅲ. ①故事－作品集－世界－现代 Ⅳ. ①I14

中国国家版本馆CIP数据核字(2024)第009590号

意林感动卷·愿你与这个世界温暖相拥
YILIN GANDONG JUAN·YUANNI YU ZHEGE SHIJIE WENNUAN XIANGYONG

出 版 人	车 强
主 编	杜普洲
责任编辑	吴 晶
丛书策划	王立莉
丛书统筹	张雪珂
本书统筹	董金雨
执行编辑	董金雨 张鑫明
封面设计	马骁尧
美术编辑	坛爱萍
封面图片	Veer图库
开 本	889mm×1194mm 1/16
字 数	400千字
印 张	13
版 次	2024年1月第1版
印 次	2024年1月第1次印刷

出 版	吉林摄影出版社
发 行	吉林摄影出版社
地 址	长春市净月高新技术开发区福祉大路5788号
	邮编：130118
电 话	总编办：0431-81629821
	发行科：0431-81629829
网 址	www.jlsycbs.net
经 销	全国各地新华书店
印 刷	北京中科印刷有限公司

书 号 ISBN 978-7-5498-6081-4　　　　定 价　39.90元

启 事

本书编选时参阅了部分报刊和著作，我们未能与部分作品的文字作者、漫画作者以及插画作者取得联系，在此深表歉意。请各位作者见到本书后及时与我们联系，以便按国家相关规定支付稿酬及赠送样书。

地址：北京市朝阳区南磨房路37号华腾北塘商务大厦1501室《意林·作文素材》编辑部（100022）
电话：010-51900054

版权所有　翻印必究
（如发现印装质量问题，请与承印厂联系退换）

意林感动卷
愿你与这个世界温暖相拥

目 录
CONTENTS

第一章 人间烟火
世间感动

- 001 有漫长的冬天是件好事 | [日]星野道夫 译/蔡昭仪
- 002 世界上最难吃的鱼 | 纸 刀
- 003 亲情与老狗 | 冯俊杰
- 004 明天没有鸡蛋吃 | 邓安庆
- 006 思念无法越过喉咙 | 宗 吉
- 007 怕的是无处奔波 | 林特特
- 008 不是每一场归来,都像《木兰辞》般令人满心欢喜 | 闫 红
- 010 7年,导盲犬带我"看"遍外面的世界 | 雷爱民
- 011 录取通知书到了:从此不见父母老去,故乡只剩回忆 | 安娜贝苏
- 012 刘晓莉,我做梦都想变成你啊 | 刘小念
- 014 借来的日子 | 凌 云
- 015 坚硬的窗台上,有柔软的窝 | 冯 渊
- 016 《三国演义》中,最让我难过的死亡 | 张佳玮
- 017 更难受的人 | 李起周 译/刘兴娜
- 018 追逐闪电的人 | 李 晓
- 019 饭桌之上 | 谁最中国
- 020 一生中最高兴的一天 | 路 遥
- 022 肉 桂 | 花落夏
- 023 你好了,我就不疼了 | 小酷哩
- 024 后背的孤独 | 陈 仓
- 026 零食的寂寞 | 陈 仓
- 028 万物皆熬 | 李柏林
- 029 狮子妹矫牙记 | 明前茶
- 030 豆花嫂悟道理 | 林小森

第二章 未来可期

成长日记

031 改　变 ｜ ［波兰］奥尔加·托卡尔丘克　译/于　是
032 黑暗中的一线光 ｜ 夭　徽
033 本就无牵无挂，笑这一世繁华 ｜ 沈三废
034 我终于成了"糊弄"爸妈的高手 ｜ 静　思
035 请像核桃那样见缝插针地成长 ｜ ［美］哈维·麦凯　译/陈荣生
036 教我坐高铁的博主，治好了我的"星巴克点单恐惧症" ｜ 辣炒猪排
037 充满治愈与惦念的相逢 ｜ 华明玥
038 小花的钢琴 ｜ 爱　杨
039 "方脸黑皮妮"的自卑青春 ｜ 甜　沫
040 怕痛的我，学不会"钝感力" ｜ 出云破月
042 读那种踮起脚尖才能看到的书 ｜ 张珠容
043 爱自己的第一步，是停止取悦自己 ｜ 陶瓷兔子
044 患有"学习羞耻症"的我，怕被人知道自己很努力 ｜ 是大可呀
046 长大三次 ｜ 高自发
047 大胆说出"我不喜欢"，没什么不好意思的 ｜ 崔挚妍
048 掉进了历史的抽屉 ｜ 鱼芙蓉
049 独处是一种能力 ｜ 紫　露
049 中　点 ｜ 黄　鹤
050 永远不要踮起脚尖帮人 ｜ 安娜贝苏

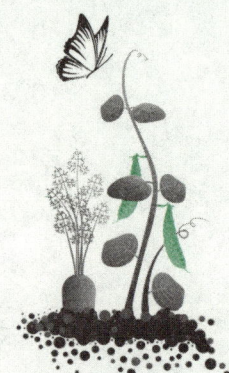

051 此岸，彼岸 | 林清玄

052 我想虚度几分钟时光 | 淡淡淡蓝

053 最好的朋友 | warmblood

054 它给我当大拇指好多年了 | 孙京雨

055 虽然前方拥堵，但你仍在最优路线上 | 王开冬

056 与己同坐 | 吴　琳

057 报复性补偿童年，真的快乐吗 | 徐亚辉

058 吹捧是把温柔的刀 | 晏建怀

059 惊人的"食盐效应" | 有书羊驼

060 你所以为的"极限"，不过是你的"极点" | 采　铜

061 杜甫那个修鸡栅的儿子 | 陈思呈

062 痛 | 余　华

063 无意的体贴 | 谢泽尊

064 山巅的那块石头 | 任万杰

065 与"社恐"的漫长战斗，我赢了 | 夏　溦

066 过万重山 | 在下行之

067 后来我们才明白，告别终不能尽兴 | 胡不归

068 足够成熟，就不需要他人了吗 | 游识猷

069 因为每场比赛我都想赢 | 武大靖

070 五千次对话 | 晨　曦

第三章

追风少年

青春攻略

071　无条件的爱　｜　[美]吉利安·弗琳　译/胡　绯

072　给根一个扎根的时间　｜　任万杰

073　你拿什么签证到地球　｜　陈贺美

074　你与人生赢家，只差一个"侥幸心理"　｜　张偏偏

075　年少时，遇见太惊艳的人是什么体验　｜　衷曲无闻

076　"早F晚E"是年轻人的情感调试　｜　周　燃

077　放牧一笼云　｜　麦淇琳

078　走出"冒名顶替综合征"　｜　飞　白

079　关于"断舍离"，你理解对了吗　｜　乔伟诗

080　爱是流动，不是偿还　｜　淡淡淡蓝

081　闻菜识人　｜　曾　颖

082　没那么爱时口若悬河，情到深处却张口结舌　｜　张佳玮

083　直视对方说话的魔力　｜　[日]松浦弥太郎　译/张富玲

084　要不要笑　｜　欧阳宇诺

085　我心里有过你，就够了　｜　李凡卓

086　女孩们，离开钝刀割肉的关系　｜　陈大力

087　"我了解你的一切把戏，还是等你"　｜　张佳玮

088　不要追赶"毛线球"　｜　涂一乐

第四章 寸草春晖 ——亲情颂

- 089 羽毛留下的思念 | [俄]维克托·阿斯塔菲耶夫 译/陈淑贤 张大本
- 090 我给妈妈当妈妈 | 陆晓娅
- 092 父母的状态就是你未来的模样 | 陶瓷兔子
- 093 怎样才算有出息 | 戴建业
- 094 "蜘蛛人"父亲 | 杨辉素
- 096 坐绿皮火车的妈妈 | 左 琦
- 097 我偷看了奶奶的日记本 | 酸酸姐
- 098 每个人身边,都有这样一位"周小姐" | 马芊梦
- 100 灯光若月 | 泉 涌
- 101 远行的木耳 | 艾 苓
- 102 父亲是个"爱哭鬼" | 李兴慧
- 104 当父亲提出"高考后和我聊一聊" | 周 冀
- 105 幸会,妈妈 | 张 春
- 106 老爸用手焐暖了我一个又一个寒冬 | 张继平
- 108 中国式父女,为何总是无话可说 | 郑嘉丽
- 109 母亲的微信步数 | 姜 萍
- 110 年轻人带回家的猫,已经被爸妈扣下当孙子养了 | 罗 一
- 112 远去的"厨房女王" | 姚鄂梅
- 113 阳台上的花 | 黄咏梅
- 114 饭菜都在锅里热着呢 | 梅雨墨
- 116 家 风 | 残 雪
- 117 塞尚《读报的父亲》:感谢你没让我继承家业 | 流念珠
- 118 母亲的菊花 | 徐博达

第五章

陌上花开

幸福关键词

119　应该快乐｜梁实秋
120　幸运的卤猪头和烧酒｜曾　颖
122　大舅的火锅哲学｜罗倩仪
123　饺子会指引回家的路｜江停停
124　你们上一次拥抱是什么时候｜谁最中国
126　早起奔向面馆｜余康妮
127　厨房是家的心脏｜马亚伟
128　迷茫时，就读读范仲淹｜江　徐
130　橘子的人情温度｜王邦尧
131　爱一朵花，何必猜它能开多久｜云　舒
132　修车的老张｜田秀娟
133　爱的驯兽师｜沈嘉柯
134　我心不尘，与尔同明｜马樱花
135　心里有花，遍地繁花｜寒庐氏
136　先自主，才有自己｜韩　青
137　小人物的快乐｜王太生
138　草是怎样一点点绿的｜肖复兴
139　留得枯荷｜湃　耳
140　窗的话语｜梁晓声
141　你的窗外，是怎样的风景｜麦　父
142　老闺蜜｜简　嫃
143　搛菜的故事｜叶生华
144　神圣的沉静｜刘心武
145　醒　来｜肖振华
146　听　香｜白音格力

第六章 向阳而生

生命颂

147　生｜许地山

148　百年震柳，人间奇迹｜梁　衡

150　像麻雀一样活着｜项丽敏

151　大雁飞过｜汤馨敏

152　金雕的礼物｜申　平

153　马的秘密藏在眼睛里｜傅　菲

154　燕子窝｜胡明宝

156　像鸟儿一样｜莫小米

157　喜鹊的冬日｜郭宗忠

158　蜗牛教我的人生哲学｜[美]伊丽莎白·托瓦·贝利　译/孙成昊

160　翅膀所达之处｜傅　菲

161　"魔都"的刺猬｜鲁北明月

162　养龟悟｜陈美桥

163　生　长｜[美]约瑟夫·马泽拉　译/夏殿棕

164　寒　梅｜林旭华

165　一棵树｜谁最中国

166　可是杏花不在乎｜物道君

168　对一只狐狸怀柔｜陈彦斌

169　把无才活成王者的高山榕｜朱永波

170　孵小鸡｜汤朔梅

172　小　白｜一　明

173　鲸之爱｜[美]赫尔曼·麦尔维尔　译/曹　庸

174　蜜蜂不用招呼｜南在南方

第七章

时光低喃

锦年情事

175 悄悄话 | 草 予
176 最深情的代笔 | 沈嘉柯
177 无法释怀的告别 | 知乎君
178 我们的相遇，像一杯全套奶茶 | 李柏林
180 我好喜欢爱对了人的感觉 | 柒先生
181 感情里真正的美好 | 衷曲无闻
182 请拥抱在场的一位异性 | 温羡鱼
184 分手52年后 | 梁永安
185 男朋友想要的安全感 | 蕊 希
186 我想跟你一起洗手做羹汤 | 柒先生
188 你爱的其实是当初的懵懂 | 荆 方
189 小 草 | 张世勤
190 11号线的爱情 | 七 毛
192 多谢你出现 | 钟意你
194 人鱼会乘轮滑抵达 | 既 禾
196 站在你左侧，却像隔着银河 | 喵个不停

第一章 人间烟火 世间感动

有漫长的冬天是件好事

[日] 星野道夫　译／蔡昭仪

有漫长而酷寒的冬天是件好事，如果没有冬天，就不会这么感谢春天的到访，夏天的极昼，还有极北的秋日美景了吧。如果一整年都开着花，人们就不会这么强烈地思念花草。花朵会在积雪融化的同时一起盛开，那是因为在漫长的季节里，植物们早已在雪地下做好了准备，蓄势待发。我想，人们的心灵也是在黑暗的冬天里，累积了对花朵满怀的思念。在季节毫不停留地更迭交替时，我们可以停下脚步。

世界上最难吃的鱼

纸刀 作者

我童年住的小街上,有一座桥叫善施桥。

在桥边临河的小院里,住着洞洞娃一家,全家五口,爸爸妈妈和三兄弟,洞洞娃排行老三,和我年纪相仿,与我交往更多一点儿。

洞洞娃的爸爸是一家单位的炊事员,做得一手好菜。洞爸最拿手的菜,就是独鱼。洞爸做鱼的时候,空气中的味道,以及院子周围小猫小狗的表情都不一样。

洞洞娃三兄弟,都是捉鱼的好手,大的卖钱,小的送猫,独留中不溜的七星麻鱼和桃花斑,剖洗干净,交到洞爸手上,不出十分钟,便满院生香,变出一锅美味的独鱼,热气腾腾地摆在饭桌中间,全家人喜气洋洋,一人一只空碗,嬉笑着吃鱼,用手拎起一条鱼,筷子夹住两边,轻轻一捋,白花花的鱼肉就翻卷着落入红灿灿的汤汁中,端起碗来,饭一样扒入口中。整个院子都洋溢着幸福的气息,色香味形声,全有。

但这样的场景没有维持太久。在洞洞娃差不多十岁那年,一场无妄之灾夺走了洞爸的生命。洞洞娃没爸爸了。那座充满香气和欢声笑语的小院,像被人掐了线的电视机,顿时没了气息。不再有热火朝天的炒菜响动,不再有喊端菜抬凳子的吆喝,不再有挠得人鼻子和心眼发痒的菜香,不再有准点流着口水来守嘴的小孩和狗狗……

不再有独鱼!最后这一条,是最关键也最要命的。洞洞娃三兄弟和他妈妈,都离不了这一口——洞爸的所有菜,菜谱上都有,唯有独鱼,是他自创的,用了哪些佐料,火候如何把握,没人知道。

世上的事,奇就奇在,越是得不到,越心心念念。在父亲去世一个月之后,洞妈和她的三个儿子,决定做一锅独鱼,以此来怀念洞爸,并开始新的生活。

那天,善施桥下的鱼成群结队地进了他们的网,小半天就装了满满一盆。太大的和太小的,都放回河里,只留十多条巴掌大的七星麻鱼。最先拿炒勺的是洞妈,她站在锅前沉吟了半晌,转身把勺子给了老大。老大鼓起勇气走到锅前,端起鱼,又放下,拿起菜刀,又不知该切啥,一脸求助地看向老二。老二的表情,比他更无辜。而老三洞洞娃,则一脸羞愧地埋头往炉下添柴,烧得一屋子乱烟。

大家突然都想哭。他们从没想过父亲会以那么突然的方式与他们告别,像熟视无睹的空气突然消失,甚至,连好好看一回他做饭,都没有。

那天,生起的炉火灭了几次。一家人在炉前回忆父亲做独鱼的细节,有没有加藿香?酸姜是先放还是后放?勾芡时加没加面粉?几个人努力回忆、分歧、争论、摸索、探讨,最终煮出一锅又咸又腥、焦煳不均的混合物。那是世界上最难吃的鱼。

亲情与老狗

冯俊杰 作者

在书店偶遇一本书，名为《我爱天下一切狗》，一看作者，是季羡林先生。季老爱猫成痴，天下皆知，怎么变成爱狗人士了呢？

有一年去北大参观，我特意去季老的故居转了一圈，看到很多猫趴在故居的花坛上晒太阳。有学生告诉我，里面有几只猫就是季老养的猫的后代。据说，季老的儿子曾抱怨，老人对猫比对孩子还亲。

我买下那本书，深夜读完，不由万般唏嘘。

六岁那年，季羡林离开了故乡，离开了母亲。因为贫穷，他来到济南投奔了叔父。叔父一家对季羡林的"爱"非常沉重——他是男孩，可以传宗接代。

考上清华大学后，季羡林享受着自由自在的大学生活。好景不长，有一天，他突然接到了从济南发来的电报，只有四个字：母病速归。

回过神来，他立刻买好车票往家赶。

季羡林曾想过，他是名校学生，等毕业工作了，手里有钱了，就把母亲接到济南。他上学时，母亲才40多岁，享福的日子长着呢，但他的美梦被那张电报击得粉碎。

终于赶到家，季羡林才发现母亲不是病了，而是已经去世了。他只觉得五雷轰顶，悔恨像毒蛇一样撕咬着心脏。

季羡林一个劲地怪罪自己，痛骂自己：你的良心哪里去了？你还算得上是一个人吗？八年了，难道就不能抽出几天回家看一看吗？因为家中只剩母亲一个人，孤苦伶仃。

他难过到无以复加。

一缕微光让他从自责的泥淖中挣扎出来。在漆黑的村里，有一点儿亮光，那是一个生长着芦苇的水坑。顺着闪烁的水光，季羡林推开家里的破篱笆门，门旁的空地上有一条老狗。

见到季羡林，老狗还冲着他摇摇尾巴，或许是在表示欢迎。季羡林觉得，是那只老狗代替他，陪伴母亲走完最后的时光。

处理完母亲的丧事，他很想把那只老狗带回济南去，但那是绝对办不到的。他只是个穷学生，寄人篱下，靠着亲戚养活。季羡林流着泪，忍不住抱着那条老狗，亲了一口，一步三回头，再次离开故乡。

这一幕过去了几十年，季羡林始终忘不了故乡的那条老狗。不管在国内还是国外，不管在亚洲、欧洲还是非洲，闭上眼睛，他脑海中总会出现那条老狗的身影。

季羡林从来不信什么轮回转世，但是他宁愿信一次，当他离开这个世界后，会在天上或者地下的什么地方与母亲相会，再拍拍脚下的那条老狗。

掩卷深思，这应该算是世界上最深情的爱屋及乌吧！

明天没有鸡蛋吃

邓安庆

我家母鸡在世的时候，每日努力生蛋，不曾懈怠过一天，饶是如此，终究还是在某个月黑风高的夜晚，被母亲杀掉了。鉴于我是个有着菩萨心肠的好人，胆敢在白天拿起菜刀杀生，必将遭到我的严厉"谴责"。你咔嚓一刀下去，那鸡还不得痛死？母亲喏喏地罢手，只选我睡着的时候动手。等她把鸡杀好了，鸡毛也用开水烫着扒光了，天也亮了。一到天光照床头，那窗外卖米糕的总也不去，在我的窗前辗转反侧地喊着："米甜粑嘞——米甜粑嘞——"直到母亲从厨房撵出来买了一块，嘴里骂着："你这活贼，别喊了！"他才推着自行车一路笑嘻嘻地走开。此时，我也醒了。

我脑海中浮现着这只母鸡在临死之前翅膀扑腾、双脚直蹬的惨状，她咯咯咯地喊着我的名字，让我前去解救，然而那时候我还在熟睡，她白白的眼球瞪着我，叫得我眼泪都快要流下来了。灶台下的柴火呼呼地烧着，砧板上备着大葱、生姜、白蒜，一会儿她就成为我们的盘中餐了。母亲此刻就是我的仇人！每日努力生蛋的母鸡，竟然就这样结束了自己一生悲惨的命运，想想真叫人难过！

我忍着眼泪跑走，躲进自己的房间。母亲叫我去吃饭，我不理会；父亲又来敲门，我也不管。好了，他们依旧吃他们的饭，看他们的电视，好像无视我的存在似的。我简直要被气炸了。我想象着自己狠狠踢开房门，冲到他们的面前，大吼大叫，数落他们的不是；或者是我突然发起了高烧，满脸通红，然后他们都过来，抚摸着我的头，这时候我要让他们知道是因为我很生气才这样的，他们理应对我更好才是；再或者是我收拾好行李，夜晚悄悄地离开家乡，不再联系他们，让他们在漫长的时间里哭泣后悔去吧。我想象离别之时，回望村庄的老屋，然后决绝地走向远方，这时候音乐响起，月光清朗，远处有我家母鸡咯咯咯的叫声。

此时，我成为自己剧中的一名演员，活在自己想象的情境中，天光是打向我的灯光，周遭的人是我的群众演员，家人都在与我演着对手戏。每当我跟他们闹别扭之时，就遁入其中，排练新的戏码。我在现实中是一个乖乖的孩子，在那里我却是一个火光四射的人物。此刻，我仔细回想母鸡还是一只小鸡时，由母亲在鸡贩子那里千挑万选出来，和另外几只小鸡一起成了我家的成员。在我家二楼阳台的一只小筐子里，我给她们换小碟子里的水，给她们撒小米粒，她们有着黄绒绒的身子、细嫩嫩的声音。后来，在长大的过程中，其他的几只鸡要么被猫咬死了，要么被隔壁村里的调皮鬼偷去做下酒菜了，就只剩下这么一只独苗。

不，这还不够，还不够动情，我再细细回想着摸着她日渐羽化的鸡翅，还有她第一次在猪圈的草窝里生下一枚鸡蛋的那种兴奋劲儿。好的，她终于成了一只对社会有用的鸡，一只懂得回报主人的鸡，一只勤勤恳恳、任劳任怨的鸡——可是，她就这样被咔嚓一刀给剁了！我的心中默念着母鸡临死前的台词，她回望着这个黑暗的世界，想起她的一生，是无悔的一生，是充实的一生，是完全可以任她自行老去的一生。她不相信自己就这样匆忙地结束了一生。她还没有准备好！她常去的柴垛、豆场、田野，都笼罩在浓浓的夜色中，而她却来不及告别。主人的手已经捏着她的头，刀刃已经贴在她的脖子上，此刻她才反应过来自己真的要死了。她的心中一下子慌乱起来。她蹬腿、扑打翅膀，她想呼救，或许平日喂她抚摸她的小主人能在关键时刻于刀下救她一命，她才出声，刀刃就果断地切进了她的呼吸道……

想到此，我的心中生出愤怒之火——我要为她讨回一个公道！我砰地打开门，冲进灶房，母亲和父亲都坐在桌子旁吃饭。我想象着自己立马冲了过去，抱起那盘鸡撒腿就跑，让他们喊去吧。我要为这只可怜的母鸡留一个全尸，好好地埋葬她。然后一辈子，对，一辈子都不理会残忍的大人。可是，父亲一声吼："你磨叽什么？快吃饭！"我身上一哆嗦，总觉得不吃饭，父亲一巴掌要扇过来。那滋味可是不好受的。我只好十分不情愿地拿起母亲早已盛好的米饭，望着桌子中央。不得了，咕咕叫的肚子，叫那浓酽的香气勾得食欲顿起，鸡头早叫父亲吃得只剩一堆碎骨，肥白的鸡腿叫母亲一筷子夹到了我的碗里。我是吃呢？还是不吃呢？我努力回想刚才在房间里培育出来的愤怒之火。可是，她已经死了呀！她也不知道疼了呀！如果不吃，剩下来了，该多浪费啊！浪费是最要不得的。所以吃一口又何妨？吃一口也是吃，那多吃一口又何妨？

母亲收拾饭桌的时候，指指我饭碗里堆成一座小山的鸡骨头，"你不是不吃吗？"我打了一个饱嗝，望望灶房外面邻居家的豆场上走来走去的鸡群，那几只芦花鸡还跟我家的母鸡打过好几次架呢，可是，可是，我转头一声惨叫："那我明天没有鸡蛋吃了！"

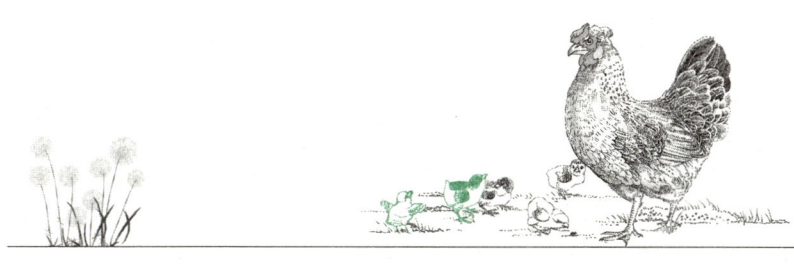

思念无法越过喉咙

宗吉 作者

虎儿是一只狸花猫，也是从垃圾堆旁边捡回来的活物，原本我给它起名"虎耳"，就是沈老的《边城》里的虎耳草。

方言里二者发音是一样的，久而久之，就变成"虎儿"了。它比家里的原住居民小花生得好看，连调皮时伸爪子一朵朵打落茶花的样子也有着一股子娇憨，庭院里花开不败，春天打落山茶，夏天挠下栀子，秋天敲打菊花，冬天……霜月腊月里萧条，它似乎忘了庭院里的旧友，一味躲懒打盹儿。

小花是橘猫，体形很大，最爱斗勇讲狠，偏偏对家人百依百顺，逢喊必应，甚有灵性。虎儿来家里时，小花已经两岁了，本来大家都担心会被小花欺负，意外的是小花异常护着虎儿，俩猫也时常形影不离。虎儿高冷又傲娇，我们叫它，它也不愿搭理，睁着圆滚滚的眼睛歪头看你。它再长大些后，连小花也不太愿搭理了，像只隐身猫，能晒到暖烘烘的太阳时才能看见它蜷在青石板上，慵懒又讨打。

四季轮回，转眼就是三年。在这三年里，我们都以为虎儿七窍少了六窍，剩下的一窍不通。大约上辈子它是个江湖隐客，痛饮狂歌飞扬跋扈，有着拈叶为剑的豪气和本事，却做了只猫，秉性气骨丝毫不变。小花失踪后，它却开始每日都去围墙根下坐一会儿，以前小花就是从那里沿着花盆跳出去闯荡猫生的，偶尔也能听见它喵喵喵喵地叫几声，依旧喜欢打花踢草，不一样的是，我们叫它名字的时候，它会回应了。大概它也能懂我们的思念，它也和我们一样思念着远方的小花，这样的情况也只持续了大半年。

几天前，家里人说虎儿死了。姐姐哭得死去活来，找了一个离家不远的小山包把虎儿埋了，这季节山茶花已经谢了，摘了很多栀子花放在它旁边。

其实得知死讯的时候，我没有多大的反应，只是一个人坐着发了很久的呆，回忆了一下它从小到大的样子和那双圆滚滚的大眼睛。日子丝毫没变，情绪也没起太大的波澜，院子里的花草依旧茁壮，虎儿于它们，也不过是旧友和冤家罢了。唯一改变的，只是我知道自己以后再也不会养猫了，它的爪子能在你心尖上挠痒痒，更能在心尖上抓下道道血痕。

我问家人："你会不会很难过？"他迟疑了一下，说："各有各的归宿，有什么难过的。"语气和十几年前家里的鹦鹉死去时一样。鹦鹉已经去世很长很长时间了，它的笼子至今家人还舍不得扔；小花失踪很长时间了，它最爱的那个快递盒子一如既往地放在角落。家人嘴上说各有各的归宿，其实我知道思念的情绪太重，只能沉在心底，无法越过喉咙。

可怕的是无处奔波

林特特 作者

小时候，去姥姥家过年是一件大事。姥姥家在安徽寿县的一个小镇上，汽车只到邻近的"马头集"，剩下的三十里地都要靠步行。我真正有记忆时，已上小学四年级了。那年冬天不太冷，路上没有冰。腊月二十九一早，天还没亮，我就被叫起。爸爸妈妈拎着大包小包，甚至带了一辆自行车。我们在路边站着，直至厂里的司机郑刚叔叔开着东风大卡车出现。

天还是黑的，出合肥市区是小蜀山，车灯闪烁。"就送你们到这啦！"至六安汽车站，郑刚叔叔把我们放下。

我想喝车站旁大排档的胡辣汤，被妈妈打了手："脏！"她打开随身的包，拿出早就准备好的粢饭。然后就是等，等六安去寿县的车。车很少，也没有固定的点，买了票，一遍遍去窗口问什么时候发车。"快了，快了"，答案千篇一律，什么时候发车呢？却遥遥无期。

午饭还是粢饭，坐在车站候车室红漆斑驳的木椅上，每个人都在做两件事：一边挥手赶苍蝇，一边打发一拨拨乞丐。下午一点，忽然广播提示去寿县的旅客做准备，呼啦啦，人群扑向车站停车场指定的那辆车，爸爸和司机说了半天，终于，自行车不用绑在车顶，放在我们座位旁的过道上。

我的脚边是"咯咯"叫的母鸡，很快排出粪便。可怕的是它还有可能啄我的脚，我在局促的空间里不停躲闪，吓得没敢睡，而困意在下车后袭来。这时，我才知道自行车的用处。"我带着行李在后面走，你妈骑车带你先行。"爸爸解释。

比小蜀山、母鸡还让人感到恐惧的是我妈的车技。

让他们自信的理由是这三十里地不通车，撞也撞不到哪儿去。但他们忘记了一路上坑坑洼洼坡连坡，有几个坡挨着，谷底如窝，而车马劳顿又起得早，我已困得不行。没多久，爸爸妈妈又会师了。爸爸从后往前走，在路上捡到我。剧烈的上下坡让正睡着的我从车上摔下，跌落某个"谷底"，醒后旁顾左右，大哭；而妈妈骑着骑着觉得身轻如燕，往回一看，孩子没了！也大哭着往回找。

有惊无险，但为避免闹剧重演，妈妈推着自行车，我坐在后座，一家三口往姥姥家前进。路口，有人拿着手电筒，是二姨。我们看清彼此后欢呼起来，二姨一把拽过行李，有些嗔怪："我从下午四点就在这看了！"

小路绕小路，巷子拐巷子，在一扇门前停住，二姨边拍边喊："合肥的，回来了！"门打开，许多人站起来，都是亲戚，他们说着带侉音的土话，热情地招呼我们，姥姥在中间笑着。

"今年去哪儿过年？"电话中，我明知故问——七月，姥姥去世了，我以为他们再也不会去寿县。"还回你姥姥家。姥姥跟二姨一辈子，每年春节大家都回去，多热闹。今年不能老人刚走，就让二姨伤心再加寒心。"

"反正方便，开车两小时就到。"这话让我瞬间想起二十五年前她的终极梦想，我提醒她，捎带提起小蜀山、母鸡、摔在谷底的春运往事。

"以前过年真是奔波，现在才知道最可怕的是无处奔波，"妈妈叹口气，又强调一遍，"今年还回寿县。"

不是每一场归来,都像《木兰辞》般令人满心欢喜

闫红 作者

小时候读《木兰辞》,最喜欢那个结尾。花木兰载誉归来,爷娘仍在,姐姐没有变得沧桑,弟弟似乎只是长大了一点儿,东阁西阁的陈设依旧,她还能穿上旧时衣裳。

好像她只是在织布机前打了个盹,一觉醒来,开头让她愁眉苦脸的问题已经解决,梦里获得的东西都还在。

然而再看别的诗,出走固然不能那么顺滑轻捷,归来也不是从此再没有问题。花木兰是传奇,活在世上的大多是普通人,普通人走到哪里都有问题。

《诗经》里有三首诗,可以看作关于"归来"的三个维度。

《陟岵》里,那个人还在异乡:"陟彼岵兮,瞻望父兮。父曰:嗟!予子行役,夙夜无已。上慎旃哉,犹来!无止!"(他登上高冈,遥望家乡,想象父母家人都在念叨他,体恤他白天黑夜不得消停,期待他早点儿归来,不要身死异乡。这个疲惫的行役者,把归来视为终极解决方案。他想着,等到回家,一切就都能好起来了。)

《采薇》里,主人公已经踏上归途,但感觉并不美妙:"昔我往矣,杨柳依依。今我来思,雨雪霏霏。行道迟迟,载渴载饥。我心伤悲,莫知我哀!"(当年我出发时,正是杨柳依依,如今我已归来,赶上大雪纷飞。道路泥泞难行,我饥渴交迫,我心中如此伤悲,这哀愁谁能够懂得。)

我试着去懂他一下,哀愁可能是因为梦碎了。这个平平无奇的老兵,没能建功立业,他两手空空地归来,只是更加衰老,像一口被挖掘过的废矿井,不知如何自处。

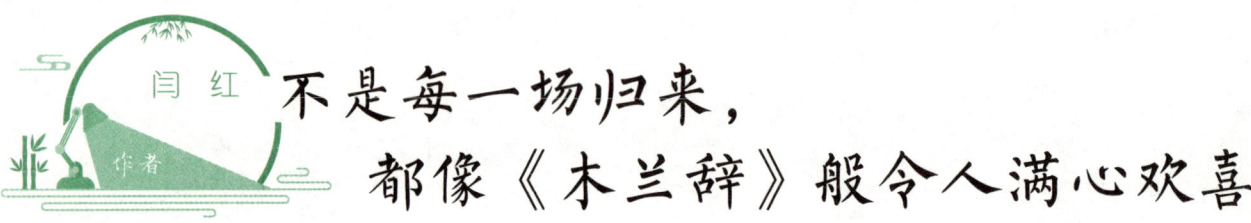

所谓"近乡情怯",也许是因为身处异乡时,家乡成了"别处"。深陷无力感的我们,习惯于认为答案在"别处",眼看着"别处"就要转化为"此处",我们不得不面对这现实:可能我们到哪儿都不行。

到了《东山》这首诗,那个"不行"被展示得很具体。

终于能归来,那个士卒一开始是喜悦的:"制彼裳衣,勿士行枚。蜎蜎者蠋,烝在桑野。敦彼独宿,亦在车下。"(我脱下军队的制服,换上家常衣裳,再也不用衔着小棍行军,不用像那些蠕动在桑野之上的蚕,缩成一团,睡在军车底下。)

他对未来充满憧憬，非人的日子已经结束，自己即将回到日思夜想的家园。到家才发现，归来不是一件容易的事——

"鹳鸣于垤，妇叹于室。洒扫穹窒，我征聿至。有敦瓜苦，烝在栗薪。自我不见，于今三年。"（鹳鸟鸣叫于土丘，妻子一边收拾屋子，一边感叹我还不回来，我就在这一刻抵达。我看见那个破葫芦，它还丢在柴堆上，我不见这一切，已经三年。）

曾经司空见惯熟视无睹的事物，此刻竟然触目惊心。这里虽然是他的家，但他离开它太久了，那种暌隔，不只是时空所制造，还有两种生存方式的不同。当他在遥远的东方，像个牲畜那样活下去，已经忘了曾经为人的感觉。如今他归来，举动之间，却有一种做了新客的怯怯。

花木兰对家中的谙熟，也许是出于自信，出于在征伐中建立的掌控感。这个平平无奇的士卒，出生入死之后，心里落下的，更多的是恐惧和退缩。就算回到家，战争带来的损伤，也不能像破旧的军服一样被脱下。

但最悲伤的归来，还是在乐府诗《十五从军征》里，一点儿余地也不留地断了所有念想，只剩空茫。

十五从军征，八十始得归。道逢乡里人："家中有阿谁？""遥看是君家，松柏冢累累。"

老兵十五岁被征召——应该和木兰从军时差不多年纪，不同的是，他到八十岁才归来。不知道中间这几十年他都经历了什么，不大可能混得很好，不然他的家人不会没人管没人问地相继死去，化为松柏下的一座座坟茔。

在时间里，我们常常会有一种错觉，认为我们告别的人，会永远保持着离别时的样子。也许在这个老兵心中，妈妈还很年轻，弟妹都还是孩童，家里洋溢着欢声笑语。就算那些场景在岁月里磨出了破碎感，也没有新的图景能够取代。这几十年里，除了恐惧与孤独，伴随着他的，也许就是那些不太清晰的影像。

当然，他也知道，这么多年，他牵挂的那些人大抵都不在了，但总会有人在，代表一整个过去在那等着他。所以他问"家中有阿谁"，答案却很残酷，一个也不剩。他的想象不过是刻舟求剑，记忆的锚，早已锈蚀，抓不住河底。

还不只是物是人非："兔从狗窦入，雉从梁上飞。中庭生旅谷，井上生旅葵。"

居住者消失之后，家园处处失序，曾有的家人闲坐灯火可亲，像是梦一场。看到这里，旁观者都很难不悲从中来。而那个老兵又是什么感受呢？诗里没说，只说他："舂谷持作饭，采葵持作羹。"

他在做饭，而且很得法，就地取材，将野谷的壳捣掉做成饭，采来野葵煮成菜汤。这个流程是对的，饭比较难熟，要放在前面做。总之给人的感觉就是老兵非常有条不紊，该干吗干吗。

也许是军旅生涯已经麻木了他的神经，也许人类面对现实的能力本来就比想象中强，他需要在失序之上建立秩序，生火做饭正是建立日常秩序的一种方式。但是就在这个过程中，关于家园的感觉渐渐被找回来：

"羹饭一时熟，不知贻阿谁。出门东向看，泪落沾我衣。"

他到底没有把握好一人食的量，羹饭热气腾腾，却没有人跟他分享。他走出门，向东看，为什么要向东呢？可能哪个方向对他来说都一样。他期待着，能从某个方向看到点儿什么，却也知道，他能看到的，只是一片空茫。

他的眼泪终于落下来——没有家人的家园，和异乡也没什么两样。

不是每一场归来，都心有所归，都满心欢喜。

这个老兵的归来，不过是换一种方式，继续在世间漂泊。

7年，导盲犬带我"看"遍外面的世界

雷爱民

土豆像是张超华的"骑士"，不管去哪里，都相伴左右，是最忠诚的存在。

遇到台阶时，走在张超华斜前侧的导盲犬土豆通常会微微一顿，导盲鞍上的把手清晰地传递出土豆带来的信号，张超华会根据土豆停顿的幅度，来判断前方台阶的高度，再迈出合适的步伐。

就是这在外人看来简单的一步，对视障人士张超华来说，不仅意味着不确定性，也隐藏着伸脚向前摸索时的窘迫。一步、两步……一人一狗，行走于中国。自从2015年11月张超华第一次见到土豆，他们相互陪伴着度过了7年时光。

7年前，为了申领土豆，张超华从北京赶到中国导盲犬大连训练基地，待了一个半月，与土豆进行"共同训练"，逐步熟悉土豆学会的30多个指令，并相互建立信任。

受过严格训练的土豆有着良好的职业素养，工作期间会坚决拒绝所有来自狗狗或人类的逗弄。三年前，张超华带着土豆去西宁旅游，绿皮火车晃晃悠悠，历经22个小时才到达，土豆就连续22个小时不进食、不如厕。这一路，它都一直安静地趴在张超华的身旁，累了就换个姿势。火车走了20个小时的时候，连列车员都不忍心了，走过来和张超华说，可以到停靠时间较长的车站让土豆放松会儿。

在遇见土豆之前，张超华几乎是没有办法独立活动的。从长春大学专为视障人群开设的针灸按摩专业毕业后，一次偶然的机会，张超华获得了中国盲文出版社的工作机会，一干就是十几年。在北京，张超华独自住在宿舍里，有了土豆，张超华才算真正独立。如今，每天张超华都会带土豆出门溜达一圈，到了周末就会逛公园、看电影、爬长城、跑步。

在我国，导盲犬的培育十分稀缺。中国导盲犬大连培训基地作为我国第一个导盲犬训练基地，每年也只能培训约40只导盲犬。首先，导盲犬对狗的品种要求十分严苛，只有纯种的金毛或是拉布拉多才能胜任，而且要求其三代以上没有任何攻击人的记录。导盲犬在出生的第一年，就会被送到寄养家庭，学习和人类相处的基本社会技能；然后在第二年被送到专业培训基地，进行为期一年的训练。而一年的培训结束后，70%的导盲犬会被淘汰。

随着培训成熟度的提高，以前要等待5年才能申领到一只导盲犬，现在已经缩短为2年。但对1700万视障群体来说，依然是杯水车薪。

2022年，已经是土豆陪伴张超华的第七个年头了。张超华不敢去想没有土豆的日子，也不敢想象土豆有一天会衰老、死亡。毕竟，没有土豆，她的世界既不完整，也不自由。

录取通知书到了：从此不见父母老去，故乡只剩回忆

作者 安娜贝苏

十多年前，我拿到通知书的那个夏天，我爸高兴得一巴掌拍哭了我年幼的弟弟。

老两口陪着我一路坐大巴、轮船，来到了人头攒动的大城市。那也是他们第一次出远门。安顿好我之后，我们在学校附近的小饭馆点了几个菜。我爸那天难得的豪爽，一口气要了好几瓶啤酒，喝得满脸通红，一个劲地念叨："我闺女出息了，考上大学了，好好干，以后就不用回去了。"

父亲的表情很是复杂，有骄傲，有不舍，还掺杂了一些别的什么东西。吃完饭，我给他们找了一家旅馆，他们执意要退，去住学校旧宿舍改造的四人间。因为不要钱。

第二天一大早，我还来不及送，他们就走了。那天爸爸一改往日的沉默，叮嘱了我许多。他在电话里的语气有些小心翼翼，听得我鼻子酸酸的。直至多年以后，自己也成了母亲，才懂得父亲当时的复杂与不舍。他们比我更清楚地认识到了这是一场漫长的别离。

录取通知书是一张单行车票，稚子鲜有归期。你飞得越高，走得越远，就意味着，你与他们今生的缘分，越来越短，越来越薄。

大学四年时光，倏忽而过。真正进入成人社会，才发现远比想象中残酷。刚毕业那阵，忙着实习，工作也换了几份。拼命赚钱，用一半工资付房租，吃最便宜的盒饭，半年内搬过六七次家。赶过深夜的末班车，也见过凌晨三点依旧灯火通明的街。

淋过突如其来的大雨，在夜里悄悄流过泪。被城市中粗粝的生活磨久了，人变得越发坚韧沉默，迷茫过、崩溃过，也继续咬牙坚持着。

也是从那个时候开始，我生病了、难受了，不再对父母讲；他们遇到难事儿了，也不再跟我说。隔着几千公里的距离，经历不同的人生轨迹，父母慢慢地就活成了家乡的一个背影。

看过一部短片，令人泪目。

短片中的独居老人住在老旧的房子里，墙皮在脱落，打开柜子东西就往下掉。每天，他也只是在屋子里踱步，跟家具对话，跟花草聊天。觉得闷了，就假装所有人都还在，开起了家庭成员换届大会。他总以为，孩子是因为房子太旧不回来的。"每每回来，也总是住宾馆，这不是他们的家吗？"

忽然画面一闪，整个房间和家具焕然一新，他拥有了一套宽敞明亮的新房。他抱着老伴的照片，哽咽着念叨："孙女光脚踩在地上也不凉了，宝贝儿子回来再也不用打地铺了，咱家和以前不一样了……""这不马上要过年了，这一次他们回来，应该能多住几天吧。"

他最牵挂的，还是孩子。但当初那个牙牙学语、蹒跚学步的孩子，早已长成了"千山万水不必相送的大人"。

刘晓莉，我做梦都想变成你啊

作者 刘小念

01

第一次跟刘晓莉见面，是初一开学。彼时，我穿着露脐装，梳着一头狮子烫，成功吸引了所有人的注意。教导主任第一时间赶到班级，勒令我回家换校服。

我看都不看他，当着全班同学的面回怼："我妈说了，我们家是低保户，买不起校服。"

教导主任当时就愣住了，全班同学的眼睛也瞪得老大。

这时，刘晓莉走过来，对我说："我是你的班主任刘晓莉，老师可以带你去办公室聊聊吗？"

这样的话，我听多了，索性蛮横到底："哦，晓莉呀，有什么话就在这儿说吧。"

全班哄堂大笑。

而我，在等待刘晓莉成功被我惹到发飙。最好是让我滚出去。可是，并没有。她指了指我的座位，说："坐那儿，靠窗位置，外面有五十年树龄的梧桐。"

02

直到放学后，同学们都走了，刘晓莉让我留一下。我以为她是要通知我，明天别来上学了。

但她对我说："江宁，老师蛮羡慕你这身打扮的。"

我有点儿傻眼，不知刘晓莉葫芦里卖的什么药。

"老师像你这个年纪时，开始发育了，甚至都不敢挺胸抬头，你看，我直到现在还有驼背的习惯，很难改的。孩子，记住今天的自己，记住这份敢做自己的勇气。"

然后，在我云里雾里几近断篇的状态下，她递给我一套校服："想穿自己的衣服可以，想穿校服也可以，这是我为你争取的特权。"

我再混账，面对这样的场面，也忍不住有点儿感动："那，老师再见。"

"以后没有同学的时候，你可以叫我晓莉，还挺亲切的，算是我给你的一份专利吧。"

03

被排斥，自尊被碾轧，好像是我从一出生就要习惯的命运。

爸爸是卖墓地的，妈妈是每周三天打零工，其余四天在麻将馆度日的女人。

爸爸偶尔卖出一块墓地，家里就会大鱼大肉。如果很长时间没有生意，他们就会各种争吵、摔东西，家里的家具没有完整的。

妈妈在麻将桌上千儿八百的输赢，眼都不眨一下，可是，学校要几十块钱的班费，她会火冒三丈："我没钱，就是有钱，也不会支持他们乱收费。"

不仅如此，她还在班级QQ群里各种哭穷。

可是，刘晓莉的出现太意外了。她不但没有批评我、孤立我，甚至夸我是个勇敢的女孩，许我叫她晓莉的特权。这让我一时无措，根本猜不出她葫芦里卖的什么药。

不管怎样，我不能被她唬住。

开学第二天，我依然穿着奇装异服出没，除了同学看我的眼神像看怪物，并没有人来找我的麻烦。

那天有摸底考试,普查大家小学的学习水平。同学都在奋笔疾书,我就在每张卷子的空白处画画。我以为成绩出来后,刘晓莉会当众批评我。

但她只是在放学时叫住我,拿着我的卷子说:"每一张我都看过了。江宁,至少你没让卷子空着,这是对老师的尊重,也是你对时间和自己的尊重。"

我整个人都愣住了。

我本做好了被各种冷嘲热讽的准备,但并没有,反而又是表扬。从小到大,我没被这么尊重过!从来没有。我特别想哭,但觉得太丢脸,所以只能快步离开。

"江宁",刘晓莉在后面轻轻唤我。

真的,江宁这个名字我用了十二年,除了去世的爷爷奶奶,第一次有人叫得这么温柔,叫得我内心涌起一阵暖流。有那么一个又一个瞬间,我觉得自己的人生好像也有希望。

打那天开始,只要是晓莉的语文课,我都会很认真地听讲。学业荒废了六年,我的注意力最初连集中五分钟都困难。

每一次刚要溜号,晓莉都会准确地捕捉到,及时地提问我。

无论答得错与对,她总能找到表扬的理由:"发言的声音很响亮""江宁的思路很独特""你看到了老师都没看到的方面"。

第一次月考,语数英三科,我没一科及格。可是,晓莉说全班进步最大的就是我。她用了整整五分钟,详细说起我的进步:专注度提升了,不再往卷子上画画了,值日时不放过教室一个卫生死角,大家集体问"老师好"时,我也会张口了……

说这些话时,她就那样温柔地看着我,让本觉得考得一塌糊涂的我,内心没那么崩塌。原来,我的每一点儿向好,她尽收眼底,原来,我也是被看见的。

那一课,我终生难忘。我当时就觉得,我的人生有这样一课,好像再也没什么能够打倒我。

那天以后,我变化极大。放弃了对父母的指责与指望之后,我变得轻松许多。

我甚至能够在爸妈的争吵摔打之中,一个人在房间里大声地背诵课文,自己给自己讲题。

初二上半年,我已经从班级倒数第一跃到班级第十。

初三毕业,我考上了重点高中。晓莉飞车来我家送录取通知书,高兴得眼泪直往蹦。那天,晓莉请我吃了人生中第一顿肯德基,还开车带我去了城市观景台,顺路坐了摩天轮。

送我回家时,她拥抱了我,我也狠狠地拥抱了她:"晓莉,后会有期。"

上了高中后,我每年都会选择母亲节这天去看晓莉。而不是教师节。

每次考试成绩出来,也会第一时间向她汇报。

后来,我考上大学,晓莉在朋友圈里昭告天下。她因此遭到不少学生的"投诉":"老师,我们也是你教过的学生,怎么你对江宁这么特殊?"

晓莉回复两个字:秘密。

在心里,在人生一个又一个隘口,她赐予我的,是父爱与母爱的力量。也因为她,我高考所有的志愿都填报了师范院校。

我当年的那句"后会有期"其实早有隐喻。是她教我如何出发,而我的理想却是回到她身边,做一个像她那样的人。

借来的日子

作者 凌云

我妈给了我一只碗,让我去隔壁张婶家借点儿醋。爸今天在池塘边打水时意外抓到了一条鱼,让已经很久没有见过荤腥的全家人直流口水。烧鱼免不了用醋,可我们家除了盐,散装的酱油是唯一的调味品。

我端着碗走到了张婶家门口。她说就知道我是来借醋的,也许从我家厨房里飘出的鱼香味被她闻到了吧?哪家烧个鱼、煮个肉,整个村庄上空都会弥散着香味。

我借了醋回家,妈将醋往将熟的鱼身上一浇,"刺啦"一声,腾起一团白雾。妈又用水将碗涮了涮,也倒进锅里。醋可是好东西,一点儿也不能浪费。醋味比其他气味跑得都快,很快,全村大部分的鼻子都兴奋地耸动起来。妈用我刚去借醋的碗盛了半碗鱼,让再送到张婶家去。张婶不肯要,说:"你们家娃多,难得吃一次鱼。"我就把妈教我的话给她说了:"我们没办法还你家醋。"张婶只好收了。

谁家做饭烧菜,烧到一半,发现盐没了,酱油没了,就去隔壁家借。说是借,其实也不用还,下次隔壁家也没了,再回借一下呗。到青黄不接的时候,娃多的家庭,往往米缸见了底,揭不开锅了,也去邻家借。那时谁家都没有太多的余粮,就你家两碗、他家一碗的,回来煮一大锅稀饭。

经常要借的东西还包括农具。谁家的庄稼先收割完了,镰刀闲下来,别人就去借。我最喜欢去李大妈家借镰刀,因为她家的镰刀又轻快又锋利。李大伯曾经在镇上的机械厂干过活,总是把自家的镰刀磨得锃亮,就算收割完稻子,他也会一大早就将镰刀磨一磨,好借给急等着镰刀用的人家。被借用过的镰刀口钝了,他就再磨。

就连耕牛也是可以借的。与抢收一样,播种也要抢时间,你家的地要耕,我家的地也急等着耕,那么多地,一头牛犁不过来,只能向耕牛闲下来的人家借。耕地是个苦力活,哪个主人不心疼自家的牛呢?所以,借人家的耕牛得对牛好,不光要喂草料,还要帮人家放放牛。

而借得最多的,是人。收割的时候,几千斤湿稻谷都要一担担挑到晒场,一个劳力做不了,或者来不及做,就去借一两个劳力。今天我借了你家人,明天你又借了我家人,没人记账,但大家心里都有数。

这就是吾乡曾经的生活。我们曾经缺这少那,互相借盐、借醋、借镰刀,也借耕牛和人,仿佛日子就是这样借来借去的。

我们说着一模一样的方言,互帮互助。我们是乡亲,这辈子谁也离不开谁。

坚硬的窗台上，有柔软的窝

冯渊 作者

打开窗子的瞬间，一只鸟飞掠过我的眼前，嗖的一声，消失在竹林里。

这扇窗子朝西，最近一段时间很少被打开。我这才发现，那鸟飞离的窗台上，有一个鸟窝，里面蜷缩着几个肉团团，仔细辨别，是三只雏鸟。

我不敢碰触它们。怕一个不谨慎的行动、一丝陌生的气味，都会让母鸟抛弃它们。我赶紧关上窗。三只雏鸟一动不动，淡黄的绒毛还遮不住小小的肉身，眼睛也没有睁开。隔着玻璃看了好一会儿，才分辨出它们的头颈和身体，察觉到小小肩背的起伏翕张。

正碰上降温，又下起小雨。三只雏鸟暴露在微凉的风中。我不能提供任何帮助，也不能站在窗前，那样母鸟不敢回来。

在门口站了一会儿，眼前还是那个简陋的鸟窝。水泥窗台跟大地一样冰凉。所谓窝，也只是一些枯藤，没有细软的羽毛、碎布条。三只小东西几乎是在用身体温暖窗台。窗台不过几寸宽，如果不小心翻下去，从十多米高坠下，将粉身碎骨，它们那么小，很快就会和泥土融在一起，仿佛从未来过这世间。

我以为触手可及就能提供温暖与关怀，很多时候，却只能默默走开，留下无用的祝福。

过了半小时，我担心三只小鸟被冻死，又悄悄打开房门，走近窗户。它们还暴露在风中，细碎的雨丝也从屋檐飘过来。母鸟还没回来。正在我担心得紧时，一个灰色的影子几乎是贴着山墙飞过来，落在三只小鸟的上方，翅膀张开来，将三只小鸟拥入怀中。我站在百叶窗帘后面，能看见它们，它们看不见我，隔着玻璃，我才敢喘息。三只小鸟，终于享受到被软软的羽毛包裹着的温柔了。

这是一只珠颈斑鸠。我熟悉它的叫声，春末夏初，在闹市里也能听到，鸣声与布谷鸟近似，布谷鸟二声相连"Kuk-Ku"，珠颈斑鸠的叫声是"Ku-Ku-u-ou"，多了一份婉转。这种节奏感特别强、鸣叫特别持久的鸟声，我一直以为是从遥远的共青森林公园传来的，殊不知，珠颈斑鸠就生活在小区附近的树林里。

三只小鸟终于有了怀抱的温暖。我放心了。它们吃什么？在风声雨声交织的黯淡的黄昏，有父母的怀抱总是好的。我脑海里出现的是小鸟从大鸟嘴里叼虫子吃的画面。偷偷看了很久，没有。小鸟孵出后，亲鸟的嗉囊能将食物消化成食糜，并分泌一些特殊成分形成"鸽乳"，用于喂养小鸟。

这种最亲密的关系，只会持续两周。两周后，小鸟就要离窝飞走，开始自己的生活。

它们的童年是多么短暂啊！它们活着的目的是什么？找虫子吃？繁衍生息？飞翔？歌唱？它们在我窗台的"悬崖"上寄身。我们也常常在"悬崖"上寄身而不自知。

不要去问目的，我看见它们在竹林里飞翔，身子擦过脆亮的竹叶，心里就欢快起来。我听到几只小鸟在亲鸟回来时，发出激烈的叫声，它们在大声吼着"我要吃，我要喝"，我也跟着笑出声来。

飞翔、鸣叫，就是快乐。

在翻飞的竹叶里，它们长大了，又去寻找一个个可以栖身的地方，养育它们的孩子。难怪，我年年都能听到那么动听的"Ku-Ku-u-ou"声。

张佳玮 作者

《三国演义》中，最让我难过的死亡

《三国演义》里有个常见戏码：自刎未遂。包括但不限于貂蝉、张飞、曹操、许攸、孙皓都上演过"欲自刎，被阻止"的戏码。其他自刎者，如姜维，如傅佥，都是于乱军之中，走投无路，自寻了断。

只有一个人例外：还有退路，却自刎了，干脆又简单，一句废话没有：周仓。

关羽过五关斩六将千里走单骑时，其实有点儿孤单，全靠一路上仰慕他的人加戏。

周仓一见关羽，急忙下马，俯伏道旁，曰："周仓参拜。"然后恳切要求，"愿将军不弃，收为步卒，早晚执鞭随镫，死亦甘心！——仓只身步行跟随将军，虽万里不辞也！"

书里说死亦甘心之类的话的多了。周仓却说到做到了。

后来周仓随了关羽，基本是青龙偃月刀的挂件；要出场时，与关平一起负责打个埋伏之类。到单刀会，关羽到江东，一口刀，一个周仓。说是单刀会，其实是两人一刀。只是许多读者，已经把周仓当作关羽的一部分了吧？

单刀会上周仓的作用，是替关羽挡了鲁肃的一句："天下土地，惟有德者居之。岂独是汝东吴当有耶！"和关羽一个配合，被关羽呵斥了，直接去招关平船来，于是关羽成功脱身。整本书最完美的一段双人默契。这是文戏；水淹七军，庞德被周仓捉住。关羽水淹七军威震华夏，是周仓画上一个完美的句号。这是武戏。

快进到走麦城。王甫哭着劝谏关羽，场景很惨烈。而对周仓没有任何描写。到关羽决定突围，留王甫和周仓守麦城。王甫大哭着说一定死守此城。周仓无言。我们都知道，王甫只是一个文官，关羽这安排，其实等于周仓在守麦城。

这是关羽和周仓自相聚后，第一次分别，就此永别。

关羽死，吴国以关羽父子首级招安。王甫大叫一声堕城而死。

"周仓自刎而亡。"六个字，结束了。

周仓之死，是麦城真正的结局，恰如他擒庞德，是水淹七军真正的结局。关羽死后，赤兔死，周仓死——关羽的悲剧在这连续重击之中，结束了。周仓是个虚构人物，历史上本来没有关于这人的记载。但写着写着，这个人物活了。

麦城之战的末路气氛之惨烈，由关羽的倔强、王甫的哭泣构成。别人要自刎，免不得哭天抢地或豪迈热血，只有周仓，简单利落。关羽在则在，关羽死则死。

《三国演义》中许多人的死亡，浓墨重彩，天愁地惨。如关羽，如刘备，如诸葛亮。诗赋不断，赞赏有加。所以英雄临终，多少还有点儿慰藉：人死了，英名留着呢。

周仓的死却是六个字结束了，如此忠勇，却寂然无声。

但他死去这份重量，甚至不下桃园之誓——周仓没有机会去参与传奇，说一句但求同年同月同日死，他只是用自己的实际行动结结实实地证明，他是整本书中最说话算话的肝胆男子汉。

他对关羽的承诺，用生命来践行："死亦甘心！虽万里不辞也！"幸运的是，爱与真情仍然是公平的。在这片土地上的许多地方，依然继续着我们曾经的故事。

作者/李起周　译/刘兴娜

更难受的人

在乘公交车或者坐地铁的时候，我有一个难登大雅之堂的小习惯——侧耳倾听陌生人的对话。

因为他们无意间说出的一句话或者随便聊到的某个情节，都可能隐藏着一个耐人寻味的小故事。偶然听到一段颇有意味的对话时，我的心情就像是渔夫在清早出海捕鱼归来时鱼满船舱那样欣喜若狂，又仿佛从生活的海洋里捞上了一条稀有品种的大鱼般激动不已。

有一次，在弘大地铁站搭乘2号线时，我的正对面坐着祖孙俩。仔细瞧去，小男孩的脸色不太好，奶奶的手里握着一个药袋，看样子他们刚去过医院。

奶奶抬起手，把手轻轻地贴在小孙子的额头上，笑着说道："哎哟，还烧着呢，回家吃完晚饭就吃药哈。"

一旁的小男孩眨着大眼睛答道："嗯，好像还是烧。可是奶奶，您怎么那么清楚我不舒服呀？"

看到这一幕，我在脑海里立刻预想了奶奶可能给出的几个回答，譬如"人上了年纪之后自然而然就知道啦"或者"奶奶当然知道啦"。

结果证明，我草率的猜想完全偏离了答案。

奶奶一边捋着小孙子那凌乱的刘海儿，一边说："这个嘛，病得更重的人自然能发现那些生病的人呀。"

受过伤的人总是更清楚伤口的深度、宽度以及可怕的程度。所以，当从他人身上或心里看到与自己类似的伤疤时，受过伤的人便更能感同身受。那些长在心里的疤痕给了他们一双能洞察世间疾苦的眼睛。

因为受过伤，所以懂得如何为他人疗伤。奶奶想告诉孙子的，也许就是这个道理吧。

追逐闪电的人

李晓

一名少年跌跌撞撞地走在山路上，雨又大又急。这是一名任性的少年，他决定在雷雨夜里出走。母亲在雨夜里，疯了一样找他，呼喊声被大雨堵住了。

突然，天空中的一道闪电，把漆黑的夜空照亮，是白花花的雨幕。少年在雪亮的闪电中怔住了，他思量片刻，猛然转身，走向回家的路。在土墙边，母亲一把搂住他，捧起屋檐边哗哗落下的水，为他清洗满是泥泞的脸。

后来，这名少年回忆，就是天空中出现的那道闪电，贯穿了他的肺腑，他才决定回家。一道闪电，让一个懵懂少年的心，仿佛经历了涅槃，成熟，也是一瞬间的事儿。那次出走，是因为母亲要他帮忙去喂猪，孩子犟着不去。这个十三岁的少年，就是我。

有人做过统计，在这个地球上，平均每秒钟就有六百次闪电发生。闪电惊醒了一些懵懂少年，另外，闪电的千姿百态，也很吸引人，世界上也因此有了一批专门追逐闪电的人，他们是研究者，或者是摄影师。

我的朋友朱二宝，就是这样一个等待闪电的人。朱二宝在小巷里卖卤鸭子，一旦黑云压城，大风起兮，他就跑到装有避雷针的高楼上架起摄像机，拍摄闪电。我看到过他拍摄的上千幅闪电的照片，感到闪电的惊世之美。

我常有迷惑，一个卖卤鸭子的市井之徒，干吗还要去拍摄闪电？是在等待生活的奇迹，还是在等待平凡命运的改变？有一天，二宝告诉我，他拍闪电，就为了让闪电照亮自己灰暗的心，一个小人物，哪怕不能建功立业，也不能失去对这个世界的新鲜感。我终于理解了二宝，这样一个憨厚的人，为什么五十多岁了眼睛还是那么明亮，因为，他是追逐闪电的人。

饭桌之上

谁最中国

叶圣陶的孙子叶永和回忆爷爷时，偏偏对家里那张八仙桌的记忆尤为深刻。

有一次，叶永和急匆匆扒拉了两口饭，放下碗筷蹦跳着离开，不小心咣的一声摔了门。叶圣陶见状，噌地起身，大喝一声："重新关一次门！"

叶永和见气氛不对，拔腿就跑，躲到了北屋，不肯出来。爷爷吃完饭，趁其不备，赶去北屋揪着叶永和的耳朵，一字一句地要求他："把门再关一次。"这次叶永和才轻手轻脚地关了门。

在饭桌上，长辈教我们学会尊重，细化到拿碗筷的姿势，夹菜的样子；而我们，在饭桌上更多关注的是父母。我们记得吃鱼头最多的是母亲，最常把鸡腿让给我们的是父亲，落实到行动上，便是动心思让他们多吃一口好菜。

饭桌虽小，却藏着很多这样的秘密。它一面是对抗的地方，一面是和解的地方。小时候，每当与父母发生争执，我总是暗下决心：几天之内能不见就不见，更不同他们说话。可母亲总有法子同你和解，最主要也是最有效的一种，便是发出吃饭邀请。

因为忙工作，平日里母亲大多是用粗茶淡饭对付一口，可发生争吵的那天，你会见她在厨房花功夫准备几道菜，而且都是你平日里最爱吃的菜。挑不挑食、营养均不均衡这些往日里计较的早就被她抛在了脑后，菜谱尽是按着你的喜好来。

饭成，无须多说，喊一声"吃饭"，便是再明显不过的和解暗号了。安安心心地吃完，火气也就消了一大半。

可若是两代人隔阂大，各有各的心思，在饭桌上便聊不来，更尴尬的，是无话可说。在李安的电影《饮食男女》里，父亲老朱是顶级的大厨，退休了，蜗居在厨房。每准备一次家宴，他的认真程度都不亚于接待外宾。可女儿们并不领情，菜码间蒸腾的雾气是心间的隔膜。一次家宴上，二女儿吃出了"爆鱼翅的火腿'耗'了"，认定父亲是味觉退化。父亲回怼："我的舌头好得很！"父女俩不欢而散。

在最后一次家宴上，父女俩又为汤里姜的用量起争执，二女儿坚持调料和配方都是按照母亲那样做的，记忆中，他们就总为这一味争吵。恍然间，老朱意识到了二女儿才是这个家的灵魂。家，不是一个形式上的屋檐，它需要顾忌，也是内心的坚守，默默的承担，无私的付出——这些女儿一直都做到了。家的内核，一在情，二在味。有了对家的新的理解，老朱的味觉随之恢复，重新获得了生活的滋味，父女俩在饭桌上达成了和解。

中国人的饭桌，大体相同，却各有各的不同。有喧闹式的，有安静式的，有精致式的，也有随心式的。可不管哪一种，其中都夹带着一丝意味深长的从容和隐而未显的哲学意味。一家人，有饭桌，就断不了亲情和联系。

饭桌之上，有时光的变迁，也凝聚着我们每个人的欢喜和成长。相聚有时，坐在桌旁，豁达地看待每一位家人的改变，去接受，去尊重，这样，团圆才有了更值得的意义。

饭桌之上，有争吵，有隔阂，有和解……它承载着数不清的意义。于中国人而言，饭桌是生活的落脚点，亦是全家的心安处，它是家的精髓，也是家的意义。

一生中最高兴的一天

路遥 作者

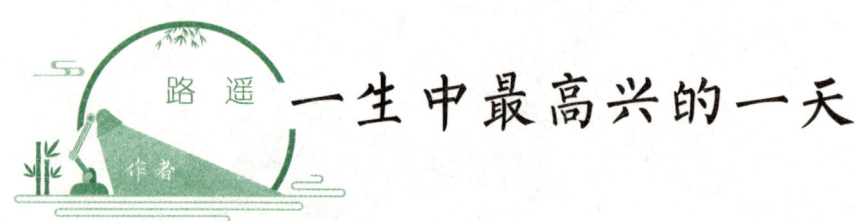

我在地区中师毕业后,回到我们县城的一所小学教书,除了教学,还捎带着保管学校唯一的收录机。放寒假时,学校为了安全,让我把宝贝带回家去保管。

我把这台收录机带回家后,村里人感到特别新奇。一到晚上,少不了有许多人拥到我们家来围着它热闹一番。他们百听不厌的节目是韩起祥说书。其中最热心的听众就是我父亲。

转眼到了大年三十。这是农村一年一度最盛大的节日。除夕之夜,欢乐的气氛笼罩着我们的村庄。家家窗前点上了灯笼,院子里的地上炸得到处都是红红绿绿的炮皮。在那些贴着窗花和对联的土窑洞里,一家人围坐在一起吃"八碗"。

父亲吃了一碗肥肉(足有一斤半),用袄袖子抹了抹嘴,然后对我说:"把你那个唱歌匣匣拿出来,咱今晚上好好听一听。"我赶忙取出收录机,放他老人家爱听的韩起祥说书。

我父亲的情绪也高涨到了极点,他竟然跟着老韩嚷嚷起来,手舞足蹈,又说又唱。看着父亲得意忘形地又说又唱,我突然冒出了一个新鲜的念头:我为什么不用这台收录机录下父亲的一段声音呢?

父亲显然对这事产生了极大的兴趣。他像小孩子一样红着脸问我:"我说什么呢?"

我忍不住笑了,对他说:"你随便说点儿什么都行。比如说你这一生中最高兴的一天……""一生中最高兴的一天?那天,也正像今天一样,过年呢……我这样说你看行不行?"

"行!"

"那年头,大家都穷得叮当响。旁人家都还好割了几斤肉,咱们家我没回来,连一点儿肉皮皮都没有,咱家的几斤肉票早上让你舅舅拿去给儿子办喜事去了。唉,再说,就是有肉票,你们母子手里也没一分钱呀!

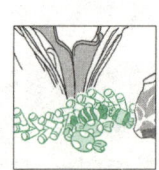

"当时,我正在去县城的路上,我没敢在你们面前哭,可在路上我哭了好几回,为什么哭呢?还不是心疼你妈和你们几个娃娃嘛!这就要过年了呀,连点儿肉都吃不上。我恨我自己。一个男人,就这么无能啊!进了县城,已经到了中午。我赶忙跑到肉食门市部。一看,门关得死死的。唉,今天过年,人家早下班了。

"过了一会,我突然冒出了个好主意,我想,如果我说我是县委书记的亲戚,他们还敢不卖给我肉吗?

"就这样,我硬着头皮敲开了肉食门市部的后门。门先是开了一条缝,露出一颗人头。还没等他开口,我就忙开口说,我是县委书记的亲戚。那人问什么事,我就对他说,书记让你们割几斤肉。

"他把我直接领到肉库里。哈呀,我一下子呆了,我看见肉库里码着一人多高的猪肉,都是最肥的。这人问我要几斤,我慌忙从怀里拿出了全部的钱——共四块。我问他一斤多少钱,他说一斤八毛钱。我说,那就割五斤吧。不过,我当时心里暗暗叫苦:我原来只想割上二斤肉,够你们母子几个吃一顿就行了,我不准备吃,因为我今年在民工的大社上吃过两顿肉,可你们母子一年几乎没喝一口肉腥汤。我想余下两块多钱,给你妈买一块羊肚子毛巾——她头上那块毛巾已经包了两年,又脏又烂;再给你们几个娃娃买些鞭炮。吃肉放炮,这才算过年呀。可是,一个县委书记的亲戚走一回后门,怎能只割二斤肉呢?我咬咬牙把四块钱都破费了。

"我走到街上,高兴得真不知如何是好。我想我把这块肥肉提回家,你妈,你们几个娃娃,看见会有多高兴啊!咱们要过一个富年啰!我正在街上往回走,一个人拦住了我的路。原来是高家村的高五,和我一块当民工的。他老婆有病,光景比咱家还差。他本人已经熬累得只剩下一把干骨头。高五当街拦住我,问我在什么地方割了这么一块好肉。

"我就对他撒谎说,我的肉是从一个外地人手里买的。高五忙问我,那个外地人现在在什么地方。我说人家早走了。高五一脸哭相地对我说,前几天公家卖肉的时候,他手里一分钱也没。直到今早上才向别人央告着借了几个钱,可现在又连一点儿肉也买不到了。他说大人怎样都可以,不吃肉也搁不到年这边,可娃娃们不行呀,大哭小叫的⋯⋯

"他瞅了一眼我手里提的这块肉,可怜巴巴地说,能不能给他分一点儿。说实话,我可怜他,但又舍不得这么肥的肉给他分。我对他说这肉是高价买的。他忙问多少钱一斤,我随口说一块六毛钱一斤。不料高五说一块六就一块六,你给我分上二斤!

"我心眼开始活动了,心想,当初我也就只想买二斤肉,现在还不如给他分上二斤呢。实际上,娃娃你知道不,我当时想,要是一斤一块六卖给高五,我就一斤肉白挣八毛钱哩!拿这钱,我就可以给你妈和你们几个娃娃买点儿过年的礼物了。这买卖当然是合算的。我迟疑了一下,对他说,那好,咱两个一劈两半。可怜的高五一脸愁相一下就换了笑脸。

"就这样,高五拿了二斤半肉,把四块钱塞到我手里,笑呵呵地走了,倒好像是他占了我的便宜。好,我来时拿四块钱,现在还是四块钱,可手里却提了二斤半的一条子肥肉。这肉等于是我在路上白捡的。好运气!

"我马上到铺子里给你妈买了一条新毛巾,给你们几个娃娃买几串鞭炮。还剩了七毛钱,又给你们几个馋嘴的买了几颗洋糖⋯⋯我一路小跑往家里赶。一路跑,一路咧开嘴笑。嘿嘿,我自个儿都听见我笑出了声。如果不是一天没吃饭,肚子饿得直叫唤,说不定还会高兴得唱它一段小曲哩⋯⋯

"你不是叫我说一生中最高兴的一天吗?真的,这辈子没有哪一天比这一天更高兴了。高兴什么呢?高兴你妈和你们几个娃娃过这个年总算能吃一顿肉了。而且你妈有了新毛巾,你们几个娃娃也能放鞭炮,吃洋糖了⋯⋯"

我"啪"地关住了收录机,什么话也没说,丢下父亲,心情沉重地来到了院子里。此刻,晴朗的夜空中星光灿烂,和村中各家窗前摇曳的灯笼相辉映,一片富丽景象。远处传来密集的锣鼓声和丝弦声,夹杂着孩子们欢乐的笑闹声。村庄正沉浸在节日的气氛中,远远近近的爆竹声此起彼伏,空气中弥漫着和平的硝烟。

此刻这一切,给我的灵魂带来无限温馨和慰藉⋯⋯

肉桂

花落夏

　　肉桂是我在大学校园里认识的第一只猫，有着棕黄相间的花色，身子圆滚滚的。

　　和肉桂第一次"正面交锋"是在一个秋日的午后。刚上完专业课，我正想着把吸满阳光的被子抱回去好好睡个大觉，便看见了肉桂这个不速之客正舒服地躺在我的被子上，沐浴着残存的一点儿阳光，一动不动。

　　我绕树两圈，苦思冥想，就在我企图用一根长一点儿的树枝把肉桂叫醒时，它像是做了什么噩梦，突然站起来左右晃了晃头，吓得我急忙把树枝挡在身前。短暂的静默后，肉桂打了两个哈欠，顺带舔了舔嘴。随后，它从我的被子上一跃而下。我松了一口气。只是，紧接着，它竟全然不害怕我手里细长的树枝，径直来到我脚下，转着圈地蹭我的裤脚，"喵呜"地叫着。许是见我没反应，索性躺倒打起滚来。

　　宿管阿姨适时地走了出来，递给我一罐猫粮。我学着阿姨的样子晃了晃装猫粮的罐子，肉桂的叫声立刻大起来。我小心翼翼地蹲下来倒了点儿猫粮。肉桂腾地四脚着地站起，全神贯注地吃起地上的猫粮来。见状，我急忙抱着被子溜之大吉。

　　那次之后，肉桂像是对我有了印象，每次我从楼下路过，它总是不知道从哪个树丛里噌的一声蹿出来，对着我"喵呜喵呜"地叫着。

　　大四下学期的一天，我写简历写到很晚，从图书馆到宿舍的那条路上没有灯，怕黑的我三步并作两步，几乎要跑起来。草丛里似是有响动，来不及转头，肉桂的声音便出现了——喵呜。这是在撒娇。瞬间，我安心了不少。

　　在那之后，我变得更加繁忙。在邮寄行李回来的路上，我好不容易又看见了肉桂，彼时它半坐在宿舍楼前那棵不知名的树下。树上开满了耀眼的黄花，风吹过，偶有几片花瓣落下，肉桂一动不动地坐在那里，看着人来人往，像个久经沧桑的老者。

　　我随着肉桂的目光一起望，像是在观赏一部电影——穿着朴素的姑娘肩膀上背了两个大麻布袋子，走之前还郑重其事地给宿舍楼拍了张照片；穿高跟鞋的女孩像是着急去面试，走了没几步，似是脚上的鞋不合适，险些崴到脚，随后缓慢又坚定地向前走去……

　　第二天，我拎着行李离开，泪水反复冲上眼眶，可肉桂不见了。我慌张地扔下行李去问宿管阿姨，原来，肉桂被领养了。想来，那天下午，其实肉桂是在用自己的方式向途经它生命的每个人道别吧。

　　我深吸一口气，拍拍行李上的尘土，在心里向肉桂道别，大步向前走去……

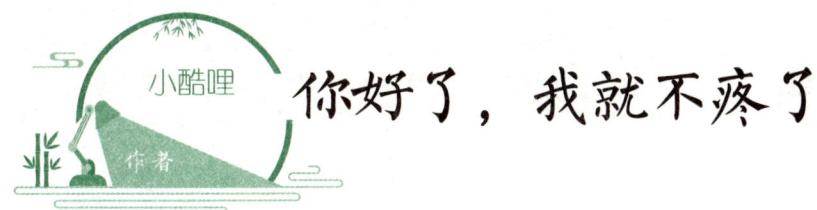

你好了,我就不疼了

重阳节,我问妈打算吃点儿啥。我妈说:"过节,吃饺子呗。""咋啥节都吃饺子,重阳节讲究赏菊、登高、吃螃蟹,饺子不合适。"

"那就包点儿螃蟹馅的饺子呗。"

热腾腾的饺子刚出锅,妈盛了一碗,刚下筷子,一只胖饺子掉地上了。妈弯腰捏起来,不动声色,放爸碗里了。

妈这个人,真是持家有道。我家的空调,待客用的,再热的天,来人了才开,人一出门马上关。我去看她,一般待不长,说说话,坐一会儿,顶多个把小时。那天待的时间有点儿长,妈坐立不安,问:"你啥时候走?"

"咋的?烦了?"

"不烦,费电。"妈看着我,很深情,"儿子你快退休了吧?""嗯,快了,明年我就该退了。"

"好,退了好,退休了,你就能跟我去领鸡蛋了。"

我看不见自己是怎么老的,可我看见了妈是怎么老的。五十多岁,妈能骑自行车绕着三环路骑一圈;六十多岁,妈去旅游,逢山必爬,绝不坐缆车。可现在妈下楼梯,只能一阶一阶慢慢走了。

每次我去看她,临走她还坚持下楼送我。看着我上车,打着火,掉头,开出去老远了,她还在路边看着我,直到看不见。我说:"妈,以后别这样,让人心里怪难受的。"

妈也感慨:"主要是怕你又拿俺家东西。"

有阵子,我肩膀疼,胳膊都抬不起来,打个喷嚏像过电,从脖子一直麻到手指尖。妈说:"你这是颈椎带的,跟我一样,我给你买几贴膏药吧,可灵了。"

按摩了两个月,我的肩膀见轻。妈问我:"儿子,你的肩膀好点儿吗?"

"好多了,你呢?你的颈椎咋样了?"

"我没事,你好了,我就不疼了。"

我忽然想,我要是疼,妈会不会就是双份的疼?

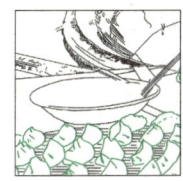

后背的孤独

陈仓 作者

在陕西老家，左一条小河，右一条小溪，这里不像陕北，是不缺水的，也不缺少烧水的柴火。但是至今我也不明白，为什么老家的人都不太洗澡？我在故乡生活了好多年，天天一身汗，日日两脚泥，但是洗澡的次数，数也能数清，一是每学期入学前洗一次，然后就是大年三十再洗一次，真正烧开水洗澡每年也就那么一次。

从上海出发去西安之前，包括我爹的线衣线裤袜子围巾，我与小青统统准备了一套新的。接到我爹之后，我扯住我爹的袖子闻了闻，并没有闻到想象中的什么异味。

我爹说，嫌我臭吗？我说，你不但不臭，还挺香的。我说得不错，那是庄稼的香味，我爹的床上铺着麦草，长时间睡在麦草上边，身上确实带着麦草的气息。

我爹告诉我，为了不让人嫌弃，来西安的前一天晚上，他在家里烧水洗过澡了，而且用了洗衣粉——在塔尔坪洗衣服与洗澡、洗头所用的都是一样的，并没有洗头液、沐浴液与洗衣粉之分。他不但把内内外外彻底地洗了一遍，还换上了一套有些破旧却浆洗干净的衣服。

我还是打开宾馆的水龙头，调好水温，准备好毛巾，把我爹关进了浴室，让他再好好地冲洗一下。我说，你不要误会，冲一个热水澡是可以解乏的。

在我爹进入浴室的时候，我与小青在外边聊天。

听着浴室里哗哗啦啦的流水声，我想，在过去，我爹见过的水都是从地下冒出来的，如今第一次站在水龙头下边，体会水从头顶倾泻下来的那种感觉一定是十分好奇的——

他应该闭着眼睛，撩着温暖的水雾，搓着自己，泡着自己。

过了十几分钟，当我打开浴室门的时候，面前的场景让我既生气又好笑。我爹并没有如我想象的那样赤身裸体，也没有扬起脸摆出一副享受的样子。他仍然好好地穿着衣服，把裤腿挽到膝盖，光着一双脚丫子，像蹚在一条小河里。

我说，赶紧脱掉衣服吧！

我爹不好意思地朝四周看了看，慢腾腾地脱掉上边的棉袄和毛衣。我说，还有裤子。我爹低下头，慢腾腾地脱掉裤子，还是留下了一条内裤。我说，除了你儿子，又没有别人，你怕什么？

无论我怎么劝说，我爹都死活不答应了，像洞房里顶着红盖头的新娘子。我想去帮忙，被我爹躲开了。

我说，你是不是不好意思？那这样吧，我把灯关掉。

浴室没有窗户，关上灯之后，比晚上还要黑暗。我听到一阵窸窸窣窣的声音，再次把灯打开的时候，灯光猛烈地照在我爹的身上，似乎射向他的不是灯光，而是一股冲击力强大的水柱。我爹一时没有站稳，摇摇晃晃地摔倒了。

我打开洗头液和沐浴液放在我爹的手边。在撤出浴室之前，我笑着告诉我爹，别害怕，好好搓一搓吧，用蓝色瓶子的洗头，用白色瓶子的洗身上。

回到上海，我爹入乡随俗，第一件事还是洗澡换衣服。但是他不会用热水器，也不会调节水温，更重要的是，我妈去世后的三十年中，没有人给他搓过一次背，他最为孤单的就是后背了。他内心孤单的时候，还可以想想远方的儿子，或者面对鸡呀猪呀嘟哝几声，但是背心痒痒的时候，如果不让别人帮忙，自己是永远摸不到的。

我们这些游子与老爹一样，在外漂泊这么多年了，有谁给自己搓过背呢？每次一个人洗澡的时候，每个人都会十分悲凉地把手伸向背心，可是永远也触摸不到那个奇痒无比的地方。

我放好了水，对我爹说，爹呀，我给你搓搓背吧。我爹依然躲了躲，夹着双腿把自己深深地藏在水中。如我想象的一样，在我爹的背心，结了一层厚厚的痂，那是汗水不断地流出来又不断地晾干之后形成的。它是黑色的，是椭圆形的，是巴掌那么大的，像贴上去的一张膏药。

我撩起温水，滴在我爹的背心，把那块痂慢慢地软化，但是毕竟积累的时间太久了，那块痂像伤疤一样与皮肉紧紧地连在了一起。它与伤疤又不一样，伤疤是永远也搓不掉的，但是随着我一遍遍地搓着，那块痂越来越薄了，慢慢地露出了通红的皮肤。

在给我爹搓去孤单的同时，我细细地打量了我爹的身体。我爹的肩膀由于扛过太多的重量，呈现出两个"V"字；我爹的脖子由于长期暴晒，已经变成了黑褐色；我爹的胸骨一根根翘起，像在皮肤里埋着一把把刀子，似乎稍微一用力就会刺出来，显得那么触目惊心；还有他的腹部、胸部、背部和腿部，几乎布满形状不一的伤疤：有采药的时候被树枝子刮的，有砍树的时候被刀子砍的，有挖地的时候被锹子铲的，有收割的时候被庄稼茬子扎的。

伤疤是白色的，与磨出来的茧子纵横交织在一起，最后在我爹的身体上绘成了一幅神秘的图案。

我说，你身上像文身。

我爹说，什么是文身？

我说，也像一幅地图。

我爹说，哪里的地图？

我一边给我爹搓背一边想，那确实是一幅地图，不是陕西地图，也不是上海地图。

它是一幅只属于我爹一个人的塔尔坪的地图，是上天用各种各样的生活工具以文身的方式，在我爹的身心上绘出了一幅苍凉的人生地图。

零食的寂寞

陈仓 作者

在西安等待出发的几十个小时里，我抽空去见了一些朋友。这期间，小青独自看管着我爹，因为怕出意外，除了吃饭，一律待在宾馆里，不得出门。他们其中的一顿饭，是在钟楼旁边的同盛祥吃的，这是羊肉泡馍的经典老店，应该算是最纯正的陕西小吃了。

我不在场的几小时里，发生的事情却出乎我的意料。我爹是第一次吃这种外来的食物，有着太多的不适应，因为他一生中的食谱，我足可以背出来：早餐是糊汤，午餐基本是面条，晚餐基本是馒头加糊汤；而一年四季都有的菜，是腌白菜、土豆丝、腊猪肉，春天会有一些野菜，夏天会有一些青菜，秋天会有一些西红柿，冬天就只有萝卜了。过年过节会磨一些豆腐、发一些豆芽。除此之外，我再也想不出别的蔬菜与食物了。

小青带着我爹坐在同盛祥里，服务人员给了一个大白碗，里边放着两个烧饼。小青笑着说，就吃两个烧饼行吗？我爹说，怎么不行？吃烧饼还耐饿一些，只是跑这么远干什么？小青说，这边环境好呀。我爹说，有什么好不好的，又吃不到肚子里去，这里的烧饼很贵吧？小青说，二十块呀，怎么了？我爹的眼泪都要出来了，说你们这些孩子都忘记老先人是谁了，哪里吃不到烧饼呀，花这个冤枉钱干什么？

小青见我爹不高兴，赶紧解释说，我开玩笑的，这叫羊肉泡馍，不光两个烧饼，还有羊肉和羊汤。我爹说，羊肉、羊汤在哪里？小青说，我们把烧饼掰碎了，他们就会用羊汤羊肉帮我们煮的。我爹显得手足无措，他怎么也不能理解，为什么要把烧饼掰碎，为什么还要自己动手。小青说，你就照着我的做吧，于是小青掰一下，他就掰一下，尽量与小青的动作保持一致。好像这不是吃饭，而是做体操一样。

等羊肉泡馍煮好端上来，我爹说，这不就是懒人吃的疙瘩汤吗？

从同盛祥回到宾馆，我爹的胆子已经相当大了。趁着小青休息，他便把我们随身带着的行李翻了个遍，一边翻一边吃。果然，他还真吃了许多他一辈子没有吃过的小东西，比如葡萄干、巧克力、奶糖、开心果。小青醒来时，发现他正在啃一包牛肉干。这些小零食，他都是平生第一次享用，他一边吃一边问，这个是什么，那个是什么。小青说，你不管它是什么，先说好吃吗？他点点头说，好吃。小青害怕他把一些不相干的东西翻出来，比如自己带来的感冒药、化妆品和洗头液，或者一些干燥剂之类，也吃下去，便把零食分成一小包一小包的，给他装在身上。

第一章 人间烟火·世间感动

也许是吃零食的原因吧,第一天到西安,我爹吃下了一碗稀饭,竟然还吃了七个肉包子,第二天,竟然连吃三个包子也很勉强了。随后,他来到上海,无论在岳母家,还是在我的家里,他都要趁着人不在的时候,翻出各种各样的零食来,各尝一点儿。

从此,我爹嘴里经常含着零食,有时候是一块饼干,有时候是一颗糖果。随着时间的推移,我爹吃零食的频率越来越高。我发现,在他感觉太急人,也就是太无聊的时候,就从身上掏出糖果饼干什么的,花半天反复地辨认着包装纸,花半天把包装纸小心翼翼地撕开,再花很长很长的时间把一个小零食放进嘴里吃下去。有一次,小青准备了一堆新零食,我爹像刚刚上学的孩子,眯着眼睛仔细地辨认着,先是念道——"小头",然后又念道——"园小饼"。小青觉得那些食品的名字十分奇怪,连忙跑过去一看,发现第一包的全称是"小馒头",第二包的全称是"菜园小饼"。小青笑着问我爹,"园小饼"前边还有一个字怎么读?我爹摇摇头并不吱声。他之所以认出三个字来,恐怕是因为"园"的中间有一个"元",一元两元的元,我名字中间的那个"元"。至于"小"与"饼"是怎么认识的,再也无法追究了。

开始,我爹吃零食是为了充饥,为了尝尝新鲜。那是食品存在的意义,也是食品存在的本质。但是慢慢地,我爹改变了零食的本质,不是为了充实自己的胃,而是用来充实内心的空洞与茫然。我爹因为耳朵的问题,不能和人顺畅地交流;因为不识字,不能看书读报;因为不熟悉城市生活,不能独自出去逛街逛公园。其实他对逛街逛公园毫无兴趣,因为大街上和公园里并没有他需要的东西。虽然我爹的牙齿是假的,消化系统也不正常,但是唯一可以正常运行下去的,就是吃。只有吃是天性,是会伴随一生的,等到丧失吃的能力的时候,也就是生命结束的时候。

所以,我爹来到城市,面对寂寞,面对陌生,面对不适应,只能用吃来安慰自己。

我爹到城市刚刚几天,已经开始唠叨着,想回家了。每每看着他嘴里含着糖果或者牛肉干,望着窗外奔驰的火车,或者斜躺在沙发上睡去,我的心里就十分难过。我为找不到留住我爹的方法而苦恼。留不住我爹,也就意味着,在上海这样的城市里,我还没有找到让自己的灵魂扎根的生活方式。

万物皆熬

李柏林 作者

冬天呵气成冰，人们害怕食物凉得快，会选择熬煮的方式。记得小时候的冬天，母亲害怕菜被冻坏，会把地里的白菜都摘回来，堆在屋子里。晚上，母亲用炉子煮一个小火锅，我们一家人坐在炉子旁，边熬边吃。白菜在锅里不断地熬，直至软烂可口。

冬天更多的时候，是熬粥。有时候是豆子粥，有时候是白米粥。把淘好的米装在锅里放在炉子旁，我在旁边看着。等到米粒开始翻滚的时候，封上炉子下面的眼儿，掀开一半锅盖，再用小火炖上半个小时。

我看着那些米粒在我面前翻着花，跳着舞。屋外寒风呼啸，只有粥在唱着温暖的歌。好像我们之间有着无声的对白，它说太难熬了太难熬了，我说再坚持一会儿，马上就要成功了。

熬好的粥，香味四溢，温暖了整个冬天。

小时候，我最喜欢的是寒假去姥姥家。那时候临近年关，姥姥知道我爱吃猪蹄冻，我每次去，她都会炖猪蹄。

外面下着很大的雪，我在低矮的厨房里看着炖猪蹄的炉子发呆。猪蹄像是在一个黑暗的笼子里，不断地将自己打碎、磨烂。姥姥把勺子伸进汤里，搅一搅，肉就从骨头上脱落了，空气中全是猪蹄的香味。

熬好时，已是黄昏，姥姥把汤放在院子里。猪蹄好像在天地之间参禅、顿悟。最终，化为猪蹄冻。

虽然吃起来冰冰凉凉，好像吃进去一个冬天，可我还是非常迷恋。

熬粥也罢，熬汤也罢，都是一个熬字。熬像一个人已经过了意气风发的少年时代，所以变得成熟稳重。只有熬，才能让一个人学会迂回，他再也不忌讳别人的眼光了，你只管盖上盖子，给他时间酝酿。

熬出来，就是一锅鲜美的汤。人生有些痛，是要自己承受的，别人帮不了半分。你得把自己揉碎，让疼痛刺进你的骨子，风霜融进你的血液，而那个时候，你的人生才开始散发出美味。

在冬天，万物皆熬。想一想，人生又何尝不是熬过寒冬，才能等来花开呢？

狮子妹矫牙记

明前茶 作者

她永远记得，大一时，刚熟悉的室友在她旁边一边啃煎饼，一边背单词的时候，几次三番欲言又止，最终鼓起勇气说了实话："要是你在十二三岁的时候矫过牙，你会更美，难道你爸妈从来没有关注过你的牙齿问题吗？"

她的头顶仿佛响了一个焦雷。作为一个从县中考上来的学生，在高三结束之前，她没有什么时间照镜子。全家都没有意识到她的龅牙问题，正随着她的发育逐渐严重起来。

被室友点醒后，她的心塌陷了，仿佛出现了一个深不见底的沼泽，里面缠绕着懊悔、担忧、自怨自艾，还有一点儿不知源于何处的羞愤。那天她还为了宿舍新安在衣橱上的镜子，跟室友小吵了一架，理由是镜子的反光影响了她的睡眠，其实，她心里很清楚，是因为她不想路过镜子的时候，看见自己的龅牙。

还没等她想完，室友中最年长的凡姐就问她是否愿意去矫牙，她咨询过当牙医的表姐，19岁开始矫牙仍不晚，但忍受的痛苦会多一些。"我们几个商量了一下，每个人从自己的生活费里省出150元，支持你分期付款去矫正牙齿。"

她听得眼泪都要流下来了。她没想到，自己像一只弓着背的野猫，敏感又不好惹，竟然被室友谅解和心疼。

室友们将赞助她矫正牙齿的钱放在一个储蓄罐里，她们特地用这种方式来强化她的决心。储蓄罐上贴着字条，上面写着"不怕丑，才会美"。她们都知道，限于经济条件，她一定会选择普通钢丝托槽矫正器，费用低，缺点是舒适度差，要忍受牙齿的酸胀与敏感。另外，作为"钢牙妹"，她必须随身带着牙刷，只要一吃东西，立刻要找洗手间清洁牙齿。

这个过程相当难熬，她也会失去信心，对医生抱怨说："人为什么要矫正牙齿，至于吗？"医生微笑着看了看她，宽慰说："不受世俗审美的影响，需要一颗大心脏。如果这相貌已经妨碍到你的自信心，与其天天与明晃晃的自卑开战，不如做牙齿矫正。这难道不是一件好事吗？"

医生一次又一次地为她更换钢质丝弓，细心调整牙列的方向，还预言："能够接受你的不完美，还有你狼狈的矫正过程的人，人品不会差。"

被医生说中了，她真是在一吃完饭就奔去水池刷牙的过程中，被后来的男友腼腆地过来要微信的。彼时，她还没有刷完牙，满嘴泡沫。男友后来跟她表白说：你的自信凛然得像一头漂亮的狮子，而狮子的牙槽钢丝上居然沾着青菜，看上去萌感十足。

她回应说："你不觉得与'钢牙妹'交往有点儿尴尬吗？不如再过一年，等我拆掉牙齿矫正器再说。"男孩就等在食堂的洗手池旁，说："我想陪你走这段矫牙路，这很酷。做很酷的事时，不妨带上自己最在乎的人。请你带上我。"

豆花嫂悟道理

林小森 作者

豆花嫂是我亲家的弟媳妇,在四川乡间,以做豆花为生。她全靠手工做豆花,连黄豆也是亲自种的。黄豆收回,打磨、煮浆、耐心撇尽浮沫。

接着,豆花嫂将布袋搁在大竹箕上,竹箕又架在铁桶上,她将滚烫的豆浆一勺一勺舀入,靠这只本色细布袋子,过滤出其中的豆渣。只听得豆浆从布袋中汩汩流出,打在铁桶里如檐口的雨水,哗啦啦响。水声渐小,而此刻,大铁锅也已淘洗干净,铁桶中的豆浆便倒回锅中点卤。

只见豆花嫂一边将小勺卤水轻柔晃悠,转圈点入,一边用锅勺不停地搅拌豆浆,使卤水迅速均匀洒入,不一会儿,豆花就像水中的珊瑚一样,随着温度的微微下降而肉眼可见地在聚集、在生长。豆花嫂又回到了竹箕跟前,再次拧紧布袋子的袋口,轻轻挤压。乳白的豆浆又涌了出来。

豆花嫂跟我说:挤压出豆浆,不能急躁,不要一鼓作气,给的压力太大,反而容易让细微的豆渣穿过布丝,这豆浆若是混入了豆渣,点卤做出来的豆花,就没有韧性。铁桶中分数次挤压出的豆浆,又被倒入了大锅里,第三勺卤水均匀洒入,最终我们获得了十几碗香喷喷、热乎乎的豆花,丰富细腻的孔隙结构,让它的吸味能力极强,确乎与江苏的豆腐脑口感不一样。

作为慈母,豆花嫂从不以急切威逼的方式去促成儿子的成才,她儿子回忆说:我妈从竹箕上悟得了一个道理,"压力既是外面给的,也是靠豆渣原浆的自重,一步步缓缓地沁出来的。所以,急什么呢?娃儿只要身形正,品行正,15岁做不到的事,未必25岁还做不到"。

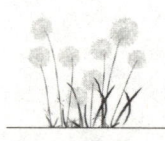

第二章 未来可期 成长日记

改变

□ [波兰]奥尔加·托卡尔丘克
译／于是

爬到河堤上后，我能看到一条波动不止的丝带，一条总往视野外绵延的路，从这个世界里延伸出去。偶尔会有些障碍物聚积在沿岸水底，形成小漩涡。但河水涌流，朝着北方一往无前，只在乎远在天边、遥不可见的目标。你不能一直盯着那河水看，因为河水会牵着你的目光一路奔向地平线，会害你失去平衡感。

站在岸边、凝视河流的我明白了一件事：流动的物事总是比静止的好，哪怕，流动会带出各式各样的风险；相比于恒久不变，改变总是更高尚的；静止的物事必将衰变、腐败、化为灰烬，而流动的物事却可以延续到永远。

黑暗中的一线光

我是ICU（重症监护室）里的一名医生。

第一次看见杜婆婆，是眼科主任特意邀请我来为这位81岁的老太太，做手术前的全身状态评估，她将在第二天做一个全麻下的白内障手术。

杜婆婆坐在床上，张开两只手乱摸，我把手递过去，她一把抓住，随即又放开向其他方向抓去。干枯的手，瘦骨嶙峋，像极了动物的两个触角，不停地左右摸空。

眼科主任告诉我，她完全没有听力，视力也随着白内障的加重几乎消失。她没办法和外界交流，旁人根本搞不清楚她要干什么。

白内障手术本可以只做局部麻醉，但杜婆婆不适合局麻，因为她完全不能和外界交流，无法配合，必须做全麻。我听了一下杜婆婆的心脏和肺，她完全不知道我要干什么，伸手来够听诊器，随即抓住我的手，嘴里咿咿呀呀地念着我听不懂的土话。

聋人失去听力后，得不到周围声音的反馈，就算原本会讲话，也会变得发音奇特，控制不好音量。

"她在叫我。"杜婆婆的女儿走进来。抓住了她的手，不知道是什么样的感觉，杜婆婆的手不再抓空，停了下来。"她可以感觉到我，但我给她吃东西，她搞不懂是什么，要摸很久。她可以在室内活动，太阳很亮的时候，可以写几个字，让她看见。"杜婆婆的女儿并无恻然的表情。但在场的每个医生，都沉默了。

"我知道手术有风险，但是哪怕恢复一点点视力也好，她现在是在'终身监禁'。"杜婆婆的女儿说。

可以想象，那是一个什么样的世界，声音、光、颜色，都没有，只有无边无涯的黑暗和沉寂。难怪她的手会一直这样划拉，人的本能就是想用手，把这黑暗的世界扒开一个口子。

我看了她的相关检查，虽然接受全麻还是有一定的风险，但最终，我们决定让她做这个手术，毕竟无垠的黑暗和沉寂太过可怕，无论怎样冒风险都值得。

很快，我就和眼科主任达成共识，她需要手术。

但我给出了时间限制，一位81岁，极度枯瘦的老人能耐受的全麻时间必须尽可能短，最好控制在一小时之内。而且，手术后，她必须在ICU监护，她的血管老化得非常厉害，血压难以控制。

一周后，我在门诊的走廊里碰到杜婆婆的女儿推着轮椅送她来检查，她苍老佝偻的身躯蜷在轮椅中，似乎有点儿异样。出于职业敏感，我马上发现，她的双手已经不再惶恐无效地摸空。

忽然，她用一侧恢复黑色的眼睛注视了我一会儿，笑了一下。枯瘦的脸，密布皱纹慢慢绽开。

她的女儿说："她只要看见穿白衣服的人，都会这样。"

我知道的，那是世界上最动人的表情。

本就无牵无挂，笑这一世繁华

以前住在乡下奶奶家的时候，遇到过一位老太。因为年岁太大，所以附近的人不管老少，都称她为老太。我见到她时，她已经110多岁了，虽然头发花白，脸上满是褶皱，但身体非常硬朗，精神、气色也不输年轻人。

附近的人并不知道老太是哪里人，据她自己说，原籍在河北，后来因为战乱，与家里的人失散了，才一个人流浪到了这里。

老太有两亩地，种一些小麦或是其他作物，她虽然行动慢了些，但坚持把两亩地种满。拔草、浇水、施肥、打粮，老太从不依靠他人，总是一个人做完一切。等到把粮食打完了，她会把粮食分发给四邻，自己只留下一百斤。你问她，为何辛辛苦苦种了粮食又分发给他人，这时候，她说自己吃不完，留着就浪费了。那您少种一点儿呢？她又说了，一个人闲着也是闲着，就当锻炼身体了。

老太院子里有一棵柿子树，枝叶繁茂，夏天，树冠能遮住满院的阳光。等到柿子熟了，老太会爬树，亲自摘新鲜的柿子送给街坊四邻。如果不是亲眼见到，你很难相信，这位爬树的老人，居然已经110多岁了。

老太甚少生病，有时候她说出的话让我们自叹弗如。记得秋天她把一篮子柿子送到奶奶家的时候，说自己可能真有点儿老了，这么一点儿柿子提过来，胳膊居然还有些酸了呢。当时奶奶整个人都呆住了，因为那一篮子柿子足有20多斤，放在地上，奶奶都提不动，最后是爷爷提起来放在了柜子上。

四周的邻居，有时候会送一些日常的营养品和水果给老太，像奶粉、葡萄、糕点等，但老太大多委婉谢绝了，有些实在推不掉的，她便转手送给了他人，自己几乎没留下过什么东西。

老太在村里还有一个很大的妙处，那便是每次听到邻居吵架打架的，都会前去劝解一番，因为老太德高望重，加上一把年纪，所以吵架的双方大多数听从。即便不听从，也会暂时停下来，因为都怕伤了老太。

一个秋天，老太把粮食收完，便去给四周的邻居分发粮食。只是这次跟往年有些不同，老太每到一户人家，便坐下来跟人家唠嗑，说着感恩的话，说万一自己有个三长两短，都别太担心，毕竟老了，总有那么一天。她来奶奶家的时候，便坐在床上握着奶奶的手，让奶奶注意身体，别太劳累，遇到不顺心的事想开一些，那场景就像一个老者在叮咛自己的儿孙，关切而慈祥。

发完粮食之后，很多天过去了，村里的人再没见过老太出来，四周的街坊觉得有些蹊跷，便去看望老太，其中便有我的奶奶。奶奶说老太今年的粮缸里没有留下那一百斤粮食。

奶奶见到老太的时候，她正盘着腿坐在那张简陋的床上，穿得整整齐齐，干净而素雅，脸上慈祥，神态庄严，只是用手一探，早已没了鼻息。老太就这样走了，安详而静谧。

老太屋子的墙面上，用粉笔写着一行大大的繁体字：本就无牵无挂，笑这一世繁华。

我终于成了"糊弄"爸妈的高手

据说,在错综复杂的人际关系里,真诚才是必杀技,但有时候和很亲密的人——比如父母,如果你始终保持真诚、坦荡,那日子真是没法过了。

比如,晚上8点多爸妈发视频过来,问你吃的啥。你说,准备吃了,刚点的外卖,牛肉盖浇饭加奶茶。

这个回答相当于你将爸妈空降到了TED的大舞台上,他们立马能给你即兴整一篇又一篇的演讲:《外卖是如何毁了你的身体的》《奶茶,你健康的隐形"杀手"》。

可是,在工作了八九小时+通勤两小时+和客户"战斗"一小时+出演办公室"宫心计"数小时后,回到家的那一刻,你真的毫无勇气踏入厨房。你只希望有个田螺姑娘能把香喷喷的饭菜摆在眼前。在真实世界里,外卖小哥就是你的田螺姑娘。

因为爸妈没有参与你这难熬的一天,不了解其中的细节和感受,所以当听闻你点外卖时,自然要化身科普专家+养生大师。而你,也实在没有力气和他们解释这一天十几小时中的点点滴滴是如何蚕食自己的精气神的。

所以,最好的办法还是糊弄一下他们吧:吃过了,自己做的番茄鸡蛋面+周末做的牛肉+一盘新鲜水果。

糊弄的意义在于:放过自己、慰藉爸妈。

当我们还是孩子时,父母是最常糊弄我们的人。总是一句"你还小,不懂",直接从生物学意义上把你踢出局。

长大后,当你在滚滚红尘中奋力厮杀时,理解了父母的糊弄,是为了让生活变得更容易一点儿的小智慧。一方面,一些问题解释起来确实复杂,比如,"奶奶为什么和妈妈吵架""爸爸为什么总不回家";另一方面,一些问题实在没必要费力和一个孩子解释,比如"为什么我们今晚要吃面条""为什么我今天要练琴"。

成年人的世界里,要操心、周全的事情太多了,糊弄无非是卸掉一点儿不重要的冗余。

所以,当我们长大后,也从长辈那里传承了糊弄这个小智慧。

只要爹妈问起的目标对象是自己,糊弄原则:报喜不报忧。

吃饭,按时吃的;睡觉,早睡早起;工作,不累;钱,够花;身体,挺好,体检一切正常……当然,有些超纲题目,在我们炉火纯青的糊弄技巧下也能轻松化解。

送给父母的东西,你必须糊弄,报价要秉持"低于100元""打对折""单位发的""朋友送的"这些原则,他们才肯接受。不过,这种糊弄方法也不是万全之策。

有一次,我给爸妈买了一套运动装,我妈问多少钱,我糊弄说打完折200元(其实上千元),我爸妈知道这个品牌的衣服不便宜,遛弯的时候就去专卖店看了价格,然后念叨我很久。

从那之后我长记性了,买稍贵一点儿的品牌做礼物时,我不报价了,只说"不贵""还行""你女儿发财了",爸妈心里明白也就不问了。

父母虽然嘴上怪你花钱,但收到儿女送来的礼物时,心里还是美滋滋的。他们又有了和隔壁王叔、李婶炫耀的"资本"啦。

其实,与其说是在糊弄爸妈,不如说我们是在用这种方法保持一种平衡——让他们安心的同时,也保留住我们自己生活的自主权。

请像核桃那样见缝插针地成长

[美]维·麦哈 作者
译/陈荣生

如果把核桃与我们这个星球上生长的一些美丽而令人兴奋的东西相比,它似乎并不是什么了不起的创造。它普通,粗糙,没有特别的吸引力,当然也没有任何货币意义上的价值。此外,它很小。它的生长受到包裹着它的坚硬外壳的限制。这个坚硬的壳是它一生都逃脱不了的。

"当然,这是判断核桃的错误方法。请打开一个核桃,看看其内部。看到了核桃成长到填满了每一个角落和缝隙吗?它对壳的大小和形状没有发言权,但由于这些限制,它充分发挥了生长的潜力。"

如果我们能像核桃一样,在赋予我们的生命中的每一个缝隙里都能找到开花的路径并怒放,那该是多么幸运啊!

教我坐高铁的博主，治好了我的"星巴克点单恐惧症"

辣炒猪排/作者

你会坐高铁吗？

春节期间，博主"打工仔小张耶"开始在社交平台上发布名为"如何如何"的系列视频，其中一条是教人如何坐高铁。视频中，小张一边进站，一边介绍高铁站的售票区、取票区，进站后她又演示了如何过安检、如何取纸质车票和报销凭证、如何查看车次信息、如何找到正确的站台和相应的座位，并在视频结尾说："虽然感觉好像没有人会看这个……但是万一呢？万一有人需要呢？"

意料之外的是，这条看似有点儿"水"的视频，收获了28万次点赞和上万条评论，许多网友留言感谢小张："太需要了！谢谢你！"有热心网友对可能遇到的问题进行补充，比如忘带身份证、走错车厢时该如何应对；也有网友在评论区补充提问，想知道怎么去医院、怎么坐飞机。

大家热情的反馈鼓舞了小张。而这个"如何如何"系列覆盖生活的方方面面，比如"如何坐地铁""如何坐飞机""如何在星巴克点单""如何一个人吃海底捞""如何一个人去医院挂号看病"……在诸多视频中，播放量最高的，是一条教大家如何在麦当劳、星巴克等连锁餐饮店点餐的视频——不少来自三四线城市的网友，都是在考上大学并到了大城市之后，才有机会光临这些"陌生而遥远"的西式快餐店。

或许我们都有过这样的窘境：第一次站在星巴克的柜台前，目之所及，都是都市感十足的精致白领；面对出口就是专用词语的店员，既听不懂中杯、大杯到底是什么尺寸，想要看看菜单，又被陌生的名字搞得更加头大；又或者，仅仅是因为胆怯和恐惧，或者价目单上偏高的数字，就停下了尝试的脚步……因此，小张一上来就给观众们把思想建设做足："它就是一家饮料店。"

不仅如此，小张还以此类推，给出了在面对每一家试图吓唬你的咖啡店时，都可以化险为夷的标准答案："点拿铁！"点拿铁！让所有咖啡店店员哑口无言。

在"如何吃海底捞"那一期视频中，有人发出了这样一条弹幕："怎么会有人没吃过火锅？"其实，这也是很多人在看到博主"如何如何"系列视频时最真实的反应。

然而，生活环境的差异，让我们缺失的生命体验各不相同，在这个日新月异的社会中，人人都有第一次——小张的视频，就像一本在学校里遗漏的教科书，为很多人补上了生活的必修课，免去了"第一次"的焦虑和迷茫。

充满治愈与惦念的相逢

华明玥

那天是周五,我与一年未见的女友约在一家越南餐厅见面,点好餐后,正相谈甚欢,我留意到与我们仅隔半米的隔壁桌旁,一对母女一直在打量我的女友,突然,年长的母亲站起并走过来,双手合十向她探询:"您是不是甲状腺专家陈主任?我在医院科室的墙上见过您的照片……"女友微笑道:"巧遇,请问哪位是病人?"

那位母亲激动地说:"陈主任,您能否给我女儿摸一摸甲状腺,看看她这两年恢复得怎么样?一直想挂您的号,可是定了早上6点的闹钟起来都抢不到号,后来我女儿就找您的学生看了。我知道您好不容易有一次和朋友相聚的机会,这样打扰很冒昧。可是……"女友立刻站起,笑道:"这也不算打扰,我们做医生的,这点儿本事相当于剃头挑子随身带,姑娘,你坐过来吧。"

那姑娘便怯生生地坐了过来,女友在人声鼎沸的餐馆里闭着眼睛、一言不发地摸索姑娘的脖颈。过了一会儿,笑着跟那对母女说:"问题不大,之前的治疗是有效果的。这样,你们再去查一次甲状腺指数。"然后,从包中掏出便利贴和签字笔,将医嘱写下来,往姑娘的手背上轻轻一贴。母女俩的神情松弛下来,不断说着感谢的话,女友则再三摆手:"举手之劳而已。能遇见,是缘分。"

母女俩可能知道,如果继续坐在隔壁桌用餐,那么我们这餐就有可能会变成医生的办公桌餐。于是几分钟后,她们开始一声不响地打包、离开。走之前,那位母亲特意过来,说:"这家餐馆有一道鲜花布丁,我女儿最爱吃,也给你们点了一份,略表心意。"

我的另一位朋友严医生,曾有一次带着妻女自驾到苏北游玩。就在他专心打望种植基地的鲜花美景时,不小心将车开进了泥淖,正焦急着,田野上来了一群农人。他们站在高处,看到严医生这辆深陷泥地不能动弹的小轿车后,无须动员就都赶了过来,帮严医生一家脱困。

人多力量大。在农人们的助力下,严医生的车终于蹿上了土埂。就在他准备下车表示感谢时,一位六十来岁的老人忽然上前一步,双手握住了严医生的手,说:"15年前我小肠坏死,当时好多人都说我没治了……严医生,你还记得我不?"

严医生思量了一会儿,惊喜地问:"你是老龚?手术后有十几年了吧?我竟认不出你了。身体可好?看你还能做农活呢……"

老龚笑着说:"15年了。老汉我有福气啊,当年遇见您,保住了小肠,太太平平活到今天,看着孙子上了大学……严医生,您救了我的命啊。不嫌弃的话,今儿晚上就住我家吧。"

当晚,从医25年的严医生喝醉了。醉眼蒙眬中,看到月亮起了毛边,老龚家每个人脸上的笑容也起了湿漉漉的毛边,他们的感激之情无以言表。而看到昔日的病人能吃能喝,还能在场院里利索地干活,严医生欣慰无比,他们一次又一次地举杯——为田野中的重逢,为命运安排的巧遇。

严医生离开时,发现他的车子已经被洗得干干净净,全村人大部分都出来给严医生送行了,村道两侧,麦香四溢,在这充满治愈与惦念的大地上,严医生不由泪眼蒙眬。

小花的钢琴

爱杨

我曾在一所矿区子弟学校教过书，担任学校的语文老师。

小花是四年级时转学过来的。她瘦瘦小小的，每天扎着两根麻花辫，特别朴实。

记得有一次的作文主题是"我的心爱之物"。批阅小花的作文时，我不禁皱起了眉头。小花的作文是这样写的：我最喜欢的是钢琴。我家里有很多架钢琴，红的、蓝的、绿的，每天晚上，我总会坐在窗前弹钢琴，妈妈就会在一旁唱起好听的歌……

那个年代，全校也只有一架钢琴，还是淘来的二手琴。以小花家的条件，我认为她是在说谎，甚至我的脑海里还出现了"虚荣""炫耀"等不好的字眼。作文本后一页还写了很多，我没细看，就在第一页给她画了一个大大的问号。

第二天的作文讲评课，我照常先念了几篇出彩的例文，接下来，我念起了小花的作文。

如我所料，接下来的内容引起了班里的阵阵讨论。"老师，这是吹牛呢，钢琴那么大，这么多钢琴家里放得下吗？"

我示意大家安静，而后总结道："大家都看出这篇作文存在的问题了。写作的方法有很多，可以夸张，可以虚构，但在生活中，老师希望你们展现最真实的样子。"说完，我特意看了一眼小花，她几次张嘴想说什么，最后还是低下了头。

如果不是那次家访，我永远都不会知道自己犯了多大的错。

那是我第一次见到小花的父母。小花的母亲几年前出了交通事故，长期卧病在床。她说："小花从小就喜欢钢琴，那个时候我还没出车祸，带她去镇里的钢琴店试练了几次，本来想咬咬牙给她报个名，后来出事了，孩子也就再没提过这事。她用手工纸折了好多钢琴，就是挂在我床头的这些，每天晚上弹给我听，还让我唱歌，其实呀，我知道她想陪我消磨时间……"

我心里一惊，原来，小花在作文里写的"家里有很多架钢琴"，指的是这些！天哪！我居然还在课堂上不公正地点评了她的作文。

回到办公室，我急忙翻出小花的作文本，看到了之前因气愤而未注意到的内容：爸爸说，等他赚够了给妈妈治病的钱，就给我买一架真正的钢琴。那时候，我就能弹真正的钢琴给妈妈听了。

我的眼泪不自觉地涌了出来，瞬间，我被愧疚感吞噬了。

放学后，我主动找到小花，问她想不想学真正的钢琴。小花使劲点点头。我带她来到音乐教室，告诉她，从今天开始，我来教她弹真正的钢琴。

"方脸黑皮妮"的自卑青春

甜沫

人们常说，十五六岁的女孩正处于花季，不打扮也是美的。但这种说法并不适合我。

16岁是我容貌焦虑最厉害的时候，当我无意间听到一位男同学称呼我为"方脸黑皮妮"时，自卑和敏感的心理在一夜间疯涨。

此后，我无数次问自己——为什么我会长成这样呢？皮肤黑得像煤炭，这就罢了，脸形更是奇怪，不是古典的鹅蛋脸，更不是小巧的瓜子脸，而是棱角分明的方脸。"妮"在我们这的方言中带着土气的意思。看着镜子里的自己，的确是又土又丑！

那时我正上高二，女孩们已经有了爱美的心思，有几个学艺术的甚至会偷偷涂粉底液和口红。她们精心打理的空气刘海儿下是白皮肤和大眼睛，V字小脸自拍时360度都上镜。

我要是也那么漂亮就好了！我暗地里观察着她们，心里既羡慕又嫉妒。一次调位后，有两名艺术生坐到了我前面，课间，其中一个女孩拿出小镜子照了又照，喃喃自语："唉，又爆痘了，真烦！"突然她把目光转向我，貌似发现新大陆般笑着说："你的皮肤真好，从没见你长过痘痘。"

她可是班花哎！怎么可能反过来夸黑皮肤的我——敏感的我料定那是讽刺挖苦，只觉得她虚伪做作，笑容刺目。

无法从外貌获得自信，所以学习成绩还算过得去的我，把所有的精力都放在书本上。留着长年不变的短发，涂着基础的润肤霜，蜷缩在教室的小角落，用不错的名次来掩盖无奈和自卑。努力没有白费，高考时，我考到省会一所知名的财经学校，收到录取通知书的那天，我流着泪看着镜子里的自己，皮肤好像没有我印象中那么黑。

上大学后，有一次一个室友拿我化妆练手，她用手托着我的下巴打量："你的皮肤真好，典型的中性皮肤，不油不干，除了肤色稍微有点儿深，化好妆就是大明星了。"但我并不相信她的夸赞，肯定是有求于我，她才说恭维的话。"你呀，总看不到自己的优点！知道吗，小方脸现在被称为高级脸，辨识度高，轮廓分明。这种脸形多少人羡慕不来的！"

她一语中的，或许我没有她说的那么好，但不至于天天为长相愁眉苦脸，多年的自卑情绪也该慢慢放下。

可是，他们哪儿知道16岁的我经历过怎样的内心煎熬，容貌焦虑让我的整个青春期都过得很糟糕。我像鸵鸟一样把头埋在脖颈里，来抵挡别人异样的眼光和嘲笑的口吻。

而随着阅历的增加，我意识到，参差不齐才是美，为什么一定要和别人一样？

当我意识到这一点，束缚我的那个茧终于被彻底挣脱。

怕痛的我，学不会"钝感力"

在麻醉针扎进去的刹那，即使不算五雷轰顶，我也真切地感受到了切肤之痛。为了不承受接下来需要抽神经的补牙之痛，我不得不忍耐此刻相对短暂的锥心刺骨。

相信我挣扎扭曲的五官丑到了牙医，感谢见多识广的她没有无视我的痛苦，反而温柔地拍拍我僵硬的手臂，愿意把怕痛的我当成小孩子一样安慰。

从我有记忆以来，我对疼痛的忍耐度似乎一直比绝大多数人低，每次外出打针，整个医院走廊都回荡着我痛苦的号叫声，随着年岁增加，害怕打针的毛病却越来越严重了。

后来，上学和大家一起体检抽血，我才意识到，和很多同样对打针发怵的同学不一样，我不是怕针，也不晕血，只是单纯感觉针扎下去的一刻非常疼而且后劲十足。

前段时间，我出门意外被自行车轻轻轧了一下脚背，正常人可能当下就没事了，而我却整整疼了半个月。

"痛感"成了我每次打针、摔倒、磕磕碰碰之后都会戴上的"痛苦面具"，因为对疼痛的超强感受力，我一直被很多人认为矫情、喜欢小题大做，是一点儿轻伤都忍不了的"小公主"。以至于很长一段时间里，我都告诫自己即使痛也要忍耐，绝不掉眼泪让别人嫌弃，甚至会暗自抱怨为什么人要感觉到痛，如果能失去这种感觉该多好！

可痛感真的是我的敌人吗？当我们失去疼痛又会发生什么样的事？

电视剧《实习医生格蕾》里有一个感受不到疼痛的病例：受伤的小女孩梅根已经是三个月内第四次问诊，梅根的养父母称她是在游乐场跌倒时摔伤的腿。看着十分严重的所谓摔伤，而且手臂上有被订书针"缝合"的伤口，医生很难不怀疑她是遭到了养父母的虐待。

然而梅根坚称一切都是自己做的，和养父母无关，因为她有"超能力"，根本感受不到疼所以不需要来医院，如果医生不信可以现在就打她试试看。

腿上的伤口还是小事，在医生得知她为了证明自己有不怕疼的超能力，被人用棒球棍击打过腹部时，终于察觉大事不妙。要知道脏器是最易受内伤的，如果没有痛觉，她只有在失血过多或者病情严重到失去意识时才会被发觉，到那时就晚了！

经医生诊断，梅根患有长期无痛感觉症，即无痛症。

失去痛觉让梅根误认为自己是超人，可感觉不到受伤，不代表没有受伤。疼痛是一种信号，提醒我们正在被外界伤害。这种古老的生存机制一旦失去灵敏度，就相当于我们不穿防弹衣直接暴露在枪林弹雨中。我努力想要避免的疼痛，其实一直在保护着我。

艺术来源于生活，纪录片《疼痛的秘密》采访了意大利托斯卡纳的一个无痛家族。祖母的痛感很低，两次踝关节扭伤都没察觉，直到第三次脚踝受伤去医院才被检查出来；她的女儿对温度不敏感，在冰水里游泳也无所谓；家族的第三代孩子也遗传了这种基因，从自行车上摔下来以为没事，结果耽误了治疗。

纪录片里也提到了与无痛症极端相反的案例，就是时刻被身体各处的疼痛折磨。因为掷板球而手臂受伤的女孩瑞秋，本来以为伤好之后疼痛会消失，没想到痛感蔓延到全身，除了手臂，头顶、背部、脚踝都开始疼痛，她得了复杂性区域疼痛综合征，这是一种"继发于创伤等伤害事件后的疼痛综合征"。

由此可见，没有痛觉不行，对疼痛过于敏感则会导致另一种伤害。因为怕疼，我做事情一向小心，生怕受伤，这也让我的内心逐渐变得高度敏感，容易瞻前顾后。只要周围一有风吹草动，立刻开始警觉紧张。一旦感到不舒服，我就会马上想方设法逃离现场。

与高度敏感相反的"钝感"一词最近常常被提及。

它可直译为"迟钝的力量"，"一旦下定了决心，就能够无视周围人的目光和流言蜚语，毅然决然地进行。即使听到别人的讽刺，也是一副与我无关的架势，大大方方地勇往直前"。

这个观点认为，疼痛可以是主观的，并不一定来自外部环境，这就意味着有些时候，是大脑的感受和情感控制着疼痛。比如，当我抽血的时候，如果盯着护士的每个举动，绑压脉带、消毒、采血，那一定会更加紧张，甚至提前感觉到疼痛。

而解决怕疼的精神疗法，说白了就是转移注意力，让大脑把注意力集中在其他事情上，自然就无暇处理关于疼痛的感觉。

或许现阶段我还无法拥有钝感力，但我愿意尝试用更轻松的状态应对。至少在补牙的时候，我会控制自己不要盯着托盘里的各种医疗器具，不要提前脑补它们在我的牙齿上敲敲打打。

我始终认为，我们要对他人的冷嘲热讽、恶语相向多些钝感，但还是应该对自己的身心保持敏感关注。不要因为害怕别人说自己不够勇敢、不懂忍耐而无视身体或心里的不舒服，让一点点的疼痛发展成难以愈合的伤口。

读那种踮起脚尖才能看到的书

张珠容

博学才女蒙曼小的时候极爱读书。1984年，人民文学出版社出版了一套关于各个朝代诗选的书，蒙曼看中了其中一本，名叫《清诗选》。她怕书被人抢光，拉着父亲就去书店买。买的时候，父亲一句话也没说，爽快地付了钱。可等付完钱出来，他对蒙曼说："这本书你可以看，但是'诗必盛唐'，以后你要是看诗，还是多看一些唐朝的诗。"

父亲没有阻止蒙曼买自己喜欢的书，却不忘教孩子一件事儿：你看的这本不是最好的。他的目的，是引导女儿看好书。父亲的教导给蒙曼留下了深刻的印象，于是看完《清诗选》后，她又看了《唐诗三百首》。看完后，她恍然大悟：清诗小，唐诗大；清诗软，唐诗硬；清诗薄，唐诗厚。果真应了父亲所说，诗必盛唐。

蒙曼上中学的时候很淘气，成绩并不出众。父母分析，这是蒙曼看闲书造成的。于是，他们把蒙曼看的所有的书都封在了一个柳条箱子里，上了锁。这还不够，他们在箱子上方压了很多杂物。蒙曼自然不甘心，还是想偷看。一天中午，蒙曼趁父母睡午觉，偷来柳条箱的钥匙，蹑手蹑脚地把箱子打开。可箱子上面压着好多东西，蒙曼只能勉强打开盖子，没办法探头进去看哪个位置放了哪本书，她只能伸手瞎摸一番，摸出哪本就是哪本。

第一回，蒙曼摸出的是《红楼梦》第四册。随后，她轻手轻脚地把箱子盖上，锁好。这册看完之后，蒙曼就找机会把书还回去，再摸一本出来。因为每次都是"随机"选，所以她是颠三倒四地读完了《红楼梦》的第一遍。父母见女儿如此热爱读书，也就睁一只眼闭一只眼，任由蒙曼"偷"书。多年后，蒙曼回忆起父亲说的"诗必盛唐"四个字，感慨良多："父亲的话让我明白了什么叫作'取法乎上，仅得乎中'——取上等的为准则，只能得到中等的。所以，求知是一个漫长且艰辛的过程，只有开阔视野，定高目标，才能取得满意的成果。"对中学时期"书非偷不能读也"的亲身经历，蒙曼也深有感触："读不费吹灰之力得来的书的感觉，远比不上读费尽心思得到的书的感觉。"

近些年，蒙曼的身影频频出现在《中国成语大会》《中国诗词大会》等热播电视节目上，成为公众熟知的才女。她多次在接受采访时表示，父母对自己的成长过程影响巨大。蒙曼说："我很喜欢父母常对我说的一句话：你要读那种踮起脚尖才能看到的书，你要做那种需要费点儿劲儿才能做到的事。"

爱自己的第一步，是停止取悦自己

昨天跟一位朋友聊天时，我随口说起这个夏天过得相当慵懒，书看得比之前少了，还偷懒停更了一个月，空出来的时间倒也没干什么大事，不知不觉就到了秋天。她咬着吸管给我灌鸡汤："哎呀，你已经很好了，偶尔偷个懒有什么错，不要这么难为自己嘛。"

哪怕知道她这句话是发自肺腑的安慰，我还是有点儿哭笑不得，从什么时候开始，对自己有点儿要求就成了"为难自己"？希望变得更好就是"不接纳自己"了？看不惯自己身上的某个缺点就成了"不爱自己"？

康德那句大名鼎鼎的"人性这根曲木，决然造不出任何笔直的东西"，若是放在今天想必要被骂得狗血淋头——我就是最好的，我爱我自己，我就是要接纳我，如我所是。你劝我不放过自己，想必没安好心。

说句实话，我也曾经用这样的话安慰过自己，准备好要去跑步结果宅着追剧的时候，摊开书却没忍住点开游戏时，明明可以做到90分可只做到60分时，也曾经无数次想过"就这样吧"，人生苦短，何必为难自己？

可这样的话就如同麻醉剂，乍一用会让人晕乎乎地陷入梦境，而当麻醉的药效退去，自我追问的本能就会如潮水一般涌来，制造出更恐怖也更让人绝望的空虚——难道我的一生就只能这样了吗？

哪怕冠以"爱自己"这样崇高的帽子，人的天性中与自我抗争的那一小部分依然不愿缴械认输，我有时觉得潜意识里那簇火苗像生活在体内的另一个我，它比我更清楚我想要的，也比我更明白我能够到的，在这个我昏昏欲睡地用"爱自己，接纳自己"这样的借口得过且过时，它总会毫不留情地戳破——那不是爱自己，那只是讨好自己，而讨好就算再多再用力，也是变不成爱的。

我们在自我身上常常会混淆这两种感觉：奖励自己放肆去喝含糖饮料，周末躺在床上刷一整天手机，看上什么都随便买买买，这些行为无疑都会带来轻松快乐，讨好与爱看上去并无差别。

我想爱自己的第一步并不是"接纳"，反而是退后一步，尝试将自己和内心的那个声音剥离开来，试着问问自己，如果是我的朋友，如果是我的孩子，我还会接受甚至鼓励他这样做吗？

世上从来都没有无缘无故的爱，对别人如此，对自己其实也一样。想要爱自己，就要先做出配得上这份爱的努力才行。

患有"学习羞耻症"的我，怕被人知道自己很努力

高考之后，邻居的儿子小光向我询问一些关于大学的建议，可在不知分数与专业的前提下谈论具体事务为时尚早，我只能笼统地说："任何时候都不要羞于学习，大大方方地去争取你想要的东西。"他疑惑："学校不就是用来学习的嘛，有什么好羞耻的呢？"

他是个不折不扣的学霸，成绩位居年级前20%，免考进入市重点高中后遇强则强，我放假回家在电梯里遇见邻居阿姨时都会和她进行这样的对话："小光又不回来？""嗯，说是后面有大考，和要好的同学打了赌要突破650分。"她的语气轻柔如风，却在我心上开了一枪又一枪。

和他不一样，我的学习成绩总是起起伏伏。大概在初中的时候在QQ空间看到一句话，"你必须非常努力，才能看起来毫不费力"。当时的我毫不起疑，没深究其中的强盗逻辑，还给自己写了逆袭剧本，渴望在期末考试中一鸣惊人。

白天一手掐着大腿根，一手抹着风油精强撑着颠颠晃晃的头，吞下哈欠聚精会神地听物理定律，夜晚熄灯后，小心翼翼地在被窝里打开手机的手电筒复习知识点，还不时警惕着突然查房的宿管阿姨。

但夜里若隐若现的灯光，还是引来了宿管阿姨的怀疑，班主任严厉劝我将影响学习和作息的手机交出来，即使我觉得委屈，也犟着不肯说出学习到半夜的事实。

从那时起，我便患上了"学习羞耻症"，毕竟比起彻头彻尾的"学渣"，还是被娱乐耽误的中等生更让人容易接受。这种状态持续到中考前，同桌为了拉我一把和她考入同一所重点高中，将所有技巧与笔记倾囊相授，可我用余光心猿意马地环顾四周，仿佛听见了"学霸给她补课也是白瞎工夫""没头脑就是没头脑"之类的泄气话，我学得越发吃力，最终她如愿以偿，相差近百分的我则留在了本地高中。

上了高中，我们班上有一个男孩，是全班公认的"刻苦之星"，无时无刻不伏案刷习题册，但大半年过去毫无起色，我似乎又看见了那个笨鸟先飞但飞不动的我，同学无声的眼神里流露出同情，反倒是不学则已，一学就突飞猛进的那类"差生"更让人羡慕。于是为了营造反差感，我开始悄悄学习，似乎努力是人人皆有的那张底牌，被别人知道就会感到羞耻，努力不成，更加羞愧难当。为了避免体验这些羞耻感，所

以要悄悄进行。

就在我为自己的秘密行动沾沾自喜时，迎来了千军万马过独木桥的高三，一小撮优等生被单独分到楼梯最里端的教室，新来的班主任亲自题写奋战高考的标语，做成小立牌放在课桌前，所有事情将为学习让步，时刻不容松懈。大家的目标极为统一，擅长不同学科的同学轮番上台给大家分享解题思路与背诵技巧，极易被环境影响的我热血澎湃，这是我短暂不为全力以赴感到羞耻的时期，心口一致地在题海里沉浮，兜里随时揣着写满单词的小卡片，若时光停留在那一瞬间，我将会是最幸福的人。

殊不知，我只是发过光的中等生，羞耻并未伴随着成长而消失，反倒掺杂了更多的因素而变得沉重。大学是个角色众多的竞技台，毫无方向的我像在黑暗的森林里小心谨慎穿行的旅人，探索着出口又不能被其他人发现。明明在图书馆整理资料一整天，面对好奇询问的室友却会说"去得太早光顾着打瞌睡，回来这么晚是因为看小说入了迷"；明明想利用空闲多考取几个证书，但朋友发来聚餐邀请时从不好意思以"额外的学习"为由拒绝；明明彼此都异常努力，在朋友圈还是一副嘻哈玩乐的搞怪样，开玩笑地恳求大家别"内卷"……

也许是潜在的竞争让同学间的隔阂增大，对彼此的印象也越发模糊，要用"放松"的幌子为正在做的事覆盖上一层可喘息的屏障，我总是很怕别人发现我在很努力地学习，甚至我会向外界展现出一种我在"摆烂"的信号，这样的羞耻其实在不知不觉间成为内耗的元凶。

"骗别人"和"骗自己"的界限逐渐消失，不仅浪费着时间和精力，尤其可怕的是，假"毫不费力"最终变成真"不够努力"。当看见专业排名上垫底的名字我无地自容，想靠努力重回巅峰，但于事无补，现在已成为不折不扣的"学习差生"。

世界上有一种令人害怕的安慰叫作"你真的很努力"，原本是夸奖的话语，但如果没有配得上的结果就体现出了别样的意味，潜台词是你除了努力一无是处。失败之后我向初中同学描述现状，羡慕如她一般拥有学习天赋，不会因结果而动摇的人，她却说："我也曾对日夜不息的努力感到羞愧，但那又怎样？"

身为医学生的她这几年见识到了无数天赋异禀又格外拼搏的高才生，自习室里灯光彻夜明亮，他们从未对学习感到羞耻，有的只是对不努力的愧疚。

她说：灵气与否都是生来注定的，我当然承认有人可以毫不费力地得到我们难以企及的东西，但聪明人从不会看轻努力拼搏达成目标的人，只会看不起过着不如意的生活却只知道自怨自艾的人。

是啊！比起不敢迈步的人，努力本身就是一种成功。

长大三次

曾经，一部电视剧中关于"人要长大三次"的一段台词给我留下了深刻印象，这段台词出自该剧的女主角之口："第一次长大是在发现自己不是世界中心的时候；第二次长大是发现即使再怎么努力，终究还是有些事令人无能为力的时候；第三次长大是明知道有些事可能会无能为力，但还是会尽力争取的时候。"

人们很容易以自我为中心，但如果一直活在自己的世界里走不出来，则很难长大。当一个人开始眼里有别人，替别人着想，学会关心他人，也就意味着他真的长大了。这一次长大很难，要克服自私自利之心，要找准自己的位置——

第一次长大，实质是一次摆脱自我的蜕变。

少年的我们曾耳熟能详"勤能补拙"之类的词语，以为只需足够努力就能成功。踌躇满志地步入社会，却被撞得头破血流，才发现成功的路上还有许多不可或缺的因素——

第二次长大，意味着开始勇敢地面对自己的局限，有勇气承认自己不能了。如果从此消沉下去，一蹶不振，人就在精神上死亡了，也就无所谓长大与否。

然而第三次长大，是明知不可为而为之，失败也坦然，成功也淡然。这一次长大，才是真正意义上的长大。

长大不仅是肌体的成长，更重要的是心理上的成熟和精神上的强大。长大三次，就是一个人认识自己、承认自己、悦纳自己的过程，这是成长必要经历的三重境界。

有的人会经历三次成长，整个人由此发生翻天覆地的变化，变得优雅、达观、积极。有的人则一生都"长不大"，始终活在自我的小圈子里，莽撞颓废，一生都不曾真正前行。

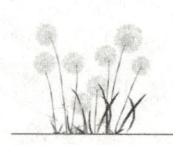

大胆说出"我不喜欢",没什么不好意思的

小时候去亲戚家里做客,姨妈做了一道拿手好菜——陈皮鸭,大家都夸好吃,可我这人有点儿怪,既不喜欢甜食,也不吃任何家禽的皮,不管鸡皮还是鸭皮,所以我其实并不喜欢。但是,当姨妈问我喜不喜欢的时候,我非常懂事地回答"喜欢"。于是,从此,只要我去姨妈家,她一准儿给我做那道菜,并且用充满期待的眼神看着我,我也只能硬着头皮尽量多吃,直到今天还是这样。

现在回过头去想想,有些事情,假如你不喜欢,可以在一开始就明确地表达出来。每个人都有权利表达自己的不喜欢与不满。只要我们注意表达方式,并不会伤害别人。反倒是这种明明不喜欢还不好意思说的做法,更伤害人的感情。要是姨妈有一天知道,原来这么多年她的热情款待一直被我视作负担,岂不是更伤心?

所以,从这个意义上讲,表达我们的不喜欢与不满是非常必要的,只要讲究方式即可。如果我在姨妈一开始给我做这道菜的时候,就告诉她:"您的手艺非常好,连我这种不喜欢甜食,也不吃鸭皮的人都能吃。"她既不会伤心,也不会以后每次都给我做这道菜,这样岂不是更好?

但是,为什么我当时不肯表明自己的不喜欢呢?因为我们不想伤害别人。一直以来,我都以为这是一种善解人意、温柔体贴的做法,但现在我不再这么想。一个只会说"好"的人,可能不会伤害别人,但早晚会伤害自己。如果你弱小到连自己的不满意都不敢表达,算什么口才好?

其实,不喜欢与不满意,不是不能说,关键在于你怎么说。如果你生硬地说:"我不喜欢这份礼物。""我对你所做的安排不满意。""这个方案做得太差劲。"不仅会伤人,更会显得你似乎欠缺一点儿教养。

因此,我们在表达不喜欢时需要把握一点:控制你的情绪,找出自己不喜欢、不满意的真正原因,尽量客观地表达出来。

为什么要控制情绪呢?因为"不喜欢"原本就是一种负面情绪,随之而来的,还有生气、委屈、抱怨等情绪。所有这些情绪,都有可能扭曲、放大事实。于是,当我们面对自己不喜欢的人和事时,难免会有给人脸色的可能,这时候我们要提醒自己,你要做的是传达信息而不是发泄情绪。找出你不喜欢的地方,尽量客观地表达。比如,"你买的这件衬衣颜色太难看了"就不够客观,客观的说法是"每个人都有偏好,我不喜欢这个颜色"。

最后我还要提醒大家,你的不满和不喜欢,尽量不要通过别人传达,那虽然能让你避免当面讲出来的尴尬,却只会让对方感觉更糟糕。

掉进了历史的抽屉

鱼芙蓉

小时候去农村奶奶家,要走过一条坑洼的土路。一路上,我会数着别人家院墙上密密麻麻的玻璃碴,遥想里面的动静。

拐个弯到一条大街,第三个门楼就是奶奶家了。门口稳稳地放着两个青石板条凳,我从厚重的门缝里进去,迎面撞见灰白色的照壁,上面笔墨浅淡地画着一幅不知哪年的山水画。而布满照壁的灰白色有种跨越岁月的美,我看着便会入神。

照壁的旁边是第二道门,踅摸进去,左右两边各有两三间老屋。挂着竹帘、从里面荡出沉香气的,是爷爷的;一间杂货屋,从梁上吊下来一个大秋千的,是孩子们的;摆着古老的架子床的,是奶奶的;有新式大立柜、墙壁上贴着一圈《大观园》人物画的,是爸妈的新房;最前面一间是灶间,我儿时魂牵梦绕的所在。

灶间里永远有烟火气,土灶上永远架着一口深锅,奶奶总在那里忙活。最妙的是,她踮起小脚从房梁上拉下一个竹篮,总能变戏法一样从里面拿出各种稀罕吃食,有花馍、枣糕、糖包等。每次接到手心里,我总是无比高兴,找一个地方细细吃了,连心里都是甜的。

那也是现在,故乡留在我心里的味道。

爷爷是家族里年辈最长、学问最大的人,大家对他都毕恭毕敬。他的房里挂着六幅一组的字儿,不知出自何人,也不知是经典中的哪一篇。他很少出来,总是在屋里看书,从日上三竿到夕阳的余晖洒落地上,照出竹帘的斜影。族人找他说事,都规矩地站在门外,先说自己是谁,再看要不要进去,我们自家人也是如此。他嫌小孩子胡闹,总不让小孩子进他的房间。只有我能进,因为我是"会读书的孩子"。

在这所老宅子里,爷爷的屋子代表着权威,是无声而有压迫感的;奶奶的灶间则代表着烟火,是热闹而放松的。

饭点到了,我总喜欢端着碗到大门外的青石凳上蹲着吃,学乡邻们的模样。路过的大爷、大娘都来和我讲话:"佳子回来啦!""去俺家吧,大娘今儿个擀了红薯面条。"把我这从城里来的人稀罕得不行,于是反身回灶间拿花馍、枣糕,用布裹了带去邻居家串门。

直到今天,当我经历了许多不如意,每当瞥见一处相似的景观,比如早晨的厨房里大理石台面上的一角被太阳扫到的时刻,看着锅子、盖子都安适地各就其位,我的心中就会一片祥和,仿佛置身于奶奶那个被晨光轻柔照透的灶间。

那时,我像只小鹿那样跳过门槛,仰头望那个神秘的篮子,感受它的形状、色泽以及永远高悬在头顶的姿态……有香气飘下来,我恨不得搬凳子去够。但终于,还是忍住了。我想等奶奶从地里摘菜回来,由她郑重地拉下篮子,从里面拿出东西递给我,那样才最合意。而那个镜头永远刻在了我心里。

现在,老宅还在,照壁还在,只是包括奶奶在内的那些人不在了,门口青石板上构建的乡村社交也随之而去,一同掉进了历史的抽屉。

独处是一种能力

紫露

马尔克斯在《百年孤独》中写道：比起有人左右情绪的日子，我更喜欢无人问津的时光。一个人最好的状态，就是独处的时候；安静自在，不用周旋于别人的情绪，也不必刻意判断他人的心思，自己陪同自己，回归真实的自己。太喜欢这段话了。

独处真的是一种能力，不是每个人都耐得住寂寞。安静下来，跟自己的心对话，让尘世的喧嚣化于无形，享受精神的自由、心灵的飞翔。回归真实，取悦自己而非他人。这，难道不是一种至高的境界吗？

中　点

黄鹤

上小学，学成语时，听老师讲过"行百里者半九十"的故事。相传秦王嬴政即将统一六国之际，开始骄奢淫逸起来。某天，一位老农求见，说自己走了百里来到京城。前十天走了九十里，后十天走了十里。秦王不解为何后十天走得这么慢。老农说前十天精力充沛，走得轻松；后十天筋疲力尽，举步维艰……秦王听懂了他的劝谏。

一晃四十多年过去了，我又想起了这个成语。今年家里的老狗爬不上楼了，每次遛完狗，我都得抱它上去。五六十斤，颇费气力，起初我一口气抱它到三楼半，放下歇一歇，再抱上七楼，结果后半程几乎难以完成。后来，我改成咬牙一口气抱到五楼，休息片刻，再抱它到七楼，感觉就好多了。折算一下体能分配，假如要步行百里，真得将"中点"设为九十里了。

一个成语，从字面上理解，几分钟就够了。真正感同身受地理解，有时要等上许多年。

永远不要踮起脚尖帮人

曾在网上看到一个问题:"因为帮别人忙,你都吃过哪些亏?"

帖子下面,网友们满腹委屈:借钱给别人帮他渡过难关,结果自己吃了一个月的馒头咸菜,事后别人不仅没有还钱,还被对方拉黑;帮亲戚家的小孩介绍工作,忙里忙外,最后亲戚非但没个谢字,还嫌介绍的工作不够好;帮同事做了一些原本不该自己管的事,后来,同事不愿意做的工作,也都全数推给了我……

以前总觉得,为人要和善,要热心肠。阅历世事后,我才明白,太过热心会遭冷遇,太过善良会被轻视。

网友@如风,去年入职了一家新公司,因为想快速融入集体,他对同事们的请求总是来者不拒。小到帮忙拿个快递、订个午餐,大到帮忙修改报表、加班赶制方案,他都硬着头皮一一应允。可渐渐地,如风感觉到了不对劲。因为做了太多分外的事,他的业绩在部门里垫了底;周末要帮这个人联系物业公司、帮那家接下孩子,根本挤不出时间来学习新的知识。

某天,他填错了一份重要的报告中的数据,被领导调去了边缘部门,那些他帮过的人,竟然都默契地疏远了他。网友心如死灰,没想到自己对别人予取予求,最后却成了别人口中的笑话。

所以,唯有学会拒绝,你的好才不会变得廉价。要知道,友好与善良是你的修养,却不该是别人予取予求的理由。面对别人的请求,尽力而为是态度,量力而行是智慧。

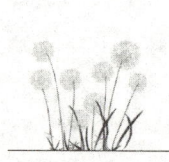

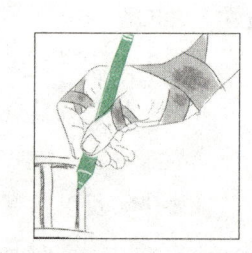

此岸，彼岸

林清玄

我认识一个朋友，检查出罹患胃癌，只剩3个月到6个月的寿命。

他是一个高级主管，事业蒸蒸日上，家庭幸福美满，突然知道自己得了癌症，一时万念俱灰，决定不告诉家人，独自承担生病的痛苦。

"说来非常奇怪，从检查出癌症的那天开始，平常兢兢业业耗尽心力经营的事业，变得一点儿都不重要了。平常被疏忽的亲人朋友，突然变得非常重要，几乎一天也舍不得和他们分开。"朋友说。

朋友饱受了许多心灵与肉体的折磨，一个半月之后，在另一家医院精确地检查，发现是误诊，他的胃根本没毛病。

"真奇怪，从确诊胃癌那天开始，我的胃每天都疼痛不堪，要吃很多药来止痛；确定是误诊以后，胃病就霍然痊愈了。"朋友说。

知道误诊之后，他把一个半月的身心煎熬告诉妻子。妻子说："怪不得这一个半月你对我特别体贴，从来没生过气，原来是这样呀。"

他把事情经过告诉朋友，朋友都义愤填膺。但他说："事实上，我很感激那个医生，他完全打开了我的心眼，让我想到了从前没有想过的问题，许多事都不再介意和执着了。"

但当他把误诊的经过告诉上高中的女儿时，却被问了这样一个问题："爸爸，你不会只活3个月，那么，你究竟还可以活多久呢？"女儿又追问他："爸爸，如果你不知道自己还可以活多久，你也没什么改变，那和误诊前又有什么不同呢？"

朋友受到女儿的话的刺激，生活态度完全改变了。

他说："用心地努力工作，这是此岸；更用心地疼惜亲人，这是彼岸。处理紧急的事情，这是此岸；着力于重要的事情，这是彼岸。……那个医生是我的老师，把我从此岸带到彼岸；我的女儿也是我的老师，帮我打破了两岸的界限。"

我开玩笑地说："这就好像是打通了任督二脉啊。"朋友说："不是，这是轻舟已过万重山。身心都感到泰然轻松了。"

回到家，我把灯打开，看见黑暗与光明是同一个空间，打开灯就有大不同。而黑暗的心与光明的心又有什么不同呢？只是心里打开灯罢了。对心中打开灯的人，黑暗是无法束缚他的。

他看得懂、看得清此岸与彼岸的途径，任凭风波起，任凭烦恼生，于他而言都是容易消失的泡影。

我想虚度几分钟时光

办公室里有一个烧水的老式水壶，烧满一水壶能灌两瓶半的热水。我每天到办公室的第一件事就是先把包放在桌子上，然后拿着水壶去装水。净水器的出水孔很小，装满水壶起码需要三分钟。

如果干巴巴地站着等三分钟，不夸张地说，时间长得让人百爪挠心。打开水龙头后，我总是闲不住地想做点儿别的事。忙着忙着，我就把水壶忘了，直到传来哗哗哗的水流声，我大叫一声"不好"，冲到水池边，晚了，水漫金山。我悻悻地哀叹：三分钟怎么如此短暂呢？

某天，我和往常一样去装水，打开水龙头，却没有立即就走，反常地在水池边站了一会儿。水池对面就是窗台，我走到窗台边看着窗外。窗外有两棵不算高大的玉兰树，白色的花瓣迎风摇曳。嗯？是一开始就有玉兰树吗？还是它今年第一次开花？

搬到这个小院已经三年了，我似乎是第一次看到玉兰树，第一次看到玉兰花开。

那天之后，我不再在装水的时候去忙别的事，而是决定好好虚度这三分钟——看看窗外，无所事事地发发呆，哼一首歌，伸伸懒腰……不知不觉，我迷上了这个和自己玩的三分钟小游戏。

就像瑜伽课的最后十分钟是用来休息的，用专业的术语表述叫"摊尸式"。这个体式就是让你像尸体一样摊着，闭着眼睛，身体保持静止，不再有任何运动。这是瑜伽练习中最简单却也是最难的一个体式。简单是因为它不需要任何技巧与力量，难是因为心静永远比身静更加难以掌握。太多的人愿意争分夺秒地利用一切碎片时间看手机，却不愿意让自己安静地躺十分钟。

沉下来才能听到自己的呼吸，感受到原来虚度时光的感觉是那么轻松、美妙。

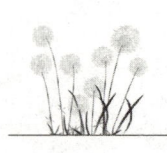

最好的朋友

小时候，曾经在体育课上玩过一种游戏。班里所有同学被随机排序，然后围成一个圈朝着一个方向旋转。老师一声令下，大家要按口令迅速找到愿意与自己抱团的人。落单的人，会受到一定的惩罚。每次玩那个游戏，我都胆战心惊。因为那时候在班里，我虽然有不少关系不错的朋友，但她们大部分都有自己最好的朋友。在慌乱的情形下，我很难相信自己坚定地选择一个人，也能得到对方坚定的回应。

那时，我格外在意自己在好朋友眼里的排名，特别渴望自己也能被最好的朋友坚定地喜欢和选择。

在寻求"被坚定地喜欢"这条路上，我走了不少弯路。那时候，为增进与某位朋友的友谊，希望成为她最好的朋友，我做了很多努力。我为了买到她期待已久的限量版海报，跑遍了周边所有的商店。为了在她生日当天送她一幅十字绣，我断断续续地绣了半年。我希望这些特别的心意，能交换到她的"特殊待遇"。

有一次，她从外地回来，送给我一罐五彩斑斓的糖果，罐子表面是她用马克笔写的一句赠语。我为此开心了好久。后来有一天，我在另外一位和她关系不错的朋友家里，看到了一罐同样的糖果，上面也有她用马克笔留下的字迹。我突然意识到原来那份我特别珍爱的礼物不是我的专属品，瞬间就觉得特别失望。

过去我以为要想被坚定地喜欢和选择，就必须得到对方专属而特别的偏爱，但后来我发现不是这么回事。我忽视了寻求"被坚定地喜欢"，并不意味着这份喜欢一定是专属且特别的。就像那罐不只属于我一个人的糖果，虽然它也被送给了其他人，但它同样被寄予了真挚而重要的情感。

真正明白这个道理，是在大学时代认识好朋友林鹿之后。那时候，我和她经常挤在上铺，拉上床帘，猫在里面看恐怖片。看饿了就踩着拖鞋，找两辆共享单车，骑到大学城附近的美食广场，点两碗酸辣粉，埋头吃起来，吃到需要互相扶持着才能站起来。这些只属于我们两个人的特殊经历让我们的关系迅速升温。

我以为我们之间的情感联结是独特且不可替代的。但在得知她面临重大的抉择，有比我更优先的倾诉对象时，我陷入了"不被需要"的巨大失落中。

但很多时候，"最好的朋友"一个人无法承载那么多的情绪需求。我们在寻求帮助的时候，选择的优先级并不意味着关系的重要性，因为每一位朋友提供给我们的情绪价值都是独特且珍贵的。

就算不是最佳好友的第一选择，也不要轻易否定自己的独特和珍贵。

它给我当大拇指好多年了

偶尔看到一段视频，是一个小女孩，她手指里扎进了一根碎木屑。

她的爸爸要帮她将木屑挑出来。她勇敢地将手指伸向爸爸，还不忘叮嘱："请你温柔一点儿。"

爸爸拿出了一把小刀。小女孩紧张了，问："那是什么呀？小刀吗？"

我看着视频，也跟着紧张起来。挑刺不应该用针吗？小时候，我们手上或者脚板扎进了刺，妈妈可都是拿根小针，先在火上烧一下，消消毒，再小心翼翼地帮我们一点点将刺挑出来。这位爸爸，怎么耍起了刀呢？对付一根小木屑，用得着如此大动干戈吗？

小女孩显然是被吓着了，带着哭腔说："你要把我的整个手指都切掉吗？"

爸爸只是微微一笑。小女孩接下来的话，却让我"扑哧"一声乐了："我的大拇指可是跟了我好多年啊。"怕爸爸没听明白，又补充了一句，"它给我当大拇指好多年了。"

我瞬间被她的童稚融化了。

这个小女孩看起来四五岁的样子，在她还不记事时，可能也像很多婴儿一样喜欢吮吸自己的手指吧？而从她记事起，大拇指就一直跟着她，帮了她很多忙。

穿衣服系纽扣或者拉拉链的时候，用刀叉或者小勺子吃饭的时候，弯腰捡起掉在地上的东西的时候，玩玩具的时候，翻童话书的时候，写字的时候，涂鸦的时候，洗脸的时候，擦汗的时候，梳理头发的时候……大拇指都在帮助她，让她发现了大拇指的无穷妙用，知道了自己离不开它。

我想，如果是别的手指扎进了一根刺，或者受了伤，小女孩也会心疼地说："这个食指可是跟了我好多年呀。"或者"它给我当小手指好多年了"。在小女孩的眼里，它们当了自己的手指，帮助自己做了好多的事，这是一件多么不容易的事情，是值得感恩的。所以，误以为爸爸要把她的大拇指切掉时，小女孩不是畏惧疼痛，而是不舍，是心疼，想要保护它。

而我的大拇指，已经跟了我五十多年，我却常常忽视它的存在。就像忽视了其他手指的存在一样，我也同样忽视了自己脚的存在，以及整个身体的任何器官。只要它们不生病，不出岔子，不罢工，我就漠视它们，无止境地消耗它们。我忘了，它们其实也只能够跟着我几十年，之后会随着我身体的消逝而去，永不再回。

是这个可爱的小女孩让我明白，我的大拇指已经跟了我好多年了，我不该只在点赞的时候，才想起它。

虽然前方拥堵，但你仍在最优路线上

我们家离单位不算很远，但唯一的高架桥高峰期非常拥堵，所以每天我们都要错开这个高峰期，早晨必须起得很早。即便很早，某些路段有时也会拥堵，所以用导航选路。

这时候常听到导航里的一句话"虽然前方拥堵，但你仍在最优路线上"，这句话非常治愈，每次一听到，骤然间就心宽体胖了。

当我们面临前方拥堵，我们怎么办？其实我们可选择的余地很小。在拥堵之中，我们无法退缩，也无法掉头。我们当然可以换另外一条道；但我们可能面临着更糟糕的结局。这条道之所以如此拥堵，很可能是最优的道路导致的。

这时候我们最需要的是什么？是信心。是坚定自己选择道路的信心。但我们毕竟是常人，但导航却可以用大数据告诉我们，我们仍在最优路线上。

这段话最大的治愈就在这里，这是最大的定心丸。"虽然……但是"，是最典型的转折复句，转折复句的核心在后半句。前方的拥堵只是暂时的，最重要的是我们"仍在最优路线上"，路线正确最重要，否则就会南辕北辙，所以我们稍安勿躁，我们心平气和。正如那句老话所说，"道路是曲折的，但前途是光明的。"

这岂止是导航，还是人生的启迪。没有谁人生永远一路畅达，通往成功的道路都是拥堵的，"夫夷以近，则游者众；险以远，则至者少。而世之奇伟、瑰怪，非常之观，常在于险远，而人之所罕至焉，故非有志者不能至也。"这就是生活经验带给我们的辩证法。更喜岷山千里雪，三军过后尽开颜。

信心比黄金更重要，比信心更重要的是方向。方向为什么重要？因为方向就是路线，路线就是你选的道。

卡夫卡在《我的目的地》中写道：

"你往何处去？"

"我不知道，我只是由此出发。由此出发，我才能抵达我的目的地。"

"这么说你是知道你的目的地在何方？"

"……是的，我难道没告诉你吗？由此出发，就是我的目的地。"

由此出发就是我的目的地，更何况我还在最优的路线上。

与己同坐

吴琳

在苏轼的《点绛唇》中，"与谁同坐，明月清风我"。寥寥几句就表达了一种享受独处的极高情境。一个人静静地坐在那里，明月相照，清风做伴，心中只有满满的惬意与丰硕，而不觉孤独。

的确，孤单从来都只是一种外在形式，而孤独却是一种内心状态。一个人是时刻活在自己的内心之中的，很多时候，独处并不意味着孤独，相反，它还像一盏茶、一缕香、一首曲，可以尽情品味，然后随它散去，其中的绝妙滋味只有自己能懂。

我喜欢在黄昏时出门散步，行至人烟稀少的公园或无人的街道时，只觉空旷、清静，像是那片天地都为自己而生，徜徉其中，身心有种说不出的安宁。想起不知是谁说过："一只鸟独自拥有天空的孤独，一条鱼独自拥有大河的孤独，一匹马独自拥有草原的孤独。"但这样的孤独宁静饱满并不落寞。

曾有过一次独自旅行的经历。本以为是一趟孤独的行程，谁承想，当我独步于静谧安详的洱海边，身边没有喧嚣、聒噪，唯有自己与缠绵天际的白云、喃喃细语的海鸥，还有那些扎根于湖底的大树做伴……心中竟升腾起一丝从未有过的喜悦与幸福，彼时的我徜徉于广袤的寂静中，坐拥一整片湖海，深深体会到苏轼笔下"与谁同坐，明月清风我"的个中滋味，这是结伴出行所体会不到的乐趣。

年轻时曾有段时间最害怕独处，怕那种孤独像黑夜侵袭而来将自己包围。偶尔出差，明明可以独住一个房间，却偏要找同事一起住；朋友邀请聚会聚餐，只要没事都雀跃着参加。彼时那颗年轻懵懂的心，以为人多便可以驱散孤独，殊不知孤独也是一种难得的情致。年岁渐长后，开始体会到"孤独是一个人的狂欢"，逐渐习惯并喜欢上了独处。独自出行、独自喝茶、独自漫步，皆成了心中亮丽的风景。

曾在某本书中读到一段话："真正的孤独是一种专注于自己的状态，既非自私亦不是自大，而是享有自己心灵的空间不被外界打扰，认知人生在世本质上是孤独的，许多人生的课题也是必须孤独地面对而无法让别人分担。"

是啊！人生的本质，就是一个人活着。寂寞会发慌，而孤独则是饱满的，学会"与己同坐"，享受孤独，内心才能时常繁花似锦，生命也才更自由丰盈。

报复性补偿童年，真的快乐吗

微博上有一个话题是"我的童年报复性补偿行为"，阅读量近7亿，且每天都有讨论新增。很多人分享了自己的具体经历，比如不考虑实际收入疯狂买衣服，买玩具；偏好某种食物，吃到吐为止……

我们在报复性补偿过后，真正获得心理上的舒适与满足了吗？未必。反而体验到的是厘不清的烦乱以及深深的失落、无意义感，导致自我功能失调，内心安定不下来。

多年前，我曾遇到一个女孩，她从小对巧克力有着强烈的渴望，看到别的小伙伴的家长给买，她羡慕不已。央求过妈妈几次，得到的回答永远是"没钱买"，被指责"不要脸"。那时候，她连呼吸都要小心翼翼。

在没有爱的童年里，她格外盼望自己快点儿长大。大学毕业后，女孩拿到第一份工资的那个傍晚，直奔"觊觎"已久的高档超市，买回了一大堆巧克力，来不及细品，麻木地吃了个精光。

从此，每当工作面临压力的时候，她都要买一大堆巧克力，一次性吃完，然后懊悔地催吐，一个人在出租屋里哭得死去活来，第二天肿胀着双眼去上班——这种行为带给身体的伤害，她比谁都懂，但很难从意识上做出改变，她不知道自己是不是在用买昂贵的巧克力表达"我值得被爱"，那是她内化的客体，也就是小时候妈妈告诉她"你不值得，你不配"。

她的妈妈在她提出需求的时候进行嘲讽、打压、使其内心将自己与低价值感等同起来，这无疑会伤到一个人建立基本的自我稳定感的根基。

但狂吃巧克力这样的童年报复性补偿行为，只不过是在重复内在的创伤。

严格地说，无人童年不缺失，现实中不存在完美的养育。我的一位朋友，他中学时梦寐以求的事情就是从父亲那里得到一辆崭新的自行车。但事与愿违，父亲两次都给他买了极其破旧的二手自行车。他很沮丧，为此自卑了好久。后来工作、成家后的很多年里，他都按照自己的意愿买过几辆，喜欢骑自行车，也带着儿子一起骑。他说，自行车变成了自己的一个爱好。

可见，童年缺失并不都将造成创伤，有些人会在以后得到疗愈或升华。

其实，那个想吃巧克力的女孩，她妈妈本可以如实告知她家里暂时没有条件买，或者什么时候可以买，完全没必要将一个孩子的合理需求演变成"不要脸"的低价值评判。

归根结底，报复性补偿无法补偿自己，真正能够补偿的，是学习如何与自己真正和解。

吹捧是把温柔的刀

晏建怀

富者有人追随，贵者有人攀附，自古人情势利，不足为怪。然而，让人奇怪的是，那些腰缠万贯之徒、势倾天下之官，面对肉麻的吹捧，不但毫无愧色，反而得意忘形，最后常常被吹捧到身陷囹圄，甚至身首异处，让人叹息。

南宋韩侂胄，因成功拥立宋宁宗赵扩即位，以"翼戴之功"官至宰相，封平原郡王，成为一代权臣。韩侂胄大权在握，内心便开始膨胀，手握国家公器，招权纳贿，贿赂公行，尤其喜欢下面人的阿谀奉承，谁巴结他，谁就能升官。

据清人褚人获《坚瓠集》中载，韩侂胄曾获赐吴山下的皇家园林——南园。获赐南园后，他穿山凿泉、造亭建榭，斥巨资进行整修、完善。工程告竣后，韩侂胄择吉日，带领大官小吏、名流清客们游园，亲自验收。当他看到园内奇花异草遍布、亭台水榭林立，不禁喜笑颜开。后来转过一脉青山，看到一带竹篱茅舍，桑榆相间，宛如田家，韩侂胄却不无遗憾地说："这田园美景，确乎极似，只是美中不足，缺了鸡鸣犬吠之声耳。"谁知，他的话音刚落，便听到田庄里有犬吠声"汪汪"响起，韩侂胄非常惊异，循声一看，原来是工部侍郎赵师𠀤，正趴在草丛中学狗叫呢，逗得韩侂胄哈哈大笑，让他极为受用。不久，韩侂胄即提拔赵师𠀤为工部尚书，时人因此称赵师𠀤为"狗叫尚书"。

南宋沧州樵叟所著《庆元党禁》中记载一事，说韩侂胄有一宠妾，因小过被撵出王府。时任钱塘县县令的程松寿善巴结、会逢迎，觉得这是个好机会，赶紧以八百贯钱将此妾买回家，夫妻二人亲自侍候，殷勤事之，供奉如贵宾。数日之后，韩侂胄果然又想念起这个宠妾来，派人打听其下落，得知为程松寿所买，一时大怒，准备拿他问责。程松寿听说后，赶紧将此妾"完璧归赵"，解释说，当时有一郡守离京，见此美姬，准备携她赴任，自己知道她为郡王爱妾，特将她藏匿于府中。

韩侂胄怀疑其用心，仍然满脸怒气。此妾赶紧出来证明说，程县令句句属实，待我如贵宾。韩侂胄这才释然，转怒为喜，马上提拔程松寿为太府寺丞，旋即升为谏议大夫。后来，程松寿又出重金买了一个比此妾更漂亮的美人送给韩侂胄，韩侂胄大喜之下，竟重用程松寿为执掌兵政的同知枢密院事，让那位品格低劣、治才平庸的小县令，三两年便跻身朝廷重臣之列。

韩侂胄作为权臣，大官小吏的升迁全掌握在他手里，他的喜好，便成了苍蝇们眼里有缝的鸡蛋，望风希旨、吹牛拍马者越来越多，投书献媚、歌功颂德者不计其数，他们将韩侂胄吹捧为当代伊尹、后世霍光，呼为"我王"者，请加九锡者，不一而足，其吹捧手段无所不用其极。然而，"暖风熏得游人醉"，恰恰是那些攀附之徒肉麻的吹捧，让韩侂胄更加得意忘形，专横跋扈，既无官德，更无操守，卖官鬻爵，无法无天，终于因罪被诛。韩侂胄服罪以后，许多朝臣又纷纷上书，说他"专政无君，僭上不道"，请求朝廷对韩侂胄挖坟开棺，枭首示众，抛尸荒野，以谢天下。但最为可笑的是，当初跟在韩侂胄身后溜须拍马的是这些人，韩侂胄死后要求朝廷枭首示众、谢罪天下的还是这些人。

东汉应劭在《风俗通》一书中说："长吏马肥，观者快之，乘者喜其言，驰驱不已，至于死。"官吏的骏马强壮，看到的人都说肯定跑得很快，骑马的主人对这些夸奖感到得意，使劲让马不停奔跑，以至于马儿过度疲劳而死。意思是说，杀马的就是曾经在旁边给马鼓掌的人。可见，吹捧是把温柔的刀，它能让你如沐春风般得意，更能杀你于无形。

惊人的"食盐效应"

看过一个小故事：有一头驴，平时吃惯了主人给的青草，久而久之便觉得食之无味了。

一次，主人往它的草料里加了一把盐，从前乏味的草料竟变成了美味佳肴。

得知这是加了盐的缘故，驴便兴奋地跟主人说，自己以后不吃草料了，只吃盐。

结果可想而知，第二日，这头驴就皱着眉头找草料了。

这就是心理学上著名的"食盐效应"。

意思是再好的东西，也要适时、适度，需要的才是最好的。

故事中的驴，只是尝到有盐的草料，就以为"盐"是世间最好的食物。殊不知，盐只是美食的调味剂，若只吃盐，就会难以下咽。

无视"度"和真正的"需求"，只会让结果南辕北辙。

反观生活中的各种关系，亦是如此。

无论是与人交往、伴侣相处，还是子女教育，若能运用食盐效应，把握其中的需求和尺度，自然能让关系更上一层楼。

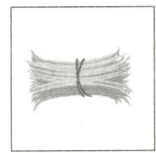

你所以为的"极限",不过是你的"极点"

采铜

以前上学时跑1000米,大概跑到半程时会感到特别挣扎,胸口闷,心里像被什么东西塞住了一样,脑子里有个声音一个劲地说"我不行了我不行了""我要停下来"。

这个时候真想停下来得了,但是停下来的话及格就难了,只能硬撑着,拖着两条腿艰难地往前迈,好像每一秒都在遭受酷刑。而班里面跑步快的同学会说,这是极点,扛过去就轻松了,然后你甚至会越跑越快。

好玩的是,少年时代的我,竟以为只有长跑中才有"极点"。

那个时候刚开始读研究生,做研究起步自然是读英文论文——陌生的单词,以及同时嵌上好几个从句的长难句……我的视线常常就像胶水一样粘在某个句子上,无法动弹。读懂一篇论文要耗费一到两个星期,而且读到结尾时常常已经忘记了开篇。

硬着头皮往下读的时候,脑子里有个声音一个劲地说:"我不行了我不行了。"但就这样艰难地挨了三个月后,突然有一天,论文里的句子我一眼扫过去都能看懂了,就好像坐着一艘小船穿过了狭窄的水道,忽然轻舟已过万重山。

那一天的感觉就像是,我迈过了一个重要的"极点"。

2015年,我下定决心写书,但一开始动笔,就感觉这简直就是上了贼船。在每一个章节,你都必须把一个知识点或者一个论点写得清楚、透彻,并且有足够的说服力才行。你没法把内容写短,你必须写长,并且这个长是不包含水分、不包含废话的。

在这个过程中,我经历了数不清的艰难时刻。记得最难的一次,我从家里逃了出来,钻进一个网吧,我想用游戏来冲走写作的煎熬——我连玩了整整三天,玩到老眼昏花,天旋地转。三天后,我对自己说:OK,到此为止。

于是我回到了书桌前,继续写还没完成的书稿。我经历了一次短暂的像孩子一样的逃离,但是我又迅速让这次逃离无疾而终,因为,我从没想过放弃。终于,在写书的过程中,我越来越能驾驭用三千字以上的篇幅来讨论清楚一个话题,我意识到自己完成了一次重要的能力跃迁,或者说,跨过了又一个"极点"。

所以,那些让我感到艰难的东西不过是错觉,只是欺骗我意志的障眼法。原来,头脑里那个"你不行"的声音是假的,不管它看上去多么像真的。我只需要扛过/滚过/熬过"极点",就会变得更快、更强、更有韧性。

而那些以为自己迈不过去的"极限",那些无论如何也做不到的东西,不过是一个又一个"极点"罢了。

杜甫那个修鸡栅的儿子

陈思呈

杜甫的诗里，有一首写他催儿子修鸡舍的事。出现在杜甫诗中的儿子，有长子宗文，次子宗武，还有因饥饿而夭折的幼子。对长子宗文和次子宗武，杜甫的区别看待不加掩饰。他给宗武（小名骥子）写了不少诗，大致都是以下这类内容：

"骥子好男儿，前年学语时。问知人客姓，诵得老夫诗。"

"骥子春犹隔，莺歌暖正繁。别离惊节换，聪慧与谁论。"

老杜对宗武如此满意，也许因为宗武遗传了他的诗才："自从都邑语，已伴老夫名。诗是吾家事，人传世上情。"都是在强调宗武继承了他的才华和人生理想。

而对长子宗文呢？他单独写给宗文的诗，据考，明确的就只有一首《催宗文树鸡栅》。这首诗写于公元766年，那一年杜甫在四川夔州（今重庆奉节），诗的内容说，鸡笼要修在哪里怎么修，鸡们要怎么区别异党，各种天气怎么办……诗里的宗文，当然很能干。

所以杜甫家的亲子生活很有意思，对次子宗武的要求就是"熟精文选理，休觅彩衣轻"。对长子宗文的要求就是"墙东有隙地，可以树高栅"。

是偏心吗？

并不是。事实上，很可能宗文天生适合农事工作。一个动手能力强的人，建鸡窝让他得其所哉。如果基于这样的认识，那么杜甫只是因材施教而已。

杜甫让宗文修鸡栅，在诗歌史上成为一个重要事件。鸡栅成了一个文化符号。后世的诗人写到和儿子的沟通，背景墙上总会有个鸡栅的影子。

比如陆游："宗文树鸡栅，灵照掣蔬篮。一段无生话，灯笼可与谈。"

比如范成大："南浦回春棹，东城掩暮扉。儿修鸡栅了，女掣菜篮归。"

比如黄庭坚："诗催孺子成鸡栅，茶约邻翁掘芋区。"

修鸡栅的宗文，显然成为乡村农事生活中动手能力超强的青壮年形象代表，万千乡间老父心中的亲子符号。

从这个意义上说，宗文不比宗武差。

痛

余华

一九七八年，我获得了第一份工作，在南方的一个小镇上成为一名牙医。

由于我是医院里最年轻的，除了拔牙，还需要承担额外的工作，就是每年的夏天戴着草帽背着药箱，游走在小镇的工厂和幼儿园之间，给工人和孩子打防疫针。

我做的就是这样的工作，当时还没有一次性的针头和针筒，由于物质上的贫乏，针头和针筒只能反复使用。消毒也是极其简陋，将用过的针头和针筒清洗干净后，分别用纱布包好，放进几个铝质饭盒。再放进一口大锅，里面灌上水，放在煤球炉的炉火上面，像蒸馒头似的蒸上两个小时。

因为针头反复使用，差不多每个针头上都有倒钩，打防疫针时扎进胳膊，拔出来时就会钩出一小粒肉来。我第一天做这样的工作，先去了工厂，工人们卷起袖管排好队，挨个上来伸出胳膊让我扎针，又挨个被针头钩出一小粒带血的肉。

工人们可以忍受疼痛，他们咬紧牙关，最多也就是呻吟两声。我没有在意他们的疼痛，心想所有的针头都是有倒钩的，而且这些倒钩以前就有了，工人们每年都要接受有倒钩的防疫针，应该习惯了。

可是第二天到了幼儿园，给三岁到六岁的孩子们打防疫针时，情景完全不一样。

孩子们哭成一片，由于皮肉的娇嫩，钩出来的肉粒也比工人的肉粒大，出血也多。我清晰地记得当时的情景，所有的孩子都放声大哭，而且没有打防疫针孩子的哭声，比打了防疫针孩子的哭声还要响亮。

我当时的感受是：孩子们眼睛见到的疼痛更甚于自身经历的疼痛，这是因为对疼痛的恐惧比疼痛还要可怕。

我震惊了，而且手足无措。那天回到医院以后，我没有马上清洗和消毒，找来一块磨刀石，将所有针头上的倒钩都磨平又磨尖后，再清洗和消毒。

这些旧针头使用了多年，已经金属疲劳，磨平后用上两三次又出现倒钩了。于是磨平针头上的倒钩成为我经常性的工作，我在此后的日子里看着这些针头的长度逐渐变短。

那个夏天我都是在天黑后才下班回家，因为长时间水的浸泡和在磨刀石上面的摩擦，我的手指泛白起泡。

后来的岁月里，每当我回首此事，心里就会十分内疚，孩子们哭成一片的疼痛，才让我意识到工人们的疼痛。

为什么我不能在孩子们的哭声之前就感受到工人们的疼痛呢？如果我在给工人和

孩子打防疫针之前，先将有倒钩的针头扎进自己的胳膊，再钩出自己带血的肉粒，那么我就会在孩子们疼痛的哭声之前，在工人们疼痛的呻吟之前，就感受到了什么是疼痛。

这样的感受刻骨铭心，而且在我多年来的写作中如影随形。当他人的疼痛成为我自己的疼痛，我就会领悟到什么是人生，什么是写作。

无意的体贴

谢泽尊

体贴分为两种，即有意为之的体贴和无意为之的体贴。有意为之的体贴固然好，但无形中会给人负担和压力，如果是无意的体贴之举，则往往使人倍感温暖。

为什么？因为这无意的举动体现了真诚、善良，而非刻意。无意的体贴，就是"贵如油"却又"润物细无声"的春雨。

一次看电视，节目中一个年轻人被问到最令他感动的事是什么时，他回答说是年少时老师送他的一个熟鸡蛋，记者再去问老师，那位老师丝毫不记得有这件事。老师送给学生一个熟鸡蛋只是出自本心的关怀，并没有想到要学生回报，所以他早已把这件事忘到了九霄云外。

可是，对学生来说，他当时可能因为赶着上学没来得及吃早饭，正处于饥饿之中，老师随手给的一个熟鸡蛋恰好解决了他的燃眉之急，让他可以安心上课，自然感激不尽，难以忘怀。

我就经历过类似的事。一次要上历史课了，我却还在英语老师的办公室里没法赶回，因为英语老师正找我谈话呢。等到我回班时，课程已经接近尾声。我正为自己错过一堂课而懊恼，同桌竟主动提出把他的上课笔记借给我抄。我先愣了一下，等反应过来后，心里满满的感动。想要跟同桌郑重地说声"谢谢"，他却埋头写作业去了，脸上是毫不在意的神色。我想起历史上著名的"管鲍之交"。管仲和鲍叔牙一起做生意，出的钱少，拿的钱多，鲍叔牙却完全不在意。有帮工替鲍叔牙抱不平，鲍叔牙说："管仲有老母要养，他多拿点儿应该的！"

类似这样的事情有很多，鲍叔牙就是这样无欲无求地体贴着管仲。齐桓公本来是要用鲍叔牙为相的，鲍叔牙却说管仲比他更有才，极力推举管仲，齐桓公就用了管仲。果然，管仲帮助齐桓公成就了霸业。管仲说："生我者父母，知我者鲍子也。"

管鲍之交令人向往，如果生活中我们多一些对别人无意的体贴，大约也是可以实现那样的境界的。在别人遇到困难时不经意地伸出援助之手，在与人擦肩而过时露出暖暖的微笑，不经意的一伸手可能正好帮了别人大忙，暖暖的微笑可能正好给了一颗受伤的心以希望，我想，这些都是无意的体贴吧。

山巅的那块石头

孔子的徒弟才能各不相同，政务上有冉有，言语上有宰我，文学上有子游，德行上有颜渊等。其中子贡非常勤奋，每天都是刻苦地学习，深得孔子喜欢。

但是初期子贡没有表现出多么大的才能，感觉非常普通。

一日，孔子来看子贡学习，就看子贡面前放了很多书，什么方面的都有，子贡正在读着，看见老师来了，赶紧站起来施礼。

孔子还礼之后，让子贡坐下，然后问："这些书你都要读吗？"子贡说"是的"。孔子接着问："你为什么要把这些书都读完呢？"

子贡说："因为，我想超过所有人，达到别人难以企及的高度。"

孔子说："有一只老虎，它想拥有动物们所有的本领，这样自己就是最强者，于是它开始学习猴子的爬树，羚羊的奔跑，老鼠的掘土，等等，每一项本领，老虎都投入了大量的时间。

"有一天，老虎遇到了猎豹，几年前，它可以轻松面对，而这一次，几个回合，它就败下阵来，倒在了血泊中，当老虎放弃自己的撕咬搏斗能力，结果没什么意外的。"

子贡愣在了原地，想了好久终于明白孔子的意思，随后，他放弃了这些书，主攻理财经商方面，最终成为当时的首富，也在历史上留下浓墨重彩的一笔。

每个人的精力都是有限的，找到适合自己的才是最好的，盲目和攀比，只能让自己碌碌无为。

决定自己的成就的，一定是自己的强项；决定一座山的高度的，永远是山巅的那块石头。

与"社恐"的漫长战斗，我赢了

夏漱 作者

一直替我买饭的同学拜托我给她带两个包子，为了不让她失望，我咬牙答应下来。于是，在包子铺前徘徊半小时后，我终于下定决心走上前去，闷头说："买两个包子。"热腾腾的包子拿在手里，我心想：好顺利啊。但走到教室门口，听到同学们人声喧嚷，我又忍不住身体发抖，一下子瘫倒在墙角。

自7岁起，我一直抗拒同别人讲话，尽可能回避社交。读大学后，也总是独来独往，连去买早餐，也要拜托同学，因为，我有严重的社交恐惧症。

在买包子事件后，我意识到：即便痛苦，但如果逼自己一把，或许会有意料之外的收获。我根据由易到难的原则，制订了一套游戏升级似的自救计划。首先是生存必备项目：一个人坐公交车。上公交车并不困难，难的是下车。很多时候，司机都会在快到站时，大喊一句："有下的吗？"假如无人回应，就会飞驰而过。

中学时代，我无论如何都做不到在车厢内大声回应，能到站下车全凭运气。为了喊出那句"下车"，我采取的策略是：离司机近一点儿。成功回答几次后，我渐渐移动到车厢中部，提升完成的难度。渐渐地，我能自由地下公交车了。

接下来，我开始挑战去麦当劳点餐。最初我只敢在餐厅门口徘徊，两个月后的一天下午，我终于推开那扇几乎要被我的目光盯穿的玻璃门。

"欢迎光临麦当劳，请问您要点什么？"一名漂亮的红衣女孩看着我，我的心跳猛然加快，抬起颤抖的手，指向桌面上最显眼的套餐："就这个。"

这样的周末行程持续了大半年，购物和点单依然使我痛苦，但对人的畏惧心理像一块被细流冲洗的寒冰，正在慢慢地消融。

毕业前，我参加了学校的一场招聘会。我们在夏季闷热的教室里等待招聘人员。漫长的两小时后，招聘方终于来了。他们走进教室，轻描淡写地说："都排队吧。哦，对了，你们没什么问题吧？"

我噌地举起手，站起来说："我有问题。我就想知道，今天的面试时间到底是几点？"场面陷入尴尬。辅导员出来打圆场："路上堵车，所以来得晚了一点儿。"

"所谓晚了一点儿，是指两小时吗？这么热的天，让我们汗流浃背地傻等，我们难道不值得被尊重吗？"蝉鸣聒噪，教室里却越发静谧。我在无声的人群里，像个热血主角般慷慨陈词。

至今我仍不明白，一向逆来顺受的自己何以在当时突然爆发，仿佛那个为买包子吓哭了的社恐患者已消失无踪。但我清楚地知道，那个社恐患者灰暗的影子一直蛰伏在我的身体里，但我不会再为此自卑和痛苦，我选择接受"她"也是"我"的一部分。

过万重山

人生，就是一场长途跋涉。过千重水，过万重山。

生活的高山，看不见、摸不着，却时刻矗立在眼前。精神的高山，以及所向往的、所奔赴的心灵高处，却遥遥没有抵达。

也忽然发现，过去喜欢的诗人和词人，人生都在说一件事：过万重山。

李白的"轻舟已过万重山"、王勃的"关山难越"、杜甫的"一览众山小"、李贺的"燕山月似钩"、李商隐的"蓬山此去无多路"、姜夔的"淮南皓月冷千山"。

所有的人，都在过一重又一重的山。

甚至有的山，超出了人的预想。

陆游说过一句安慰所有人的话："山重水复疑无路，柳暗花明又一村。"这话说得没错，一段路，一重山，总会迎来转机。

然而人生不仅有一段路，不只有一重山。

过完这个村，歇一歇，还要继续上路。山的后面还是山，路的后面还是路，一个问题的后面是下一个问题。

那么，安慰总是暂时的。

作为天生的旅人，天地间没有一个村子是可以久居的，这是"我亦是行人"的宿命。但好在，山总是新的山，问题总是新的问题。这意味着，风景也是新的。

也好在，所有的山，过去都有人已经翻过。那些艰辛且坚韧的翻越者，已经用他们的人生，为一重重的山踏出了一条若隐若现的精神之路。

我在读书的时候，有时感到那是一种遥相呼应的指引。

读书的力量，如同远古的夜风吹拂而来，和今时的阴霾进行旷日持久的交锋。

人生的翻山之旅，需要诸多的耐力、恒心，以及恰到好处的节奏。我不清楚离理想的节奏还有多远，我只是比以前更清晰地意识到：过万重山的关隘，在"过"。

人生，宁可一思进，莫在一思停。

后来我们才明白，告别终不能尽兴

我发现我不太会与人告别，无论是突如其来的，还是计划已久的。当一场分别真正到来的时候，说什么都词不达意，做什么都无法恰如其分。

印象中，第一次告别，是在八岁那年。

曾祖母生病了，家里忙成一团。那几天，常有亲戚进出曾祖母的房间，行色匆匆，而妈妈非常严肃地警告我不许进去。

然而我最后还是趁着没人注意，蹑手蹑脚地靠近了那栋房子，趴在窗外，听到悲戚的声音，说着"来送送你，安心地走"之类的话语。曾祖母要走吗？我心里一紧，想着那我也该送送吧。等探望的人走出客厅，我便马上爬上窗台，看到屋子里照例是阴暗的，床帘半掩着，在幽微的光亮中，我瞥见了躺在床上的曾祖母，她将瘦弱的身子慢慢撑起来，两只空洞的眼睛盯着我。

这是曾祖母吗？我嗫嚅着，一时竟说不出话来。曾祖母动了动干硬的脸，说："你来。"她的声音微弱而颤抖，那只枯树枝般的手向我伸过来。"啊！"我吓了一跳，从窗台掉了下去，担心被发现，又急忙跑开。

后来，我又爬上了曾祖母房间的窗台，却不曾再见到她。

长大后的某一天，我突然醒悟：那次爬上窗台与她见面，成了我们的告别。而这最后一面，我竟因为害怕生病虚弱的曾祖母，一句话都没有对她说，但直到现在，她向我招来的手一直刻在我的记忆里，懊悔与遗憾在我的心头萦绕了很多年。于是我想，对于突然的告别，我无从把握，那么，对于有预告的告别，我总该应付得了吧。

属于我们大学的毕业告别仪式历时三天。第一天，走入回荡着校歌的会场时，我的脑子里居然一片空白，尽管出门前已经反复练习，可临上阵了，我还是不知所措，糊里糊涂就结束了这一天，只记得集体照里少了一些同学。到第三天，余下的人也陆陆续续地走了。我在校门口与同学互相道别，心里突然涌上积攒了很久的话，却堵在了喉咙里，只能冲着他们挥挥手说声再见。

时光流逝，经历了越来越多的告别，尽管每一次分别前，我都提醒自己要好好道别，但到了那一刻，我还是不知道怎样才能把当时复杂的情绪表达得淋漓尽致。

后来，岁月教会我，告别终不能尽兴。这让我对曾祖母的内疚渐渐释怀，对青春年华的缅怀也渐渐淡然。毕竟，再怎么执着，都无法改变离别的既定事实。为了让遗憾不那么深，我们只能在分别到来前，好好聚首，认真陪伴，有话不妨直说，想做的事也不妨马上做。

谁知道，眼前一别，是否还能再见呢？

足够成熟，就不需要他人了吗

"我不适合跟人类相处。"

这样的念头，很多人都有过吧。对关系失望，对人类厌倦，对社交恐惧……以"无需求不依靠"为成熟的标志，始于20世纪70年代心理学家玛格丽特·玛勒提出的"分离—个体化"理论。根据这个理论，从出生开始，我们就是奔着"减少对父母的情感依赖"而去的。一切成长，都指向最终的分离。倘若一个人为关系所苦，说明这个人与其他人离得还不够远，界限还不够分明。

分离理论有用，因为糟糕的关系确实会伤人。从"坏"的关系里逃出的幸存者，往往十年怕井绳，不敢再与人建立新的关系。

但这种"独立"，不是真的成熟。当你以为自己终于足够坚强、不需要任何人的时候，可能只是足够绝望。

哈佛医学院心理医生艾米·班克斯多年来遇到过两类"心理伤员"，一类受关系伤害，另一类则受"没有关系"伤害。她发现，对人类的大脑，"无依无靠无牵无挂"是种慢性伤害。只有"好关系"才能让大脑得到充分发展。因为怕受伤而拒绝一切关系，长此以往，受伤的是你的大脑。

我们的大脑，是所谓的"社交脑"。被他人拒绝时，大脑会感到"疼痛"；自觉孤立无援时，大脑会自动拉响警报，激活我们在压力下的危机反应系统。而你越是承压，在压力面前就越脆弱，无助会将大脑塑造成草木皆兵的模样。你以为自己习惯了孤单，其实只是忽略了压力警报。长久处在应激状态，会变得越来越恐惧挑战。面对小挑战时，你会呼吸加快、血压升高，手心出汗、口干舌燥，难以相信别人，无法冷静思考——这是你的"战或逃"系统。面对大挑战时，你会无法动弹、说不出话，脑中一片空白——这是你的"假死"自我保护系统。

而好关系能解除压力反应。北卡罗来纳大学心理学研究者斯蒂芬·波吉斯提出，"好关系"的互动会激活迷走神经，而迷走神经能压制危机系统，使其不过度反应。当我们有了容易激活的迷走神经，有了良好的迷走基调，就不会将安全之地认作险境，也不会将可信之人推得远远的。

真正的好关系，会促使你与更多人联结，提升你对自己的评价，增进你对自己及关系里的另一方的了解，还会令你变得更主动、更积极，充满活力。找到了这样的好关系，就尽量花时间待在这段关系里，这样，你就能提升自己的迷走基调，让大脑彻底远离压力。

因为每场比赛我都想赢

武大靖

第一次上冰，我就摔倒了107次。当时觉得自己真不是这块料。

当时佳木斯还没有室内冰场，整个黑龙江唯一一个室内冰场在哈尔滨。李军教练就带着我们去那儿租房子训练，做饭、收拾房间，他一个人包了。我们业余队的训练时间都被安排在下半夜，每天凌晨一两点，教练便来叫我们起床去上冰。大家睡觉不脱衣服，起床就能走。有时训练完，一抬头，发现天亮了。

我从小就好胜，爱"争宠"。我需要家长夸、老师夸的时候，往往被夸的人都不是我。我心里肯定不舒服。我到底哪儿差了？其实自己知道，体能方面真不具备优势。但选择了就要坚持，不一定有优势才会胜利。我想去较这个劲儿，我要扳回来。

努力没有白费。2010年，我被"破格"招进国家队。但一到训练场上，就发现了"破格"二字的意义，我真的跟他们差太远太远了。

我每天不敢睡觉，一是不自信，不想面对训练；二是害怕哪天一起床，就被退回地方队。我第一次休假回家，爸妈问我："明年国家队不会不要你了吧？"我嘴上说"肯定要我"，但心里知道，真不一定。

我在国家队的第一年就是给女队陪练。我挺不服的，又不得不接受现实：我这水平只能给女孩做陪练。我清楚地记得，每次带到最后两圈的时候，周洋姐都从外圈过我，还和我对视，就像在说：你啥也不是。

2012年一次国际比赛选拔时，我又落选了。

按照队里的仪式，我得去给队员们送行。我站在大巴车旁，跟他们挥手，他们说着"我们会努力的，回来见"。我突然发现，每次外出比赛都没我。凭什么？那一瞬间我觉得"不公平"。我要让大家知道，下次坐在大巴车上的应该是我。我当时只想赢，但不知道怎么去改变。

于是我跟助理教练说：帮帮我。我终于"开窍"了。

接下来的每一天，我都在回看自己的训练录像，就像找碴似的。白天在训练场看，晚上回房间看，连治疗的时候也在看。我拿本子记下每个细节，头、眼睛、手得这样。16天后，李琰教练回来："你小子练了？挺好！"

给其他队员送行，就像是我面对的一堵墙，随之而来的16天，是我从这堵墙上翻过去的过程。一旦翻过去，就会看到一条顺畅的路。

我特别喜欢孙悟空——斗战胜佛。他一路受尽苦难，但每一次都想到办法，成功地把师父救了出来，最后取到真经。我觉得这种精神跟我们差不多。所以我把斗战胜佛孙悟空印在了头盔上，代表我们好斗，每次斗都得赢。

五千次对话

据科学家推断，我们每个人每天和自己对话的次数，大约为五千次。这么多次对话，我们究竟都跟自己说了什么？答案让人有些不敢相信，我们在大多数对话中都在告诉自己：

"我不行！"

我们之所以总爱自我否定，是因为我们从小到大，接受的各种所谓成功者的信息太多，那一个个我们努力了也永远达不到的参照物，让我们变得越来越不自信。网络时代，成功者呈几何级增加，一根网线将全世界的成功者都聚集到一个电脑屏幕上。在他们面前，我们显得更为失败，所以我们变得越来越不自信。

但事实是，我们只是自己想象中的失败者，我们的所谓失败未经任何检验，只是自己琢磨出来的罢了。德国著名心理学家沙德·黑姆施泰特，将这种内心的自我否定称为"消极的自我对话"。他说，我们可以训练"这种刻薄的声音"，使之说些好话。

如何训练"这种声音"？说来也简单，那就是把"我不行"，变成"我可以"，至于我究竟行不行，在实践中去检验，不要给自己妄下定义。自信是成功的必要条件。

什么是自信？简单地说，就是相信自己——如果我们都不相信自己，何谈成功？

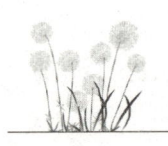

第三章 追风少年青春攻略

无条件的爱

□ [美] 吉利安·弗琳　译 / 胡绯

人们告诉我，爱应该是无条件的，每个人都说，这是黄金守则。但如果爱真的毫无界限、毫无约束、毫无条件，那怎么会有人努力去做正确的事呢？如果我心知无论如何别人都会爱我，那又何来挑战呢？

……爱应该有着诸多的条件和限制，爱需要双方时刻保持完美状态。无条件的爱是一种散漫无纪的爱，正如大家眼见的那样，散漫无纪的爱是一场灾难。

给根一个扎根的时间

左思是西晋著名文学家,与王思道是好朋友。那时候的文人,如果没有代表作,在文化圈会被人看不起,当时赋很流行,文化人都写赋,聚会的时候拿出来展示,写得好的就会让人高看一眼。

可是每次聚会左思都没有作品,大家问他有什么作品的时候,左思就会说我要写一篇歌颂魏、蜀、吴三国都城的文章,取名《三都赋》。大家又问那你写了吗,左思说我还在想。大家都认为他在吹牛,哄堂大笑。

好朋友王思道看到左思已遭受好几年的嘲笑,实在看不下去了,就对左思说:"这都三年了,我不知道你能不能写成《三都赋》,但现在你没有一篇拿得出手的文章,让人嘲笑,还等什么呢?赶紧写一篇吧。"

左思没有说什么,而是指了指自家的兰花问王思道怎么样。王思道说:"左兄养兰花堪称一绝,你是怎么做到的呢?"左思说:"一开始我养兰花也不行,种下去就想着开花,因此,没过几天,我就将其移植到大盆里,可是兰花的根还没有扎好,最终都死了。后来我就不心急了,拿出大量的时间和精力养根,兰花的根扎好了,长得强壮了,带着泥土移植,才有了今天的美好花朵。"王思道说我懂了,期待左兄的大作。

这一等就是十年。

左思在这十年中,不断地构思和修改,从不拿出哪怕一句半句示人,终于成稿。《三都赋》一经推出,人人开始抄录,一时间洛阳纸贵。

有时候我们急于求成,总想着付出立刻收到回报,那样想那样做就错了,请给根一个扎根的时间,它才会回报给你繁花似锦。

你拿什么签证到地球

一位长辈只身去地中海旅行，途中遇见一位土耳其男士，他也是一个人从圣托里尼搭船、转机到伊斯坦布尔。巧的是，一路上他们的座位都相邻，本来互不搭讪的，但我的这位长辈觉得这是缘分，所以就主动攀谈，这才发现，这位男士原来是土耳其航空的机师，送父母去圣托里尼玩，相聚几天之后，爸妈留在圣托里尼，他则回去工作。

我的这位长辈好奇地问他为什么选择在天上飞来飞去，他说，大学毕业时，他问自己想过什么样的生活，答案是"看遍全世界"。那么，做什么样的工作可以马上实现这个愿望？他灵光一闪："成为民航机驾驶员！"

于是，他跑去学开飞机，学会之后，因为经验不足，就去应聘印度尼西亚一家廉价航空的驾驶员，月薪只有几百美元。许多人笑他傻，但他一干就是三年，之后转到土航，继续过着这辈子最想要的快乐生活，赚钱，只是为了帮他满足他想完成的人生学习。

我的这位长辈听了非常感慨，因为他已年过七十，参加地中海游轮旅行前半年，就不断去针灸、推拿，为的就是增强腿力，而且上了船之后，还不敢参加每天晚上精彩的海上娱乐活动，非得睡足八小时不可，免得隔天下船走路没力气。退休前，他是个非常成功的企业家，忙到没时间度假，等积累了一笔让他安心养老的财富时，已经垂垂老矣。

他年轻时的梦想就是环游世界，但比起那位三十岁出头，早就实践梦想的土航机师，套句老友的话："我现在只是在执行'生命清单'，拼命'赶进度'！"宇宙把那位土航机师安排在他身边，帮助他审视自己的人生，这段神奇的缘分，帮他领悟到这辈子始终没想明白的事，是个大收获，可口气里还是有点儿时不我与的遗憾。

于是，我跟他说了说我的想法："我们这辈子到地球来，就是一次旅行。有人持'工作签证'，有人持'学生签证'，有的甚至只是拿单纯的'观光签证'，既然每个人的入境理由都不同，就不该用同一种标准来限制或规范。比如，你要一个拿观光签证的人努力工作，他必定做得不好，因为他只想不断刷新生活经历；要是鼓励一个拿工作签证的人多多玩乐，他一定惶惶然，半夜做梦都在问：'我的天命是什么？'你做大老板，就是拿了工作签证，养员工还债，为社会造福，等还完了，老天就赏你毕业旅行，让你玩到玩不动为止，所以，要用感恩的心迎接，不要用赶进度的角度来看。"他听了哈哈大笑！

你与人生赢家，只差一个"侥幸心理"

张偏偏

我读高中时，班上有位出了名的"怪人"。本是最热闹聒噪的年纪，可三年同窗下来，"怪人"几乎不跟同学说话，无论何时看到他，他的手上必然捧着一本书，走起路来像一阵风，吃饭只要五分钟。如此争分夺秒，为的自然是全身心投入学习之中。这样的他永远是老师口中的正面教材，也是成绩榜上毫无悬念的前几名。

但彼时我盛气未消，对这种用功到"变态"的人是抱着鄙夷心态的。毕竟那时我没有努力至此，成绩也丝毫不逊色于他。

后来，我们的高考成绩相差无几，机缘巧合下，我们念了同一所大学。那时，我还理所当然地认为，人生中的很多事情，靠的都是聪颖和天赋，努力最多起到勤能补拙的作用。

到了大学，我绷紧的神经忽然得到了前所未有的舒展。翘课、作业完不成成了家常便饭，优哉游哉地混到了学期末，也意料之内地挂了科——虽然在看到补考人员名单上有自己的名字，但经过短暂的羞耻之后，我竟然安慰自己：随它去吧，不挂科的人生是不完整的。

我逃得过自己的良心，终究逃不过补考的命运。新学期开始，辅导员在补考前把所有挂科的人叫到一起，发放补考证。当时正好有一位家长来送孩子上学，端坐在我们中间，一脸歉疚地对辅导员说："老师，我们家孩子从小就不聪明。实在抱歉，给您添麻烦了。"

辅导员倒是很客气，笑盈盈地答道："您说的聪明在高中或许管用，可到了大学，拼的是谁更认真、自律，而这些补考的，不见得不聪明，却一定是经常偷懒、翘课、打游戏的。"

辅导员之言，于我亦心有戚戚焉。我也曾制订了诸多类似于"几天读完一本书""一天背多少个单词"的计划，但从未坚持下来过。

这些年，我和"怪人"有交集的时间却不算短。这些暗地里与他较劲的时光时刻提醒着我：永远别小看一个努力的人。因为在真枪实弹的社会，留到最后的都是自律和死磕的佼佼者。才华横溢、出口成章的项目经理会在汇报工作前连续加班好几个晚上，只为做出几页漂亮的幻灯片；年终奖丰厚的业务骨干为谈成一个订单，要天南海北奔波很多次……

我知道，那些过于拼命的人难免被鄙夷"吃相难看"，因为我也曾看轻"努力"二字，那不过是平庸之辈想要脱颖而出的无奈之举，真正厉害的人，轻轻松松就能赢得全场喝彩。

但我渐渐发现，天赋或许会给你带来一时的小胜，但能助你旗开得胜的关键因素，一定是努力。

那些"怪人"或许进步缓慢，却步履不停。

年少时，遇见太惊艳的人是什么体验

前些天，在一个群里聊青春期做过的荒唐事。

有个女生说，高考结束第二天，她把一头长发染成了绿色。从小到大都是乖乖女的她，就任性过那么一回。

一听就知道事情不简单，大家追问半天，她才说出背后的故事。高中的时候，有个男生对她说："请允许我做你书包里的一张创可贴，但你永远用不上，因为我不会让你受半点儿伤。"

情窦初开的年纪，她信了。

男生对她很好，可以包容她的所有坏脾气，可以在她几次爽约之后，还坚持在大雪天等她一个多小时，身上堆满厚厚一层积雪。会在投篮得分的时候精准看向她，就算全场不换人也不觉得累；会在交作业的时候，故意找出两个人的作业本放在一起。以至于无数个恍惚的瞬间，她觉得哪怕这世界上的所有人都放弃她了，也还有一个人坚定地站在她的身后。

男生很优秀，数、理、化竞赛拿到了全国奖，也是学校拿来与其他学校比拼的重点培养对象。男生多次向她表白，她都以学业为重拒绝了。但为了追上男生的脚步，她悄悄努力着，逼迫自己考所好大学。

高三那年，她神经衰弱很严重，容易情绪化，常常患得患失，因为自卑，索性以有男朋友为借口，让对方彻底死心。

在高强度的备考压力下，男生很快就走出来了。反倒是她越陷越深，高考也没考好。从高中毕业到大学毕业，时间和新欢她都试过了，还是意难平。过去的很多年，男生在她的生命里亮起的那束光，一直指引她前行。她走了很长的弯路，才通过考研成为男生的校友。

她在那之后喜欢过的人，无一不像那个男生，却没有真心可以付出了。

年少时遇见太惊艳的人，到头来无非两种结果：要么是其他人都成了将就，要么是后来我喜欢的人都像你。

往后余生，难免将别人和对方对比，见识过星辰大海，沙粒和小溪再也不能入眼。

如果有人惊艳过你的岁月，就别再允许自己黯然失色。要把遗失的美好深藏于心，不辍进取，学会成长。深情可抵岁月漫长，情路坎坷，要把事业搞好。

如果往后余生无法再遇到能惊艳自己的人，至少还能遇见更好的自己。

"早F晚E"是年轻人的情感调试

周燃

当白天元气满满的"小太阳"在半夜转发了一首伤感歌曲，然后安静地平躺在床上，望着天花板深思，寄明月以幽情。你大概可以猜到，"晚E"的时刻到来了。

最近一段时间，"早F晚E"成为热词，大概是指早上起床时高喊"Fighting"，斗志昂扬、充满激情，晚上临睡前却会陷入颓废沮丧的Emo（伤感、忧郁）情绪。

其实，类似的话题并非第一次成为热梗，曾经被年轻人挂在嘴边的"网抑云时刻（指听歌时十分伤感）"便与"晚E"异曲同工。这种心理现象，可以从科学的角度加以解释。一方面，白天我们分泌的血清素比较多，更容易保持良好的情绪，晚上血清素分泌减少，便会在一定程度上影响心情。尤其在工作学习了一整天后，身体和心理上的疲惫与倦怠更容易滋生负面情绪。另一方面，相比白天的忙碌和热闹，夜晚通常意味着空闲与孤独，抑郁情绪往往乘虚而入。

"早F晚E"其实描述了一个动态的过程，你可以说每天的"早F"以"晚E"结尾，却也可以认为是每一天的"晚E"为第二天的"早F"拉开序幕。而"早F晚E"的吐槽本身，也是年轻人对自身心理频道的一种调试。他们在正视自我、表达自我的过程中，实现了情绪的宣泄与输出。而当类似的表达成为风潮，便会在网络空间形成共同体、酝酿归属感，就像某位年轻的网友所说，"看到大家都不容易的时候，力量与祝福便会在心底油然而生"。

也有年轻人针对"早F晚E"提出了自己的解决技巧，比如"下班后立刻洗个热水澡，会比直接躺上床玩手机更让人放松""如果感到孤独和压抑就去跑步吧，多巴胺会帮助你的"。这些都是很好的心灵体操，注解着年轻人在压力下"做蹲起"，在焦虑中"打太极"的真功夫。

当夜幕退去，太阳照常升起，前一晚还在Emo的年轻人会在吃过早饭、喝了牛奶后继续高喊"Fighting"，然后走出家门，在绩效与任务中、在外卖的选择中、在与同事的相处中，把前一晚心心念念的那些"大事"化整为零。毕竟，面对不确定性的最好方式就是亲手创造未来，就像《飘》的最后一句话：明天又是崭新的一天。

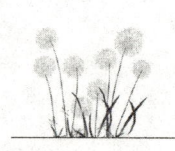

放牧一笼云

少年时代，家乡到处是树林，晴朗的日子里，瓦蓝的天空中游荡着朵朵白云，像一只只离群的羊跑到了天上。

那时候，班里有位女生在作文里写道："我愿放牧一笼云，让它成为我的武士，陪我虚度韶光。"她念到这句话时，同学们都笑了，老师也笑她净说不着边际的傻话。后来，我不知道她去了何方，将来会长成什么模样，更不知道在往后无常的人生中，有没有一笼云会成为她的武士，为她力挽狂澜。

阿根廷作家博尔赫斯说过："人类的世界，是造物的一个梦，而造物呢？也许是人类的一个梦吧。"我们的生活常常缺乏想象力和激情，我们往往被平庸的生活围困，这使得我们越来越缺乏古典主义情怀。大抵，放牧一笼云是对平庸生活的一种反抗。放牧一笼云的人，精神世界里一定住着一个诗意的古人。这样的人，即使生活再难，也有重新出发的力量，将自己活成一个至真至纯的精神生命。

明代著名文学家杨慎24岁高中状元，出任翰林院修撰，前途不可限量。然而两年后，命运发生转折，杨慎在大礼议事件中得罪了嘉靖帝，被逐出京城，充军云南永昌卫，再未复还。流放对物欲之人无疑是一种苦难，对精神至上之人却是一种释放。杨慎像苏轼一样，悉心著作寄情山水之余，还为白族修史。每到一处，他往往忙着咏物，哪还有什么忧愁？眼闭着，心中有的是清澈见底、不染尘埃的平静。当代学者孙郁在《六代之民：张中行别传》中写道："世间'如火如荼'、你死我活、天大地大、理气性命等，都在拈花一笑中。"

我从"拈花一笑"想到了苏轼的《搕云篇》，诗前小引如是说："余自城中还道中，云气自山中来，如群马奔突，以手掇开，笼收其中。归家，云盈笼，开而放之，作《攘云篇》。"苏轼素来超然达观，会写诗，会做东坡肉，更会在生命的灰暗时刻自我造境，想象自己捉了一笼云回家，开笼放云，屋里顿时有一朵朵云飘着，那些郁结于心中的苦闷，便在不知不觉中荡然无存。

清代文学家袁枚在《随园杂兴》中写道："云自共水流，水不留云住……树下闲思量，春与云归处。"在袁枚看来，他的身体虽然还停留在随园，但他的心如行云一般，已经飘向了遥远的地方。

我想，放牧一笼云应当是一种坦然，是一种自我拯救。它让我们听到生命之音的召唤，从而懂得宽容洒脱、幽默豁达、宠辱不惊地看待世界。放牧一笼云，与其说牧的是云，不如说牧的是对自我灵魂的叩问，是我与我的周旋，是自己对自己的美好心意。

放牧一笼云是诗意的自传，也是一个人涵养的自画像。有了诗意和涵养这层底色，我们便能够抵御滚滚寒流的一遍遍侵袭浪漫从容于世。就这般，让时间的风在我耳边打着呼啸，而我，要去放牧一笼云，就这么不惊不扰，任尘世深不可测，我且拥有内心的清光，这是多么美妙无边的一首诗啊！

走出"冒名顶替综合征"

为什么有些人明明很优秀,却依然价值感极低?

心理学家宝琳·克兰斯提到一个词,叫"冒名顶替综合征":它让人们觉得成功和自己的能力无关,纯粹是一种运气或假象。在那些羡慕或祝贺自己的人面前,会感觉自己像一个骗子,获得了本不属于自己的赞誉。

自尊水平正常的人,往往习惯把有利于自己的事向内归因,把不利于自己的事向外归因,以维护自己内在的价值感和"正确感"。

但"冒名顶替"者则会将功成名就归结于运气或他人的帮助等外部因素,在遭遇失败时会立刻寻找自身失误。

不过别担心,摆脱"冒名顶替综合征"的唯一方式,就是主动改变。

如何改变?这里有两个方法,值得我们借鉴。

一是强化积极感知。

从今天开始,请将更多的注意力放在自己的长处上。你可以每天晚上记录自己在当天顺利做好的那些事,也可以回顾过往的成功经历。即使有些成就对你而言太过平庸乏味,也请将它们写在纸上。清单越长,你就越会留意自己的长处,你能在自己身上观察到的变化也越大。

这个练习还会让你认识到:能力不是处于一种要么有要么无的静止状态。你可以有意识地让自己进步,逐渐提升自己的能力。那些你现在看来或许还做不到的事,不出几年,就会变得轻而易举。

二是赶走内心的批判者。

平时,你不管做什么,内心都有一个贬低一切的批判者如影随形。当你犯错时,他会对你说:"怎么就那么笨呢?"当你获得成功,他又会对你说:"你本来可以做得更好!"如果一直消极地看待自己,你就无法摆脱"冒名顶替综合征"。

所以,你必须给这种持续不断的自我批评设置障碍。比如,准备一个定时器,把它设置为每15分钟响一次。每当铃声响起,就注意一下自己此刻正在想什么。如果是批判的声音,就立刻停止。

我们的未来是由每一个当下积累而成的。哪怕是一次次很小的肯定,也能带来更大的信心,取得更大的成绩。

关于"断舍离",你理解对了吗

有个朋友在微信群里问大家:"你们会把无话可聊的人从好友列表里删除吗?"群里一下子热闹起来,有的人说会删除,理由是双方的生活不再有交集;有的人说会选择保留,因为可以当作一段美好的记忆。

接着,朋友说:"我有好几个每天都有话可聊的朋友。"言外之意就是,那些跟他无话可说的人,留在好友列表里也没什么必要,只须留着那些来往频繁的人就行了。

这种想法起因于网上一个很火的概念——"断舍离"。

众多文艺青年将它奉为圭臬,当作自己生活的指导方针,试图将不必要、不合适、过时的人或物通通断绝、舍弃、分离,以让臃肿的生活变得简单、清爽。

但我们需要知道的是,"断舍离"的本意是,不让自己承受不必要的负担,从而腾出空间和时间,更有效率地生活。然而,有的人拘泥于形式上的"断舍离",每隔一段时间就要强迫自己丢弃一些物品或删掉通讯录里的一些人。这样一来,反而还加重了他们的心理负担。

后来,那个微信群里的朋友私下对我说,他定期清理好友列表,是想让生活变得简单,不用处理复杂的人际关系。可是,他得到的简单并没有让他感到快乐,反而令他感到落寞、空虚。他这种定期清理好友的行为,导致他无法跟别人拥有长期的友谊。

所以,要想正确履行"断舍离",就要明白那些所谓的负担对以后的生活有没有益处。暂时的负重前行不一定是坏事,暂时用不上的物品不代表以后用不上,暂时断交的关系以后可能会重新联系。过早地做了减法,以后再需要时,又要花费更多的力气去重新获取。而有些人或物,失去了就再也不可能拥有。

如果我们在精神、物质上都不富有,房间、脑子里都空空荡荡,就没必要"断舍离"。否则,我们一边填补空洞,一边丢弃,就像在捡芝麻丢西瓜一样,不仅没有得到刚刚好的舒适生活,反而痛苦不堪。

为什么如此大费周章地"断舍离",最后却带来了不太美好的体验?

因为"断舍离"这道人生减法不仅要做对,而且不能绝对,充实且幸福的人生要靠加法和减法并行。

生活是无序的,当下觉得舒服的人和事,可能以后会让我们不舒服;当下觉得不舒服的人和事,可能以后会给我们带来惊喜。

那些经过我们生命的人,无论是不是过客,愿意多待一会儿的人,我们就多聊一会儿;准备走远的人,我们就挥挥手告别,让一切顺其自然。

爱是流动，不是偿还

收到朋友寄来的快递，是一箱橙子。

朋友在快递员开始派送时才告知我，顿时惊喜中夹杂着一丝愧疚：怎么又给我寄东西了？上次寄给我的礼物尚未回礼。

不过，收礼的喜悦战胜了愧疚。朋友说，这个品种的橙子是宜昌的特产，叫"伦晚"，它春季开花，第二年春末才能结果。第二年春天，还会看到花果同枝的神奇景象。

盘点一下最近收到的礼物，还挺多的。有文友寄来的她们当地农户自产的菊花茶，还有她喜欢的作家阿婆的侦探小说；有上海的朋友网购的绿色的桔梗花；有发小给我寄来的家乡野生山核桃……想不到，欠朋友的深情厚谊，竟然有这么多了。放在以前的我身上，可能会因为这么多的"人情债"产生沉重的心理负担。

你来我往，似乎是人与人之间交往的正确方式。"投我以桃，报之以李"。你送我一束鲜花，我回你一瓶香熏；我给你寄去我家乡的笋干，你回赠我你家乡的水果；我送了你一只好看的杯子，不几天，我收到了你寄来的棉麻长裙。

又想起有一次发朋友圈，说翻箱倒柜找不到毛姆的《月亮和六便士》，懊恼极了，那可是自己很喜欢的一本书。没想到第二天，朋友就买了一本寄给我。

开心吗？是开心的。有压力吗？是有一些的。欠债还钱，天经地义。欠礼不还，那是我不懂人情世故，不懂怎么经营友情。

可是，要靠经营才能持续的友情，是真正的友情吗？渐渐地，想要回到"君子之交淡如水"的状态。可以一起畅聊，可以一起出游，可以一起拍照……告别的时候，让我们挥一挥衣袖，不带走一片云彩。直到有一天，看到一段话，内心被触动："人情是一种纽带，一种关系。只有想要划清界限的时候，才会考虑把人情还清。"

于是，我问自己：看到心仪的东西，迫不及待地想要分享给朋友；送给自己礼物的同时顺手给朋友买一份。这样做的时候，想着要朋友回礼吗？答案自然是否定的。

那么，我凭什么认为我的朋友们不是这样想的呢？

既然他（她）能成为我的朋友，必然在很多地方，我们是能够惺惺相惜，两相映照的。

长长久久的友谊，又何必急着还一时的礼物？毕竟，我们还有很漫长的人生。

豁然开朗。

闻菜识人

曾颖 作者

大三那年,阿琳面临一个难题——两个男孩同时喜欢上了她。

她脑子里如乱麻一般,理不出一个头绪。

阿琳把自己的烦恼,支支吾吾地跟外婆讲了,外婆只是让她回去,叫她的"朋友"给两个追求者布置一项任务——为她准备一餐饭。吃完之后,来把细节告诉外婆。

男生甲,为阿琳煮了一份猪脚炖花生和一份烧椒拌皮蛋,外加一份白糖渍西红柿,配上一小碟豆腐乳,高高兴兴地端到平常他们爱去的公园小草坪上,乐呵呵地看着她吃完。阿琳发现,那天的白米干饭,既干爽蓬松,又芳香扑鼻,细问才知,小甲是用萝卜榨汁蒸的米饭。

男生乙也很用心,他从学校小食堂专门做接待饭的老师傅那里学做油焖大虾,还专门去海鲜市场买了两只包子那么大的闸蟹,蒸熟,用保温屉装了,送到寝室时还热气腾腾。配菜是一盘蔬菜沙拉,外加一红一黄两个奶油蛋糕。这顿饭花费了小乙大半个月的生活费,引得宿舍围观的室友们一阵感叹。

外婆含笑听她讲完,说:"如果我在年轻的时候,也会投票给小乙的,又浪漫又温馨的创意,费尽心思的努力,简直堪称完美。但我现在年纪大了,总喜欢站到完美的背后去看看。比如堪称完美的小乙的这顿饭,他忽略了一个重大问题,便是你自小就对海鲜过敏,足见他对你这位客人的了解严重不足,要么是因为粗心,要么是因为对你的关注度不够。

"第二点,他的所有用具很精美,但都是借来的。这说明这些东西,并不是他生活的常态,一旦这种'摸高'不能持续,你们会因为真相的显露而失落——他会觉得你挑剔,而你会觉得他变了。

"第三点也是我最不喜欢的一点,他将饭送到你的寝室。表面看是方便你,而骨子里却是显摆和宣示。给别人看的成分多于内心想表达的成分。这样的模式,我不喜欢!

"反观小甲,他做的菜平淡无奇,但你想一下,无论猪脚炖花生还是烧椒拌皮蛋、白糖渍西红柿、萝卜饭,哪一样不是你最喜欢的?电热杯炖猪蹄,酒精灯烤辣椒,亏他想得出来。善用这些日常用具说明他在生活中是个会想办法、常做家务,并且能从中找到乐趣的人……"当天夜里,她就做出了选择。

多年以后,在一次饭局上,她给我们讲了这段故事,以怀念已经故去多年的外婆。她说:"外婆对菜的领悟能力,让我度过了足够美好的半生!"

她的身边,头发花白的老甲,像少年一样腼腆地笑了一下,把一坨小小的猪蹄,悄悄夹进她的碗中……

没那么爱时口若悬河，情到深处却张口结舌

张佳玮

《笑傲江湖》里，令狐冲初见任盈盈时，说起话来，那叫一个行云流水："唉！我真傻，其实早该知道了——你说话声音这样好听，世上哪有八十岁的婆婆，话声是这般清脆娇嫩的？""你是婆婆，我是公公，咱两个公公婆婆，岂不是……"

既然他这么能说，怎么对岳灵珊就没法子呢？

接着一句话，就显出他为何敢对任盈盈这么厚脸皮："你宰我也好，不宰我也好，反正我命不长了。我偏偏再要无礼。"

是的，见到任盈盈时，令狐冲身有内伤，自觉命不久矣。他自以为误杀了陆大有，又遭师父疑忌，同门嫌弃。心爱的小师妹，喜欢了林平之。精神支柱，荡然无存。俯仰天地，无可留恋。所以说起话来，也就肆无忌惮了。而且，感情里，被偏爱的，都有恃无恐。令狐冲知道任盈盈喜欢自己，那就更没压力了。

另一个秘密：令狐冲敢这么跟任盈盈胡说八道，恰恰是因为，他那时还没那么爱任盈盈。恰是因为他初见时也就是喜欢却还没那么深爱任盈盈，他的心态已经放开了，所以才说得随心所欲。

这是金庸故事里常见的例子：胡斐跟程灵素就能谈笑自若，见到意中人袁紫衣就讷讷，还是程灵素替他向袁紫衣表白的。杨过对着陆无双、程英、公孙绿萼们胡说八道，面对小龙女时嘴上却老实得多。

反过来，这样脆弱但自在的状态，也很招女孩子喜爱。比如阿朱爱上乔峰，恰是在他众叛亲离被整个武林放逐之时。比如阿紫爱上乔峰，也是在看乔峰抱着阿朱痛哭之时。

令狐冲遇到任盈盈时，本就是最脆弱又最不羁的奇异状态。恰是他什么都不在乎，反而能让任盈盈倾心。有意思的是，后来令狐冲爱上了任盈盈——过程辗转漫长。从此，令狐冲对任盈盈的赞美和表白多了，调笑却少了。到后来定情之夜，令狐冲已经不再信口胡说。这里有一句话，妙极了：令狐冲知她最害羞，不敢随便出言说笑，只微微一笑。

没那么爱时，说得天花乱坠。真爱深了，便会"不敢"。许多人都这样：对喜欢但还没那么在乎的人，甜言蜜语张口就来，口不应心；赶上被偏爱的，那更加有恃无恐。对爱到死心塌地的，就会"不敢"，也许讷讷不能言，也许终于出口了，却只有那么几个字，甚至也许只微微一笑，尽在不言中。

直视对方说话的魔力

[日] 松浦弥太郎 著 / 张富玲 译

我懂得这个道理,是在女儿还小的时候。

"回到家的第一件事,是去洗手。"

"吃完饭要说一声'我吃饱了'。"

那些我觉得很重要、希望她能好好记住的事情,如果对女儿说的时候不直视她的眼睛,往往一点儿效果都没有。

就算语气再怎么严厉,倘若是一面看报纸一面传达的,就一点儿用也没有。

"爸爸虽然这么说,可是洗手这种事其实没什么大不了嘛。"

不好好看着他们的眼睛说,小孩子就会这么判断。假使你别过脸去,不管嘴里再怎么唠叨,孩子们就是不肯说"我吃饱了"。

看着对方的眼睛说话,是互相理解、传达信息、促进沟通的秘诀。有效的对象并不仅限于小孩子,也不限于在公司或是家里,而是在任何场合对任何人都行得通。

长大成人后,常会遇到牵扯不清的纷争。

一群成长环境、价值观、思考模式都不同的人集聚一堂,会产生意见分歧、误解,甚至导致纠纷也不足为奇。

"只要好好谈,双方就能互相理解",然而让人遗憾的是,这在我看来只是一种理想状态。事实上,最终往往以一方妥协或者双方各让一步收场,不可能有完美的解决之道。

"再多说也没用,反正都是重复同样的话",谈到最后双方都厌烦了,于是干脆放弃沟通——如果置之不理就会落得这种下场,而这样的情况并不少见。

遇到无论如何都不想放弃沟通的时候,我常常会想起一个方法:就算双方意见严重分歧,甚至针锋相对,也一定要直视对方的眼睛发言。

即使两派的观点没有交集,谈到最后仍是两条平行线,只要直视对方的眼睛说话,就会自然而然地对对手产生敬意,这非常奇妙。

就算觉得"他说的话不对",可如果是看着对方的眼睛听他说话,对"那个人的人格"就会产生另一种感觉,即使无法认同他的意见,也能认同对方这个人。

就算双方争论不休,只要是看着彼此的眼睛说话,便会萌生奇妙的一体感。即使最后没有达成共识,事情也不会往坏的方向发展。这种方法我尝试过好多次,保证有效。

疲惫、沮丧的时候,人会没办法直视对方的眼睛说话。但若是一味无视对方,只会让事态恶化下去。

所以,不要再一边洗碗一边谈重要的事了;从计算机屏幕前抬起头来,直视对方的眼睛说话吧。

就算对方是你无法理解的对象,或是无法接受的人,只要掌握了这个诀窍,你们之间一定会有另一种关系产生。

要不要笑

欧阳宇诺

美国剧作家萨拉·鲁尔的《隔壁房间》获得托尼奖最佳戏剧提名时,她虽然内心狂喜,但面对摄影师的镜头时没有笑。当摄影师让她"微笑"时,她无能为力,因为她得了面部神经麻痹,没办法笑。她曾经为此而困惑、内疚,但最终,她与自己和解,没法笑就不笑,她可以通过别的方式展现态度。萨拉曾经研究过美国人的笑容,她发现他们用"笑"对不认识的人表示友好。而在其他一些国家,对陌生人微笑可能是一种禁忌。

有时候,"笑"是被自然触发、无法避免的,比如我们听了一个笑话的时候。从生理上说,人类发笑和大脑内部的多巴胺奖励回路有关。大脑中的腹侧被盖区、伏隔核和杏仁核,是多巴胺奖励回路的关键部分。当一个笑话具有某种幽默感和刺激性的时候,多巴胺奖励回路中的这些脑区就会被激活,它们负责将传递亢奋和愉悦信息的多巴胺分配到大脑各处,人自然就发笑了。

除了这种被自然触发的、无法避免的笑容,大多数时候,笑容是一种负累而非一种必需。面对迎面而来的同事,我们迅速思索、考量、权衡利弊。我们扬起嘴角,闭合嘴唇抑或精准展露八颗洁白的牙齿,我们让眼睛熠熠发光,试图展现真诚,而实际上,此刻的内心可能有一万只羊驼穿越而过。

这样的假笑不仅令人心累,还令人无暇思考重要的事情。当我们展露这种虚伪的笑容的同时,只能彼此寒暄一些浮皮潦草、无关紧要的浅层事物。而在思考重要的事情的时候,我们需要关闭愤怒、悲伤或狂喜等感觉,将它们吞进自己的肚子,藏至内心深处,用理性在现实世界中构筑前进的路径。此刻笑容是多余的,如果它出现了,安静的氛围也许会被破坏、思考过程中的严肃性也会遭受侵蚀。

在职场,我们需要的不是笑容,而是实力及手段。过多的笑容只会令你显得肤浅、廉价、过度讨好他人甚至愚蠢。我们需要的是静观他人,以面无表情的方式向他们施展某种暗流涌动的态度及情绪。

正如法国作家安德烈·纪德21岁时在日记中写的:"我必须学会保持沉默,眼睛要更多地观察,脸则要少动。我说笑话的时候要板着面孔,别人说笑话的时候,不要每次都喝彩。别千篇一律、毫无特色地对所有人表现出和蔼可亲的态度,在适当的时候以毫无表情的方式让别人感到窘迫。"

所以,"对所有人表现出和蔼可亲的态度"也许可以替换成一张冷静的脸孔和办公桌旁的一根棒球棍。

我心里有过你，就够了

《一代宗师》中，宫二姑娘对叶问说："叶先生，说句真心话，我心里有过你。喜欢人不犯法，可我也只能到喜欢为止了。"这句话好比一个解禁的咒语，任何人听到都会心中微微一颤，连带出一场普鲁斯特式的记忆雪崩：本以为人生中的过客，在某个节点毫无征兆、无声无息地一径闯进你的心里，在你猝不及防之下，兀自高像素驻留，期限或短或长，但此情无计可消除，你根本无法忽视她（他）的存在，所以包法利夫人服下砒霜前满眼都是在永镇初遇实习生莱昂的情景，周作人听闻初恋情人去世说"心里有一块大石头已经放下了"，而杜拉斯与情人告别时的夜航场面几乎深埋在她所有小说的意象里。

有一些"心里有过"，短暂而飘忽。当人们从一段感情中退场，却发现自己成了往事的污点证人，不愿意再多提及，最后他朝相忘于烟水里；而另外一些，却可能像宫二姑娘对叶问，相去日远，岁月忽晚，那个人却常驻心间。

比起最后拥有，"我心里有过你"完美而安全。时间蚀去了现场的重量与坚硬的质感，回忆的意象变得摇曳多姿。"心里有过"的这个人，也自带了柔光与美颜滤镜功能，形象几近完美。要是真时时相对，日日相处，柴米油盐地过起日子来，"我心里有过你"的美感十有八九会轰然破灭。乔治·桑与肖邦纠缠十余年，最后恋情已经淡得不能再淡，见面时也是无话可说了，只有"好吗""好"。

所有情感都需要时空的辅助，爱情更像娇贵的植物，要养它长大，需要适宜的温度、湿度与养料，才可能最后落地生根开花结果。倘若任何一个环节有纰漏，"我心里有过你"就那样昙花一现，然后凋零下去，"只能到喜欢为止了"。

到"我心里有过你"这儿戛然而止，确实让人心有不甘，就像张潮在《幽梦影》中所言："花不可见其落，月不可见其沉，美人不可见其夭。"但朱其恭反诘曰："君言谬矣，洵如所云，则美人必见其发白齿豁而后快耶？"

在成年人的世界里，爱情就像风险投资，可以倾注热情，但不值得将身家性命都往上押。轻轻道一声"我心里有过你"，尔后相忘于江湖，这样虽然无缘看到险境中的奇景，但也就此避免了那些望梅止渴的焦灼、叶公好龙的狼狈、困兽犹斗的惨痛、曲终人散的哀伤，也许这就是普通人最有智慧的一种选择。

女孩们，离开钝刀割肉的关系

我一个朋友，最近分手了。我猜得到她做出这个决定的艰难，但我为她开心。

她这次恋爱是很幸运地跟理想型在一起，但她反复几次来跟我交流，都是询问我：对方的冷漠是否正常？比如，快期末了，男孩就会开始从早到晚不回消息。女孩跟他探讨，我们作为情侣，这样的交流模式是没问题的吗？男孩就总是那种——你们懂吧，"我有正事，你想太多就是你不懂事"的语气：那我有我的事情要忙，不理你，又有什么不正常的呢？

她送他小零食，零食上贴了她写的字条，对方带回寝室吃，闷声吃完，也没跟她聊过一句字条。被忽略的字条，就像她的爱意在这段关系里的隐喻。满怀希望被主人送出去，却得不到任何回应地下落不明。

时间久了，变成纸屑，簌簌掉进故事的缝隙。

在这段恋情中，她总是在问我：那我要怎么解决？要怎么改？这让我想起我高中的时候主导过话剧排练。因为要占用午休时间，大家来得稀稀拉拉。到场后，刚打打闹闹瞎排两遍后，就有人想回去，问我"今天是不是差不多可以了"。那时我想拿奖，就告诉大家我们要做到全年级最好，然后一起领奖。我说完后，有个女孩大声问：哦，领奖，那然后呢？能得到什么？我说我们可以在毕业晚会上表演。她笑了：这是奖励吗？这是惩罚。我不要上台，那么多人看着。

团队作战就是如此，只有你一个人想拿100分是没用的，因为其他人都想用60分糊弄。这样，你会成为最没有人理解还往往得不到由衷想要之物的人。

恋爱同样。你很努力恋爱，而对方只想划水，你再怎样，都无法力挽狂澜。

在一段对方处处用冷漠试图同化你，用"理性"的逻辑试图牵制你的关系中，你不断地压抑你的自我、模糊你的渴求，直到有一天开始怀疑，自己想要的那种正常足量的爱，是否是奢望，是否是不该得到。得不到你需要的正常的爱，你要闹，要不理智，要让对方感受到同样的痛苦。如果对方无法做到，那就逃。

18岁的时候我收不到恋人的消息，会反思自己是不是过于聒噪。27岁的时候我得不到及时的回应，可以直接告诉他，哪怕我仅仅是你的普通朋友，你也应该对我发的消息有一个回复，如果你不尊重我，我就没有必要跟你在一起。

我在捍卫我所想要的那种爱，那当然是正当的。我不认为，因为爱你，我就要削减我的坚决和浪漫，抛开我的热情和纯粹，跟你一起，在这段关系里划水。

我爱一个人就是满分。而我逃开那些钝刀割肉的关系，总是头也不回。

"我了解你的一切把戏，还是等你"

中国古代的女性，地位从来可怜。当阳长坂，刘备兵败，赵云于乱军中怀抱刘阿斗归来，千古传奇。但抛妻弃子、夺路南逃的刘备，甚少受指责。到后来陈寿写《三国志》，赞美刘备有高祖之风，说赵云仿佛夏侯婴，这却有些皮里阳秋：四百年前，遭遇类似处境时，刘备的祖宗汉高祖刘邦，那也是慌不择路、把孩子往车下扔，得亏驾车的太仆夏侯婴，几次三番把孩子又抱回来放车上了。事情听来惨无人道，但并不成为其污点。因为在古代，妇人孩子，都是男人的附庸。

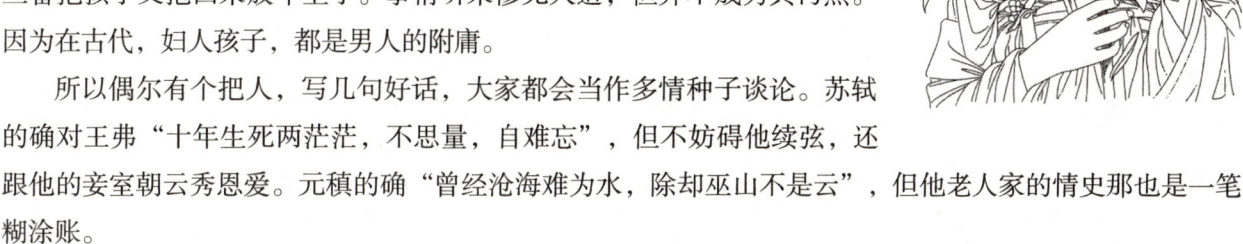

所以偶尔有个把人，写几句好话，大家都会当作多情种子谈论。苏轼的确对王弗"十年生死两茫茫，不思量，自难忘"，但不妨碍他续弦，还跟他的妾室朝云秀恩爱。元稹的确"曾经沧海难为水，除却巫山不是云"，但他老人家的情史那也是一笔糊涂账。

所以《木兰辞》千古有名。许多人在意的是木兰的孝心与战绩，然而最妙的，是其中的女性色彩：木兰出战时，算她十六岁。大战十二年归来，也近三旬了。在古代，算是大龄女子了。可是她回来之后，对镜理云鬓，贴花黄，穿戴完了，出门看伙伴，伙伴都吓一跳：同行十二年，不知木兰是女郎。木兰还来得及开个玩笑——扑朔迷离啊，双兔傍地走，安能辨我是雄雌？

人生半辈子在疆场，归来还是旧衣，还是红妆，还是谈笑自若。在最慷慨壮烈潇洒的时候，还能用兔子打比方，举重若轻地开个玩笑——这份派头，比她的孝心和战绩，更加动人。

归有光有名文《项脊轩志》，结尾句曰："庭有枇杷树，吾妻死之年所手植，今已亭亭如盖矣。"极尽柔情，但这个意象，还真未必是原创。归有光之前两千年，晋国公子重耳——后来的晋文公流亡到狄，娶了季隗。他要走时，对季隗说："等我二十五年不回来，你就嫁了吧。"季隗笑道："等你二十五年，我冢上的柏树都大啦！——虽然如此，我等你。"

这故事有一个尚算甜美的结局，八年后重耳归国，开启他春秋五霸的不朽伟业，与此同时，接回了季隗。虽然如此，这故事最细腻处，却是季隗的态度。

面对重耳这种自私的要求——"等我二十五年不回就嫁了吧"——季隗还笑得出来。那第一句话极为悲哀，"等你二十五年，我冢上的柏树都大啦"，这一句足以压倒归有光；但更棒的是后一句，"虽然如此，我等你（虽然，妾待子）"。那是已经看穿了男人们的自私，看明白了承诺的不可靠与命运的残忍，于是先哀婉地嘲讽，戳穿了这句话，但还是，温柔又坚决地表达了自己的爱。

这大概是中国古代女子，对待残忍的命运时，最不卑不亢的一句话了。

不要追赶"毛线球"

大学的时候，我遇到过一个男生，我们同在一个社团，经常一起做策划，一来一往熟悉之后聊天就变得频繁。

有段时间，我和室友闹矛盾，每天都处于崩溃的边缘，他是唯一对我的糟心事知情的人。

他会表现得对我很好：看起来很有同理心地站在我这边；在我朋友圈动态的评论区发来安慰的语句和"抱抱"的表情；我们见面一起商量社团的事务，他见我情绪不高，主动问我是不是还在烦恼那件事，并温柔地冲我笑一笑。

但很快，或许是因为我消极的话说了太多，他开始变得冷淡，有时敷衍到只回一个"嗯"字。奇怪的感觉出现了。一旦他没有热情地回应我，我就开始没来由地感到烦闷。我会频繁地翻看手机，跟身边人说话都心不在焉，直到意识到，我其实就是在等他的回复。

我开始问自己："我喜欢他吗？"我突然顿住。啊！我喜欢他什么呢？我怎么突然就"喜欢"他了呢？

后来我思考，是不是对方的忽冷忽热，无限地放大了我朦胧情愫的浓度。越抓不住他，我越觉得他值得抓住。

这种感觉就像小猫追逐毛线球，当毛线球忽上忽下的时候，小猫总是兴趣盎然、满心想着一定要抓到它。可一旦毛线球静止，它对小猫的吸引力就完全消失了。那些忽左忽右、忽进忽退的微妙的情绪波动，很容易被我们错误地归为"喜欢"。你独自生活，麻木许久，但最近突然出现一些莫名的情绪推着你向前面的那个人追赶，"非得到不可"的心完全盖过了"爱一个人"的念头，你以为你在爱，但不过是盲目的追赶。你爱的是追赶的过程和假想最后可以得到的快感，甚至都不是那个人本身。

两个人相爱的底色一定是安定、温暖的。爱的本质应该是人，而不是虚妄的情绪。

不要被上下晃动的毛线球晃了眼，从而产生它是金绣球的错觉。别让浓重的情绪把那个人变成你的"非他不可"。毕竟，得到一个毛线球并没有什么意义。

第四章 寸草春晖 亲情颂

羽毛留下的思念

□ [俄] 维克托·阿斯塔菲耶夫
译 / 陈淑贤 张大本

雪，融化了，湿漉漉的。

玻璃窗上残留着一片羽毛。鸟羽揉皱了。没有光泽而且看上去无精打采，令人痛心。可能是一只小鸟儿夜里用喙啄我的窗户，哀求我给它些温暖，而我这人听力不济，没有听见，所以没有把它放进屋来，于是这片洁白的羽毛就贴在了玻璃上，像是在责备我。

后来阳光晒干了玻璃，小鸟的羽毛不知飘落到何处去了，却给我留下了痛苦的思念。也许这只雏儿没有找到栖身之处过冬，没有活到春暖花开的季节。

我心中有一股莫名的郁闷和忧伤。无疑的是这片小小的羽毛飞入了我的心扉，粘贴到了我心上。

我给妈妈当妈妈

陆晓娅

"最漫长的告别",记不得哪本书里这样形容认知症患者和他们亲人的别离。

亲人在毫无预兆的情况下突然离世,如天塌地陷,令人悲恸欲绝。如果有足够的时间准备,眼看着亲人身体犹在,心魂飘然远去,那又该是怎样的一种痛苦呢?

这半年,在外人看来,妈妈的身体似乎没有多大变化,甚至让人感觉"精神"了。但是只有我们知道,她正以一种不易觉察的速度衰弱下去:她走路更慢了,说话声音更小了,在床上的时间比以前多了。

但比身体衰退得更快的是她的心魂。我分明已经真真切切地感觉到,她的心魂正在渐行渐远,慢慢地离开我们,离开她熟悉的家,向着那个陌生的、神秘的、我们难以企及的世界飘去。

是的,我回家的时候,她还会露出笑容,不过直觉告诉我,她并不是在对着"我"——她的大女儿笑,而是对着一个向她表示友好的人笑。"我"和院子里那些老同事老邻居,对她大概没有多少不同了。和她并排坐在沙发上的时候,我也分明感觉到,她其实已经"感觉"不到我的存在了——不是看不见我这个"人"坐在那里,而是感觉不到我对她的特殊意义。原本就不太会主动亲近孩子的妈妈,现在的情感就像秋冬时节的沙漠河流一样,正在变得越来越细,不知道哪一天就会彻底断流。

阿姨总是安慰我说:"她还是分得出来家人的,你们回来她就会围着你们转。"

有时候,她会跟着我,我去别的房间,她也跟过来;我去上厕所,她站在厕所门口不走。我会忍不住猜想,她是想和我这个女儿在一起呢,还是因为无聊才做我的影子?或者是出于不安,才本能地跟在一个移动的物体后面?我注意到,这两个多月来,她多了一个动作:没事的时候,就会紧紧拽住自己的衣角,就像一个来到陌生之地的小女孩。这个下意识的动作,让我意识到,她变得更加不安了。

慰藉物,我想到这个词。

妹妹小的时候,总要带一条小手绢在身边,尤其是晚上睡觉的时候,吻着小手绢方能入睡。那时我还不懂什么叫作慰藉物。到自己有了女儿,人们已经发明了"安抚奶嘴",我知道带女儿去别人家住的时候,一定要带上她的小被子,那会减少她在新环境中的焦虑。

现在,84岁的妈妈也需要慰藉物了,因为她每天都处在"不同寻常的环境"里——当一切都变得陌生,陌生到让她不知身处何方时,那捏在手里的衣角,成了她抵御惶恐的秘密武器。

我在收拾自己的抽屉的时候，发现了一条小手绢，我想，妈妈会不会更喜欢手绢呢，就像妹妹小时候那样？于是洗干净，告诉阿姨让她试着塞给妈妈。谁知道，半个小时之后，这条手绢就不见了，之后阿姨在妈妈的裤裆中找到了它！

也曾经试过给妈妈一个娃娃，但妈妈始终对娃娃不感兴趣，从未主动抱过娃娃。

妈妈的心脏、血压都很正常，也许还能活很久，但我们怎么才能留住她的心魂？

语言早已不能帮到我们，能够帮助我们维系联结的只有身体了。好在，几年来陪伴妈妈，给她洗澡、带她散步，我们彼此已经从不习惯身体接触，变得能够自然地给予和接受身体的接触了。从清洗身体到拉着手，再到抚摸和拥抱，我们彼此未曾得到满足的肌肤饥渴此时得到了满足。

在家和妈妈坐在沙发上的时候，不管说不说话，我一定会用自己的手拉着她的手。我想，比起手绢来，这只有温度的手，应该更能让她感觉到陪伴的温暖吧？

我们常常就这样拉着手坐着，通常是我故意找个话头逗她说话，然后她就开始用我听不懂的话"回答"，我再抓住一两句能听清的话，故意设问，然后她又开始一段语言神游。我一直很好奇，她说的这些我听不懂的话，她自己明白吗？是否她拥有一套自己的内心语言，其实知道自己在说什么，只是不知道自己已经无法组织起句子了？

其实妈妈在语言神游的时候，我也很难集中注意力，就像一个听不懂老师讲课的孩子，会开小差或者打瞌睡一样，鸡对鸭讲的对话真的很难继续。我也早已没有什么"功利心"了，这样和妈妈聊天，不是要聊出什么，只是为了和她坐在一起，拉着她的手，让她感到不寂寞、不孤单，有人陪伴而已。

当然，外出散步的时候，我一定是拉着她的手的，倒不是怕她丢，因为她现在的走路速度，无论如何也跑不出我的视线了。拉手，既能增加身体上的安全系数，让她不会摔跤，也能增加她心理上的安全系数，让她知道无论走到哪里，她都不会被丢掉。

每次散步回来，我的手都红红的，那是被妈妈攥的。我知道，她想拉住的不仅是我的手，也是和这个世界的关系。

妈妈在努力，用她的方式努力和这个世界保持联结。我们也在努力，用我们的手，紧紧地拉住她，拉住她的身体，也拉住她的心魂。

父母的状态就是你未来的模样

陶瓷兔子 / 作者

"你明年别赶回来了,折腾那么久,回来就光玩手机。"在表哥第三次专心致志地摆弄着手机,用"嗯嗯"和"好的"来应付大姑的嘘寒问暖时,她说。表哥闻言把手机放入口袋,赔了个笑脸,"春晚没意思,我们群里在发红包呢"。"那你也教我玩微信好不好?咱们还能一起抢,以后你回上海了,妈也能跟你视频。"大姑说。

"平时打电话就行,微信挺麻烦的,你这么爱忘事儿,肯定记不住。"表哥一脸无奈,"再说你这个手机,连网都连不了,也用不了微信。"

"这样啊,那我就不学了。"

"你为什么不给大姑买个能上网的智能机呢?又不贵。"我问。

"他俩都60多岁了,今天教会了下周就忘,还不如就这样吧。"他说。

我上班第一年,爸妈计划去泰国游玩,而我身在异地,为了一个新项目焦头烂额,害怕他们两个出游,会吃语言不通的亏,于是极力劝阻。

"你小时候去学体操,弄得满身伤满手老茧的时候,后来决定出国,一个人背井离乡的时候,我们可没说过你这句话。"我妈这样回复我,"我们会报正规的团,订星级酒店,每天晚上9点以后不出门,会安安全全地回来。"

阿图·葛文德在《最好的告别》中写道:"我们自己想要自主权,而对我们爱的人,我们要的是安全。"我们希望给予我们关心的人的许多东西,是我们自己强烈拒绝的,但我们在给予时,很少在乎对方的感受。在我们年幼时,渴望冒险,渴望尝鲜,渴望尽情体验每一种生活的时候,是父母给了我们支持和肯定,而当他们需要同样的鼓励和帮助时,我们却往往因为嫌麻烦而拒绝和回避。

表哥并不是不愿买一部几千元的智能手机,他只是不愿抽出时间来手把手地教父母。而我在阻拦爸妈时列举的所有负面因素,本质上不是在为他们担忧,而是"不想操心"的借口而已。真正的担心,是去采取一万种措施帮他们未雨绸缪,而不是用一万个借口阻止他们去尝试和享受。

如果说培养孩子犹如再世为人,可以修正自己成长路上的各种偏离,那帮助父母去感受生命中的更多,就是对自己晚年的一次预演。他们现在的生活状态,或许就是你40年之后的生活状态。

为人子女,我们能做的并不仅仅是以安全的名义限制他们的选择,而是帮助他们去过更有价值,更有自我的,哪怕只是一小部分,甚至只有一个假期的自由生活。

怎样才算有出息

戴建业

小时候，不管我怎么干，爸爸都不满意，眼巴巴地盼我"出人头地"；不管我怎么干，妈妈都很满意，只要她的两个宝贝儿子身体没病，做人"行得正，站得直"，她此生就足矣。

以读书为例，爸爸总要我们争第一，哪怕你是第三、第四名他也不高兴，读得不好要"将功补过"，读得好又要"再接再厉"，我小时候的日子就是一眼望不到头的苦海。

每次听到爸爸骂我"没出息"，妈妈就反唇相讥："你要孩子怎样才算有出息？"一听到爸爸叫我们争第一，妈妈更是恼火："第一只有一个，天天想第一，活得累不累？你就这臭脾气数第一！"

妈妈对我们是不是"第一"毫不在乎，但对我们是不是"站得直"十分在意。

小学二年级的一个下午，放学后我与几个同伴去拾麦穗，碰巧队里的麦子还没有收完，我们5个人每人偷了一小捆回家。拾来的麦穗参差不齐，偷来的麦秸整整齐齐，根本逃不过妈妈的"法眼"。

妈妈一见就审问我："从哪里偷来的？"

"我捡的，没有偷！"

"还嘴硬！从哪里偷来的，送回哪里去！"

"妈，下次不偷了行吗？这次又没人看见。"

"没人看见就能偷？我陪你送回去！"

"再送回去，别人就看见了！"

"你还知道偷东西丢人？知道丢人还要偷？就是要让别人看见，我陪你一起去丢脸！"

我和妈妈送麦子回去的时候，恰巧碰上队里的邻居在捆麦子，几十个人看着我把麦子送回原地。当时我真想入地三尺，像孙悟空那样钻进土里。接连好多天，我在队里不敢抬头，好长时间都对妈妈心有怨气。

除了这次有意让我出丑，妈妈一生没有让我们难堪过。

大学四年级上学期，我对妈妈说准备考研究生。妈妈觉得读完大学就很了不起了，读不读研究生真无所谓，老人家笑着对我说："儿子，想读就去读。"我也笑着对妈妈说："妈，不是我想读就能读，要我考上了才能去读。""考不上拉倒，读完大学就行。"

妈妈从来不要求我们出人头地，也不要求我们排名第一，甚至不要求我们胸怀大志，她朴素地认为，"行得正"的孩子自己会争气，靠人逼的孩子很难出人头地。

在教育我和弟弟的时候，妈妈从不给我们施加压力，而是激发我们进取的动力。她没有给我们树立宏伟的目标，而是让我们慢慢确立坚定的自信。她对我们的影响基本不是靠言传，而是靠她的示范和母爱温暖，不管外面的情况如何严峻，我们家里从来都是春天。有幸做妈妈的儿子，我活得快乐，学得轻松，干得惬意。妈妈，下辈子我还要做您的儿子，我一定不再让您老人家生气！

"蜘蛛人"父亲

杨辉素 作者

升初三那年，父亲托关系把我从农村弄到城市去上学，为此，还特意在离学校不远的地方租了一间房子。白天父亲去打工，晚上爷儿俩就挤在十几平方米的小屋里。母亲和妹妹留在乡下，父亲每天早出晚归，我基本上过着无人管教的生活。渐渐地，我迷上了网络游戏，每天放学就泡在网吧里，后来索性发展到连课也不上。

老师多次规劝无效后，叫来了父亲。那天，父亲走进老师办公室，脸上满是拘谨和不安。当老师一桩一桩向父亲数落我的"罪行"时，父亲黑黢黢的脸上青一阵、白一阵，他向老师连连鞠躬，满怀歉疚地说："老师，对不起，对不起。"好像犯错的不是儿子而是他。

父亲推搡着我走出校门，一言不发，脸色出奇地难看。突然，他站定，挥手一巴掌打在我脸上。这一掌来得那么突然，我毫无防备，一个趔趄，差点儿跌倒。父亲蹲在马路边上，颤抖着手点燃一根劣质香烟。

我木木地站着，一动不动，我知道父亲的倔脾气，轻易不发火，发起火来必然是一场狂风暴雨。抽完第三根烟，父亲说了三个字："跟我走。"我不敢多问，乖乖地跟在后面，心里猜测着父亲要带我去哪里，难道要让我休学？我知道为了进这所学校，父亲花了很多钱，托了很多关系，一丝隐隐的内疚涌上我的心头。

顶着炎炎的烈日，我跟着父亲七拐八绕来到一座18层大厦前。父亲说："给你两条路选择，要么好好上学，要么和我一起工作，今天你先上岗试试。"

我抬眼向上望去，几根绳索挂着几个工人，他们在清洗大厦的玻璃外墙。父亲一直做的就是这种被称作"蜘蛛人"的高空清洗工作。"试就试，有什么不敢。"我梗着脖子赌气说。

来到楼顶，父亲拿来一块木板，上面穿着三根绳子，像小时候荡过的秋千。正在我发愣的时候，父亲已经把安全带系到我腰上，递给我一把刷子一个吸盘，吸盘上系着一截短绳。父亲收拾好后命令我："浑小子，跟着我做。"说着，就把我推到楼口。

我一阵眩晕，只往下看了一眼，就不敢再看，18层啊，要是绳子断了，还不粉身碎骨？我双腿打战，话也说不利索了。"爹，我，我能不能不下去？"我哀求道。

父亲看了我一眼，对身后的工友说："放绳吧。"正在我向后退缩时，父亲猛地把我推下去，我只觉得头脑里一片空白，等我睁开眼睛，才发现那块木板正载着我缓缓下降。

父亲和我并排下降着，一句话也不说，事到如今，再说什么都晚了，我横下心闭上眼睛，双手紧紧地抓牢绳子。只听到耳边"呼呼"的风声，过了一会儿才停下来。父亲说，这是12楼。他把吸盘猛地吸在12楼的窗玻璃上，左手拽住吸盘上的绳子，好让身体不至于摇来晃去，右手一下一下刷着窗玻璃，每刷两下就要在小桶里清洗一下刷子。做完这一切，他停下来看着我。

　　我学他的样子，哆嗦着把吸盘吸在玻璃上，可头顶的那根绳子不听控制，像秋千似的摇来荡去，每荡一次，都让我胆战心惊。好容易让身体固定下来，我也开始用刷子刷玻璃，可脚下踩空的感觉让我忍不住向下望去，这一望我又剧烈地哆嗦起来。

　　正当我分心之际，手中抓吸盘的绳子掉落，身体失去了支撑，我又开始晃荡。我努力稳住身体，想阻止晃荡，可越挣扎，绳子晃得越厉害。猛然，我的身体不晃了，刚刚松一口气，抬头一看，妈呀，绳子在刚才的摇晃中已紧紧地卡在一台空调外机的缝隙里了。由于摇晃，绳子和固定空调的一块锐利的角铁产生了摩擦，如果我不赶紧上去，绳子一断，后果将不堪设想。

　　父亲也发现了异常，他大声对我说："辉儿，不要慌，有爹在呢。"我吓得哭起来："爹，对不起，我错了，我一定好好学习，再也不去网吧了。"

　　父亲借助吸盘一步一步挪到我身边："辉儿，上面没有多余的绳子了，快，你赶紧抓住我的绳子让上面的人把你摇上去。""那你呢？""我还能坚持一会儿，你上去之后再让人把绳子放下来。"父亲说着，竟然解开了他腰上的安全带，我惊恐地睁大了眼睛，父亲这不是寻死吗？

　　只见父亲双手抓住吸盘上的绳子，双脚把我的那根绳子钩过来："你快抓住我的绳子，坐上来！"

　　我不敢再有丝毫的犹豫，上面的人早已发现了险情，几分钟后，我就被平安地摇了上去。

　　等救援的绳子放下去后，父亲正一手抓着吸盘上的绳子，一手抓着我那根绳子，屁股向后撅着，双脚蹬着玻璃墙，尽可能减轻身体的重量，减小绳子和角铁的摩擦。

　　在父亲抓住救援绳子的那一刻，上面的那根绳子终于割断了，像一截线头无声地落了下去……

　　父亲被摇了上去，他惊魂未定，牙齿还在不停地磕碰。我扑过去紧紧地抱住他："爹，对不起……"我泣不成声。

　　从此，我再也不去网吧、游戏厅那些地方了，只埋头刻苦地学习。几年之后，我考上了一所大学，毕业后有了一份不错的工作。现在，每当我坐在明亮的办公室里，看着窗外那些辛苦的"蜘蛛人"，看到他们那维系一线的生命之绳，我就禁不住热泪盈眶。亲爱的父亲啊，您用一根生命之绳，挽救了我的生命，也端正了我的人生之路。

坐绿皮火车的妈妈

左琦 作者

妈妈到我家的第一句话是:"我想你了,女儿!"

妈妈今年64岁,偶尔来我这儿小住一段时间。来之前带上家乡的米粉、剥好的花生仁、自制的酸萝卜、酸豆角、扣肉、腊鱼、香肠……每样一点点,堆在一起就是一座小山。这座小山让她在去火车站的路上就有点儿气喘。

公交车,火车,地铁,公交车。一个人的路途,复杂的换乘居然没有难倒她。每次来长沙,妈妈都不愿坐高铁。她说,速度太快,头晕眼花,就绿皮火车挺好。50.5元,单程的价格。不知道坐在火车上的妈妈会想些什么。

绿皮火车咣当咣当,车厢外的景物逃去如飞。也许,妈妈什么也没想,而是头挨着窗玻璃,迷迷糊糊睡着了。如果旁边的位置空下来,一条三人座的长椅刚好容下她瘦小的身躯,她就索性躺下,一路睡到终点站。

妈妈很开心。她说,用坐票的价格,换来卧铺的待遇,值!

妈妈在长沙的日子,家里的饭菜总能飘出熟悉的香味,灶台光洁锃亮,被子蓬松柔软,鞋子干净如新。下班回家的我,每每看到她把房间拾掇得一尘不染,饭桌上的菜品色香俱全,满身心的疲累立即没了踪影。

妈妈用一双巧手,舒缓了我繁忙的日子。

我的身体在生完孩子后垮了下来,几次住院。妈妈心急如焚,想尽办法做营养餐。她炖鸡、煮鱼、烧肉,用保温桶一层层分装好,坐一个小时的公交车,将热乎饭菜送到医院。妈妈说,医院附近的饭菜肯定没有自己家的好,我吃得好身体就会好。

我打开餐盒,里面的荤菜是精心挑选过的,鸡腿、鱼腹、精排上的肉,在碗里满满当当地堆放着。我还未用心照拂过妈妈一天,却让她在我的病床前操心劳神。这样也好,妈妈一直健健康康的,就是我最大的福气。

如今,妈妈再一次来到长沙。她说:"外孙要中考了,我怕打扰他,但是我想你了,女儿!"妈妈总说,老了老了,不中用了,包里带来的东西只能越装越少,米粉只能带两斤,腊肉只能带一块,酸萝卜只能带几罐,腊鱼只能带几条……妈妈总说,老了老了,不中用了,来了只会多用水用电,吃我的喝我的,浪费不少钱……小住一段时间的妈妈要回家了,她还是选择坐绿皮火车。50.5元,单程的价格。

一个人的路途,她也没觉得孤独无助。绿皮火车咣当咣当,不知靠一桶农家小炒肉味方便面对付午餐的妈妈,会在车上想些什么。也许她什么也没去想,而是倚靠着玻璃窗,沉沉睡一觉,直到目的地。

我偷看了奶奶的日记本

酸酸姐 作者

　　奶奶的名字叫瑞华，今年72岁，文化程度是小学毕业。从小到大，在我的世界里，"奶奶"是瑞华永恒的代号。我对"奶奶"之外的她没有好奇心，有时候甚至想不起来她的名字。很偶然的机会，我在奶奶床头柜第二层抽屉里的一堆针线下，发现了她的日记本。在这个日记本里，她是那样鲜活。

　　日记本里夹着许多封永远也不会寄出去的信。一些信是写给她的独子，也就是我爸的，有的在劝慰我爸别因为生意上的事忧心；有的是责怪儿子一直不戒烟，担心他的身体。信里偶尔会出现爸爸的小名："团团儿，记得你小时候咱们娘儿俩每天有说有笑的，现在看你每天眉头紧皱，我真无奈！"

　　更多的信则是写给我的。她在我20岁生日那天给我写信，祝我生日快乐。她写道，"人生最多就是5个20年"，然后就像怕来不及一般，一口气写完了她对我的人生剩下4个20年的不同祝福。信的末尾，她写下对我的终极祝愿："20年前的今天我欣喜，20年后的今天我欣慰。最后希望你：自尊自爱，自强自立。"

　　偷窥到这篇"生日祝福"时的我，早已过了20岁。我努力回想却怎么也想不起，20岁生日那天，我有没有给奶奶打一个电话。

　　奶奶从不会主动给我打电话，她生怕打扰到我。而20岁的我，很有可能因为沉浸在生日约会聚餐唱K玩闹的欢乐中，连一个亲口对我说"生日快乐"的机会都没有给奶奶。她也许在那天，对我的来电期待很久。她坐在她的小房间里，看着天色暗淡下去，最后决定将心里酝酿了许久的祝愿，全部写下来。

　　我意识到：奶奶的精神世界已无人问津。唯一的儿子嫌她唠叨，唯一的孙女正忙于追求自己的人生，她只能将情感全部藏进这日记本里。

　　有些信，写在和我通话后。好像接到我的电话，就是她这个月最值得动笔的大事。字里行间唤着我的小名，写着她的心疼："婕儿，在电话里听到你的哭声我心都紧了。""婕儿，要笑对人生，面对现实，踏实生活。"

　　还有的信，写在我每年难得几次的回家之前。字迹看起来比平时要潦草一些，也不知道是因为匆忙还是激动："听到你爷爷的电话里说，你也（已）经在回家的动车上，要不了几小时就到家了。我在盼。""一个女孩子在他乡，会遇到很多困难，一定注意用清醒的头脑去应付。"

每个人身边，都有这样一位"周小姐"

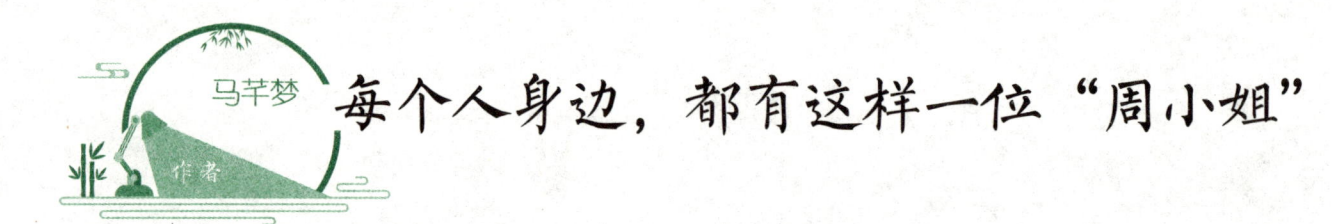

马芊梦/作者

"你好，我姓周，夏商周的周。"周小姐这样做自我介绍。

周小姐是我身边人中如同清泉一般的存在，作为一个标准理工女，她的世界不存在丝毫套路。心眼儿太实，所以我老是忍不住骂她，能不能别老是说一些逆耳的忠言？我听着烦。

比如，我最近体重稍微增加了一些，跟她说我的减肥计划，她一定反对，并且用一大堆大道理跟我说明减肥的坏处。或者，独在异国的我深夜正值伤怀时试图与她沟通，毕竟她在国内是正午时分，想着她一定有空与我闲聊。结果她惊呼：你怎么还不睡？！快睡觉！

周小姐也忙，我俩没空的时候谁也不搭理谁，挺好。

可是前不久发生了一件事，我因为感情不顺终于败下阵来，情绪崩溃，浏览了一遍联系人，实在是找不到值得信赖的吐槽人选。窗外车水马龙灯光一闪一闪，电光石火间，我想到了周小姐。

周小姐很敬业，一个语音电话就打了过来。之后的每一天，我都像成瘾了一样跟她打电话，她也不睡了，哪怕是国内的凌晨也守着，生怕我度过一个想不开的下午，从阳台上纵身一跃。

"我已经很久没有吃饭了，"我漠然地对着手机说，"我没有饿的感觉。"周小姐沉默了很久，哇一声哭了。她念念叨叨："你该怎么办啊？我该怎么办啊？你可别不吃饭啊，你不吃饭又要瘦了，一个人在外面怎么受得了啊？"我不由得苦笑，遇上这么一个反应比你还激烈的人，突然间忘了自己悲伤的初衷，还得反过来安抚她。

我曾经很看不上周小姐，她是一个受传统文化影响颇深的人，她的生活重心是家庭，总想着怎么让家人舒心，殷勤地给予关心与爱。我作为新时代女性，总是提醒她：别迷失了自我，这个世界上，你自己才是最重要的，不要瞻前顾后让自己受委屈。周小姐迷迷糊糊地看我，不明所以。选择性愚蠢，是周小姐的拿手好戏。

我跟周小姐，也闹过很深的矛盾。严重的时候甚至动手，虽然女人打架没什么杀伤力，但那一刻我俩面目狰狞的恐怖景象一直难以忘怀。现在已经不记得到底为什么吵架，只记得每次吵架都是周小姐输。周小姐在我们冷战一段时间以后，会委屈地前

来道歉，一般看她这样，我也就心软了，二人和好如初。

所幸我们都在成长，这样惨不忍睹的事件越发少了，我跟周小姐的相处更加和睦。现在周小姐看着我的时候，她很幸福。其实一直以来，她看着我的时候都很幸福，她一直都让我浸透在她骄傲的目光里。

现在周小姐经常说起我小时候的事情，她说我上幼儿园的时候，一定在她送我进教室以后，留一条门缝，从门缝看着她离开的背影，才能死心。周小姐说，她那时候每天都要忍住不去回头。夏天教室里的冷气，随着那道门缝拼命往外钻，热风从外面进来，打在我脸上。或者说我小时候挑食，把她做给我的午饭偷偷倒掉，前一晚忘了作业结果第二天早晨五点就起床补作业这类糗事。津津乐道，非常享受。

回家的暑假不长，周小姐每天都努力地想跟我多待一会儿，譬如满脸谄媚地邀约我逛街看电影，或者挤在我的卧室跟我看言情电视剧，每次看到剧中主角暧昧的画面，我就一脸坏笑地去看周小姐尴尬的脸庞。

周小姐某天不屑一顾地跟我说："我年轻的时候也是看《泰坦尼克号》的人好不好，我思想没你想象的那么落后。"然后给我看她年轻时的照片，挺摩登，挺美。我放下手中的东西，望向她，我不认识摩登的周小姐。我认识的周小姐隐藏了她的年轻，自打我出生的那天起，她就摇身一变成了我的保姆、我的保镖。她本来是个一心只读代码书闲时逛逛街的小姑娘，后来柴米油盐酱醋茶都归她管，她不能出差错，硬着头皮操作。

我曾经翻出过她年轻时的一些东西，其中有一对相当漂亮的耳环，古色古香的长坠子，周小姐脖颈纤长，皮肤清白，这对耳环戴着十分好看。我爱不释手，问她怎么不戴耳环，她笑笑说："你小时候被我抱着，老是扯耳环，扯完了还放嘴里，后来我就不戴了，怕抱着你的时候划你脸。"与此理由相同被束之高阁的美丽首饰，还有项链若干，手镯若干，哦，对了，还有结婚戒指。

怕不小心就伤到婴儿娇嫩的肌肤，周小姐褪去所有华丽的物件。等我长大了可以放心重戴的时候，耳洞闭合，脖子有了皱纹，手腕粗壮，手指因为常年洗碗做饭做家务，也肿了起来。

二十岁的我，不认识二十岁的周小姐，但是二十岁的我和四十六岁的周小姐关系甚好。周小姐是挚友，是老师，是我的母亲，是我冬夜投靠的小木屋。我知道周小姐在我身上付出了二十余年的青春，我能做的，就是乖一点儿，不让她操心，努力地延伸她的青春。

灯光若月

泉涌 作者

距清明还有一些时日，清明雨急不可待地就到了，淅淅沥沥地，惹得街道两旁树叶乱舞——一些飘落在地面，一叶叠着一叶，把人们对先辈的思念织得越发细致了些，紧密了些。

我突然忆起去世二十多年的四娘来。她像一块朴实的土地，又像曾经点亮夜色的那束若月的灯光，一生除了繁衍生息和照亮他人，没有传奇。

四爷是当地有名的裁缝，家里家外的大小事儿全压在了四娘的身上。四娘体形单薄，个子不高，身体也不是太好，但一年四季天不亮就起床，下地耕田、砍柴做饭、种菜喂猪、照顾孩子，把家里打理得井然有序。自我记事起，四娘从未脱离过田土，即便如此，四娘也从未感到委屈、发过牢骚，脸上始终洋溢着笑容。

我十岁那年的一天傍晚，从竹子坨挑稻草回家，在新屋院子里歇脚。四娘也刚好忙完田里的事回到家中，准备剁猪草煮猪食挑井水。堂哥立国、新国想上前帮忙，被四娘断然制止。"你们到背后赛枞山上去安安心心读书，屋里的事不用你们插手。"说完又对我说："小毛，你也跟哥哥们一起到山上去看看书，晚上到这里吃了饭再回家。"自从堂哥治国考上大学，四娘这个传统的农村妇女对文化有了自己的理解，也有了自己的梦想。

赛枞山上全是硕大的枞树，一棵紧挨一棵，夕阳在针状的树叶上铺了一层金光，树叶间的金光又漏在地上，犹如生出了一些珍珠。晚风吹来，树叶发出"呼""呼"的波浪声，加上山林里鸟儿的扑腾声、堂哥们的读书声，好多次我就"醉"在这样的环境里。

晚上四娘拿了家中那盏唯一的马灯，坚持送我回家。没有月亮的夜晚，山村里伸手不见五指，在屋中还明亮的灯光一到室外，瞬间就暗淡下来，新屋院子到我家有一里多路，全是田间小道，一路上，四娘不停地提醒我"慢点儿""踩稳点儿"。那晚的灯光，比圆月发出的光更加明亮，田间的小路也更加清晰。

"灯光恰似月，人面并如春。"十数年来，那抹如月的灯光让堂哥们悉数走出了大山，我也离开了老家。

随着岁月的流逝，许多过去的事儿在我的记忆中渐渐模糊，甚至遗忘，但那夜的煤油灯光温暖了我的世界。有的时候，一个人走在漆黑的夜路上，特别希望前面有一处灯光，哪怕它看起来是那么微弱、暗淡，却如皎洁的月光。

远行的木耳

艾苓

林场四周都是大山，到了冬天，整个林场被一场又一场大雪覆盖。那天幼儿园放寒假，我跟着爸爸去一百米开外的姥姥家。才走出几步，爸爸回头问："冷不冷？"

我说："冷。"

爸爸说："好好学习吧，你一定要走出大山，可不能像我一样留在这儿，记住了吗？"

从小到大，这句话他说了好多次。

我上小学三年级的时候，家里开始做木耳菌。我们林场地多，不适合耕种，最适合地栽木耳和养蜂，爸爸把浑身力气都用在做木耳菌上。

2010年大年初二，舅妈请我们一家去吃饭。妈妈忙到下午6点半才过去吃饭，刚端起饭碗没吃几口，外面有人跑进来喊："不好了！老李家菌房着火了！"妈妈放下饭碗往菌房跑，我到处跑着喊人："我家菌房着火了！求求你们，快去帮我家救火吧！"

菌房是刚翻新的彩钢瓦房，谁也不敢上去。爸爸想上去，被妈妈死死拉住。他扶墙站住，背着我们浑身颤抖，一定是哭了。

天刚亮，爸爸起身出去，妈妈嘱咐我："你跟他一天，去哪儿都跟着，明白吗？"我当然明白，妈妈怕爸爸出事，我也怕。爸爸在院子里摇着铁把手正给三轮车打火，他满脸是泪，看见我出来，赶紧背过脸去。

2011年，爸爸准备东山再起，他重新找房子，重新做木耳菌。那时候我已经上高中，家里在镇上租了房子，妈妈时不时过来陪读。有天晚上，妈妈匆匆回到住的地方，拿几件衣服就走了。我正在写作业，没在意。三四天后，邻居阿姨问："你爸爸怎么样了？转院没有？"

我吓坏了，大声问："我爸爸怎么了？""他在这儿住院你不知道吗？听说粉尘爆炸，把你爸爸炸飞了。"我放下书本拼命往小镇医院跑，出了这么大的事，我竟然一无所知。等我满头大汗地冲进病房，只见爸爸身上缠满纱布，仅仅露出两只眼睛。

我颤声问："爸爸，你没事吧？"爸爸无法说话，但他使劲点点头，眼泪接连不断。

毕业后，我去了海南工作，我实现了爸爸的夙愿，真的走出了大山，却跟他们天南地北，相距4000公里。

海南也有木耳，很薄，一炒就软了，不像我家那边的木耳，肉厚，有弹性。只身在外，我常常看到自己身上的山里人印记——真诚、直率、肯吃苦、不服输，那也是爸爸身上的印记。我是爸爸亲手培植的一朵木耳，怎么可能不像他呢？

父亲是个"爱哭鬼"

李兴慧

一

父亲哭鼻子的历史还要从我出生时算起，我出生那天，父亲在产房门口来回踱步，当医生把哇哇大哭的我抱出来，父亲瞬间泪如雨下，其他家属和医生看到又哭又笑的父亲一脸茫然。当然这是后来母亲告诉我的。

或许从那时开始，在我心里父亲就注定是个爱哭的男人。我小时候淘气，记得11岁那年和小伙伴打赌，从他家仓房顶上（两米多高）跳下来。双脚狠狠地戳在了水泥地上，但为了逞能，我强忍住疼痛一脸得意，小伙伴还夸我是大英雄。

回家后，我的腿越来越疼，但我担心父母责骂便早早地躲进卧室睡觉。后来，小伙伴将我的"英雄壮举"告诉了他母亲，他母亲赶来告诉我父母，我父亲一听急忙走进我的房间，嘴里还不停地责怪小伙伴的母亲不早点儿告诉他。

父亲将那双粗糙的大手伸进我的被窝摸我的双腿，我佯装睡着没做任何反应。母亲说我下午4点钟就睡觉了。我眯着眼偷偷看父亲的表情，父亲生气地吼道："你怎么不早告诉我？"母亲一脸委屈地说："我以为他玩累了！再说，如果真有事，孩子早疼哭了。"父亲说："你懂什么？万一摔出内伤了呢？以后孩子的腿要是有什么问题可咋办？"此时，父亲的声音已沙哑哽咽。

躺在床上的我，心里对父亲多了一丝鄙视，这么点儿小事还要哭鼻子，太丢人了。父亲使劲把我摇醒，拉着我去医院，挂了急诊。医生摸了摸我的腿，问我疼不疼，我只好如实说疼，医生让我们先拍片，然后对父亲说："如果骨折就需要做手术，手术后如果恢复不好很可能会影响孩子走路。"

走出医生办公室，父亲的眼泪仿佛晨起禾苗上的露珠，轻轻一碰就要落下来。母亲安慰父亲说："医生都是危言耸听，把最坏的结果告诉你。"父亲一路没说话，用手偷偷地擦拭着已经滚落的泪珠。

我撇撇嘴，心想："大男人，哭鼻子，没出息。"

二

村里的很多年轻人高中毕业后就外出打工，我无心学习只想混个毕业证，可父亲

还抱有一线希望，最终我的高考成绩自然是惨不忍睹。担心父亲批评，我把眼睛揉红，佯装大哭了一场。父亲从工地回来，看到我"哭红"的双眼，不禁眼圈一红，声音颤抖地说："没事，明年一定能考上。"说完就转身出去了。我愣了一下，心想："大事不好，父亲是让我复读啊！"

为了将痛苦之情进行到底，晚饭后，我一句话不说躲进卧室呼呼大睡，半夜我被父母房间里的嘀咕声吵醒。父亲说："我听说人家市里的孩子都报各种补习班，难怪考得好。"母亲叹了口气："是啊！我担心他就算复读也考不上。""他考不上大学就得跟我一样扛水泥，都怪我这个当爹的没本事，对不起孩子。"接下来就是一阵啜泣声。

第二天，父亲照例早出晚归，没再提复读的事情，我正为此庆幸，可一周后，父亲不由分说地把我带到了一家补习班。父亲开门见山，问哪种补习效果最好。"当然是一对一补习，不过这种也最贵，普通老师每小时一百元，名师两百元。今天是活动最后一天，现在交钱以后每个月都会享受此优惠……"接待员像炒豆子似的说了一大堆。

这时，我看到父亲伸进衣服兜里的手又伸了出来，额头上不知什么时候已经冒出密密的汗珠。接待员看出父亲的钱不够，便说："今天只要先交500元定金，上课时补齐即可。"

交完钱回到家后，父亲让母亲翻出几个存折，一共是两万多元，"这些钱够你上好几个月的补习班！你不用担心钱的问题。"

复读那年，我住校，每个月回家父亲都会将补习费和生活费准备好。功夫不负有心人，我考上了大学。我把录取通知书交给父亲的同时给了他三万多元钱。父亲一脸茫然地问我钱从哪里来的，我笑着说："我只上了一个月补习班。"父亲愣住了，不一会儿，眼眶就湿润了。

三

大学毕业后，我顺利应聘到一家知名外企工作，薪资待遇很好，父亲高兴得不得了。

一天，我正在上班，忽然接到母亲哭着打来的电话："儿子，你爸在工地干活，从三楼摔下，钢筋插入了腿里，正在医院抢救。"

我赶回家时，父亲正在ICU观察，见我进来，他愣了一下，然后微笑着说："你咋进来了？"我声音有些哽咽："我不放心，求医生让我进来的。""不用担心，医生给我打了止痛针，一点儿都不疼。"

看到父亲一脸轻松的样子，我松了一口气，快走到门口时，却听见医生大声说："不行，疼也得忍着，打完止痛针才一个小时，至少隔四个小时才能再打，否则会产生依赖性。"

我回头看见父亲正把手放在嘴边对着医生做着"嘘"的动作，然后望向我的方向。

父亲瞥见我正回头看着他，有些不好意思地笑了笑，然后摆摆手让我出去。

那一刻，我终于明白，父亲所有的泪都是为我而流。我是父亲的软肋，总能触到父亲身体里最柔软的部分。此刻，父亲的那些泪水仿佛千斤重，砸在我的心里，很疼，很疼。

当父亲提出"高考后和我聊一聊"

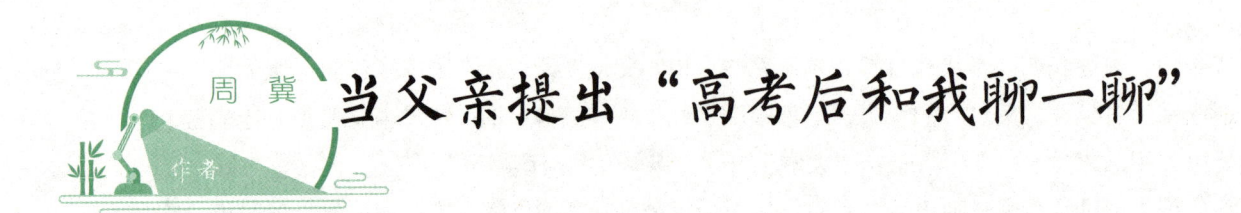

周冀

小时候,父亲永远是拒绝迁就我的一方,在某些方面有自己"顽固"的原则。

高三以前,除非身体抱恙,他每周必须拉着我打一次羽毛球,我屡次抗议未果。后来,我习惯了小事上默认他的决定,避免争执。但整个中学时期,因为自己的未来规划与父亲期待的并不一致,还是下意识把父亲当成"假想敌",认定高考之后必有一场"恶战"。所以,当父亲提出"高考后要和我聊一聊",我如临大敌,在脑海里预演了无数次"剑拔弩张"的场面。

那天,父亲拿上他裹着棕色皮套的笔记本,喊我去阳台的藤椅坐坐,还罕见地泡了两杯茶。

四个小时的长谈由高中以来贯穿于我们所有交谈的问题开启:"还是想学写作相关的专业吗?"我再次给出肯定的答案,父亲却一反常态地不再强调如此的风险,反而对我说:"这问题我反复问你,是不希望你将来为自己草率的选择后悔。但写作你喜欢了十几年,这已证明你足够坚定。"这一轻描淡写又重于千金的应允让我预先筹划的"反击"霎时失去了意义。我正愣神儿,父亲利落地从笔记本中撕下三页,递到我手里,上面密密麻麻地写着后来谈话涉及的种种话题,以及我生活中与之对应的细节。

在"坚持锻炼"的话题旁,父亲完整列下了我18年来尝试过的所有运动和每项运动的坚持时间,我瞥到时暗暗吃惊。自初中寄宿始,我每周回家的日子不过一两天,只在面对重大决定时才与父母沟通。很多零碎的细节,我自己也记不清了,但父亲一一记下了这些琐事。

那次长谈让我在父亲身上看见了此前从未发觉的包容与细腻。借由这偶然漏出的光,我开始重塑父亲的身影。过去,成见让我将他困在"监护人""独裁者"的形象中,认定他只想按照自己心意编织子女的人生。

我曾坚定地认为父亲是"留守父母",他跟不上时代思潮,而子女需要成为他的一座桥梁。可某种程度上,我又何尝不是"留守子女"?因为始终"留守"在自己的偏见里,盲视父母与偏见不符的行为,在心中为他们搭建片面的形象。

发现"惊喜父母"的时刻,断口被光呈现、填补,偏见被击碎。但这种顿悟式的体验也可能带来遗憾——正如电影《晒后假日》中,已为人父母的苏菲回忆起童年与父亲的那次土耳其之旅,终于明白父亲当年复杂苦涩的心境,却为时已晚。

幸会，妈妈

张春

我初中的时候第一次收到情书，非常忧心，试探性地拿给妈妈看。妈妈仔细看完，然后喜滋滋地叠起来跟我说："青春真好，还有人写情书呢！"我后来听说很多女孩子不再和妈妈说心事，就是从第一封情书开始。我却松了一口气，好像也没有什么事是不能和她说的了。

她曾经也很粗心，小时候上学，爸妈很少接送我，下雨也一样不接。但是家里的伞都是长柄的大黑伞，我个子矮，不喜欢带那种大伞，所以经常淋雨。过了十几年，我随便抱怨了一下这件事，她后来几次跟我说："那时候我怎么就不知道给你买把小伞呢？"有一次回家，她给我买了把最轻便的小花伞，但这时我已经26岁了。

后来，爸爸病倒了，妈妈去陪护，我不知道这些事。在我美术联考前后，也是爸爸做手术的时候，她不眠不休地陪护四十天后回来，竟然还胖了些。爸爸吃剩下的东西，不管是什么，她都搅一搅全部吃掉。受不了的时候，她就自己跑到厕所里去哭一场。

爸爸终究还是因为癌症去世了。她规定自己每天痛哭一个小时，剩下的时间就要振作起来。

命运是猜不透的。爸爸去世一年后，我刚考上大学，突然也卧床不起。我已经病了一个月，但一直跟她说没事。妈妈还是来了，等她推门走进我宿舍的时候，我已经躺在床上不能动了。她一进门，我刚叫了声妈，就哭了。她说："莫哭莫哭。"

我不知道自己还能不能好，她就背着我，一家一家医院去看。当时在北京看病太难了，医院里80多岁的老专家，半个月出诊一次，每次排队要四五个小时。我连躺着都没有力气，还要坐在人山人海的地方候诊，她摸着我因为打了很多针而瘀青的手，轻轻说："不知道有没有那种神仙，能把你的病摘下来放到我身上。"

在北京治疗三个月后，连医生都说住院已没有什么意义了。我一步路也不能走，她就背着我，从北京跋涉两千公里，把我弄回了家。她到处寻访奇怪的方子和疗法，又把我背去各种地方治疗。半年后，我重新站了起来。

今年3月，她到厦门来看我，我们去海边散步。她说："走路要把手甩开，专心致志。"她平静地望着前方，步伐均匀，认真而仔细，显出协调而动人的姿态。我望着她，突然发觉自己的双眼涌出热泪，不得不把头转向海的方向。

她一直喜欢看我写的文章。出书之前，我想对她说的话，想了很久终于想好。千言万语变成两个字：幸会。

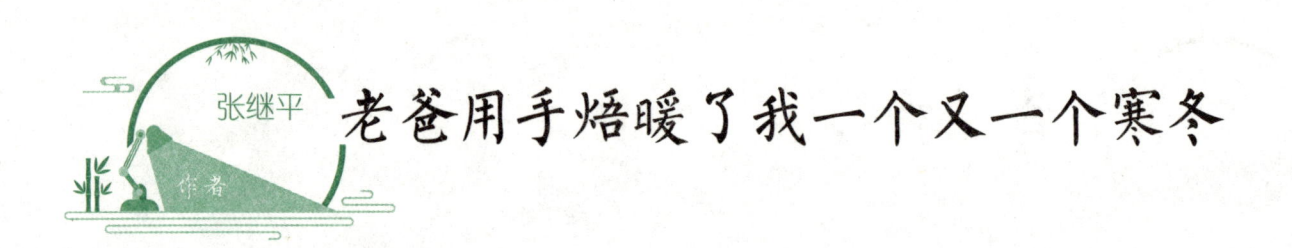

老爸用手焐暖了我一个又一个寒冬

张继平

83岁的老爸,种了一辈子地,土里刨食一生。所有的田间地头劳作,都离不开一双手。风风雨雨达半个多世纪,老爸的手,都经历了些什么,我是从一天老爸用粗糙皲裂变形的一双大手焐暖了我冰冷的神经开始懂得。

童年时,我对老爸的这双手是残存一点儿记忆的。好像除了夏天,每个骨节上都缠绕着医用橡皮膏,而橡皮膏里的手指关节处都是沤得发白的大口子,口子里往外翻着肉,鲜红鲜红的。那时自己还小,有时为了好玩,也学着爸爸的样子,偷偷地把橡皮膏找出来缠在手上。手指被橡皮膏沤白了,好像也体会了一把大人的专属。

等到读高中上大学,我还是能看到爸爸缠满橡皮膏的双手,似乎橡皮膏缠绕的面积比我小时候看到的增大了。可因为司空见惯,我就没有用心打量仔细观瞧。在以后参加工作的20年里,我虽然多次回农村老家探望老爸老妈,但一次也没有端详过问过老爸那双缠满医用橡皮膏的手怎么样了,孩童时的好奇不解早已烟消云散。而长大后对老爸老妈的疼爱孝顺,也不过是虚无缥缈的象征性问候而已。

直到一场晴天霹雳般的厄运突然降临到我的头上,才有了近距离对老爸这双手的凝视,才有了对老爸这双手的颠覆性认知。

老爸那年69岁,儿女大学毕业后都留在了大城市工作生活,该是放下手中的活计,好好养养这双使用过力气、布满伤痛的手了。然而,老爸放不下儿子,又献出了那双温暖有力、遮天盖地的大手。

2008年3月6日,我在执行一项重要任务的途中遭遇车祸,造成脊髓神经不完全性损伤,高位截瘫,一级伤残。这种病有一个非常难缠的症状,就是出现冷热颠倒引起神经疼痛的错觉。神经疼痛,不舍昼夜,刺骨钻心,撕心裂肺,抓肝挠心,难以承受。

我的右腿就出现了神经错觉,即便是在温暖如春的房间里,或者烈日炎炎的夏天,也觉得冷风飕飕,寒潮来袭,冻得浑身直打哆嗦。

尤其是一入深秋,看见外面树木凋零,就把毛衣毛裤翻出来穿上,步入寒冬,望见银装素裹,立马就感觉四面楚歌,全是刺骨的寒风,紧紧地对着我的右腿狂轰滥炸,围追堵截。

神经疼痛就像生物钟一样有规律,每天凌晨0点开始,凌晨3点结束,风雨不误,

准时报到。我冷得瑟瑟发抖，抱成一团，直打战。别人盖一床被都热，我盖三床被还嫌冷，护理我的人对我感到既同情又好笑，百思不得其解。这3个小时，是我备受煎熬的时段，不仅影响我的睡眠休息，摧残我的身心，就是身边护理的人也跟着遭罪。

开始，护理我的人用打点滴的玻璃瓶子装上热水放到我的小腿周围。可是由于我不知冷热疼痛，热水瓶子把我的腿烫了几串大水疱，二级烫伤，上药膏月余才见好转。这次烫伤以后，我从心里开始抗拒任何保暖用品上身。

此情此景，老爸看在眼里，疼在心上。他默默来到我的床边，拿把椅子坐下，然后两只手使劲儿地互相搓着，两只粗糙的手搓起来呼呼地响，足足有5分钟，才把两只手放到自己的耳朵上试一下温度，突然揭开被子，双手有力地握住我的膝盖，紧接着又把被子盖上，我感觉到一股暖流像过电一样倏地从我的膝盖刺进我的双腿，又麻又胀、冷风袭人的错觉瞬间消失了。

那个晚上，老爸一动不动地端坐在我的床边，双手没再离开过我的膝盖。历经半年多的神经疼痛折磨戛然而止。在人们酣睡的夜晚，我也进入了久违的梦乡。我梦见老爸的两只大手把我的整个身体包裹在里边，像个小火炉一样，温暖着我，烘烤着我。

从此，老爸每天就担负起为我焐热膝盖的艰巨任务。哪承想，这一坚持竟是7个寒冷的冬天。当时我住在北京角门北路的博爱医院，老爸老妈租住在医院外马路对面的小区12楼，每天负责给我和护工送饭洗衣服。由于我每天疼痛的时间是凌晨0点到3点，老爸就披星戴月地提前来到我的病房，有时停电了，就提前从12楼一步一步往下挪，汗水湿透衣背，等凌晨3点回家，爬到12楼时已见曙光了。有一次楼道灯坏了，老爸一脚踩空跌了一跤，从地上爬起来后，还是强忍疼痛，一瘸一拐来到床边，坚持助儿"送暖工程"分秒不误。

7年时光转瞬即逝，老爸76岁那年，我的腿神经错觉突然消失了，恢复了常态。医生总结病历时说，这是心理暗示与注视疗法的综合运用。

经年累月的坚持，温暖了我的视觉神经，温暖的感觉深入脊髓神经，从而摧毁了我顽固的心理定式，驱走了寒冷臆想的阴霾。

一晃又是7年，我已经离开医院回到家里。

阳光洒进宽敞明亮的客厅，我和80多岁的老爸老妈坐在一起喝茶聊天，任温馨和煦的阳光在我们一家人的身上缓缓流淌……

中国式父女，为何总是无话可说

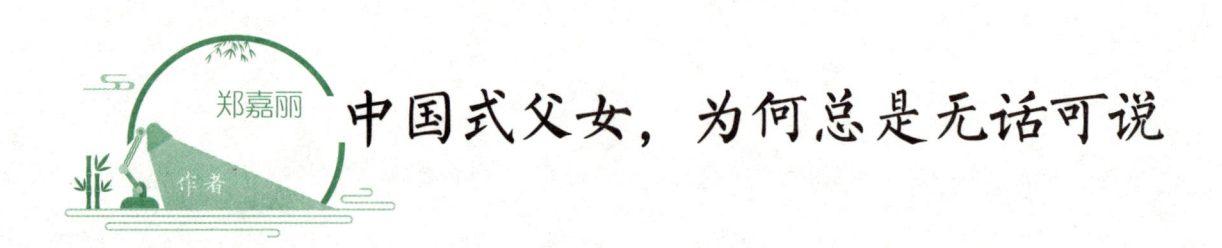

作者 郑嘉丽

自从不在老家后，困扰我的问题，就是什么时候打电话给爸爸。打，不是问题，毕竟只是按按屏幕，1秒钟就能完成的事，重点是接通之后话题的选择，若是没话可说，即使是1分钟的电话也让我度秒如年。

很奇怪，明明是父女，却害怕无话可说的尴尬。是因为从小老爸对我管教严格吗？是因为我对老爸有几十年的怨气吗？都不是。自从妈妈去世后，两人之间仿佛竖起了透明的冰山，把想说的话语都隔绝在山的两边。原本不会表达的人，越来越不会开口关心对方。

最初，我是专门挑他平时吃完饭的时候打，所以开口总是问吃了没，做了什么菜。但是，问来问去也就是那几句话，所以1分钟内就能完成聊天。打电话的频率几乎变成了两周一次。

到了六月，想起老家又热又湿的天气，想到爸爸总是心疼电费，担心他即使白天太热也不开空调导致血压飙升，于是在电话这头说，天气怎样，热不热，要开空调等。

提到天气，老爸的话匣子就打开了，一直吐槽太阳的毒辣，家里的温度计一度显示36摄氏度，让他怀疑是热坏了。总之，说了一通。

"你记得开空调，否则热坏了身子，又要去医院，到时花的钱可比电费多。"

"知道的，只是这天气真是太热了，热到我都没心情吃饭。"

两人就这样胡乱掰扯。挂了电话才发现比之前说得还要久。于是，和爸爸打电话，从"吃了没"，转换成"今天热不热，多少度"。可能心里知道"天气"是一个十分稳妥，并且偶会发挥出色的话题，所以打电话时也不再那么拘谨紧张，渐渐变成了两天一打。

一天傍晚，爸爸还是惯例问我"今天热不热"，我说"还好"，天气角色出场后，他停了一会儿。"我今天在政府微信公众号上看到有个招聘，你要不要去看看？去试试也是挺好的。"我秒懂爸爸的心意。其实我也有计划回家发展，只是一直在心中酝酿没有跟他讲。"我会看看的"，爸爸似乎也懂了我的想法。

挂了电话之后，我深感抱歉。其实结婚、未来、工作等，这些主题我是有成型的想法，但一直没敢开口讲。如果我想要爸爸知道，那我就要勇敢地成为主动的一方，不能让他等我了。

也许之后很多年，仍需要劳烦天气出场，那就不好意思，让我继续麻烦你，谢谢你，天气。

母亲的微信步数

姜萍 作者

母亲喜欢走路，年轻时就喜欢隔三岔五地去赶集，一口气能走上五六里路。记忆中，她总是风风火火，见人就说："每天动一动，少生一场病。"

我明白，母亲这样做是因为家庭负担重，父亲常年在外打工，她既要做农活，又要拉扯我们兄妹三人。她不敢病，也病不起，只有身体棒棒的，才能支撑起这个家。

后来，我们兄妹三人先后考上大学后，父亲也回到了家，母亲终于有了一些闲暇，每天晚饭后，她就和父亲一起，绕着村子走上几圈。那时，微信刚有了运动圈，母亲最快乐的事就是每天看看自己的排名，给大姨、二姨和其他亲戚朋友们点赞。

好不容易，我们都在城里立了足，安稳的日子还没过上几年。父亲却突然患上癌症去世了，家里只剩下母亲一个人孤零零的。我们轮番劝母亲来城里，和我们谁住一起都行。母亲却总是推辞，她说，自己住乡下习惯了，家里还有田地、菜园、鸡鸭，她一样都割舍不下。

我们放心不下母亲，便轮流回家看她。母亲每每看到我们回来，总是嗔怪我们："这来来回回的，多浪费钱啊，还耽误你们的时间。"她举起手机，打开微信运动对我们说："看，我身体好着呢，每天能走一万步，你们忙自己的事去吧。"

这倒是真的，母亲至今依然保持着走路的习惯，每天，她的微信步数总在我的朋友圈里遥遥领先。于是，我就养成了每天看母亲微信步数的习惯。看到步数一直居高不下，我的心里就踏实多了。

不久前，公司接了一个大型项目，我每天忙得很，半个月都没给母亲打电话，只是偶尔看看母亲依然每天成千上万的微信步数。项目快要竣工，我们和甲方会面时，我居然遇到了邻村的朋友小萌。说到村里的事时，她突然问我："兰姨的腿好点儿了吗？"我一愣，妈妈的腿怎么了？小萌说："你居然不知道？兰姨前段时间去摘果子，不小心从梯子上摔下来了……"我心急如焚，害怕电话里母亲不说实话，我没有打招呼，第二天一早就赶紧请假买票回家了。

推开门，看到的一幕让我眼眶湿润——母亲靠坐在床上，一条腿用被子高高垫起，在她的床头，一根长长的带子系着手机，她不停地推动着手机左右摇晃着，嘴里还念念叨叨："1301，1302……"

我的眼泪忍不住流出来，大声喊道："妈——"母亲看着我，尴尬地笑笑，连说："我平时可是真走的啊……这不，怕打扰你们工作……"

我紧紧地抱住母亲，内心五味杂陈。

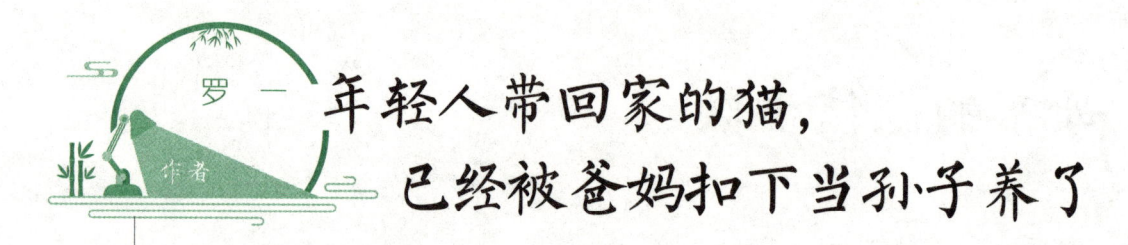

年轻人带回家的猫，已经被爸妈扣下当孙子养了

罗一/作者

今年第一次带猫狗回家过年的年轻人，已经在各个方面体验到了父母面对儿女带回家的宠物的"真香时刻"。

博主@呱呱不呆瓜带着小萨摩耶回家后，妈妈和箱子里的小狗尴尬地对视了十分钟，比相亲还令人脚趾抓地。然而这种僵局并不会持续太久，当代青年养宠人之间流传着这样一句话：

"你只管带猫狗回家，剩下的就交给它。"

不出一周，它们在爸妈口中就能从"养那玩意儿干吗"变成"养你还不如养那玩意儿"，俨然成为全家指定小棉袄。

刚开始父母们嘴里还发牢骚，可时间一长，宠物们就会彻底翻身把歌唱，徒留名义上的"主人"稳坐家庭地位的盆地。

新衣服是妈妈精挑细选的小裙子，收到的红包能围着脖子塞一圈，连投喂美食、陪玩陪闹都是全家上阵。

当初说"畜生很脏"的老父亲，现在猫咪拉屎都要蹲在旁边。

回家第一天吵着要把狗扔出去的老母亲，嘴里嫌弃，半夜却偷偷爬起来给它打毛衣穿。

甭管年轻时是高管还是种地能手，都逃不脱"撅着屁股趴在地上"这种全网养宠人无师自通的逗猫姿势。

有网友当着老爹的面，放了他当初嫌弃猫又脏又乱跳的微信语音，试图当面让从不吃亏的老爸体验一次"吃瘪现场"。

小老头却赶紧捂上猫耳朵，义正词严地说猫咪听了这话会伤心。

猫听了伤没伤心不知道，长这么大没少被骂的网友，听了是真伤心啊！

回家前：你们出去！

回家后：爷爷来咯！

相处时间一长，父母们更是恨不得把积攒已久的养娃渴望一股脑倾倒在宠物身上，摩拳擦掌，誓要在"新小孩"身上重振自己的家庭教育荣光。

有的父母把小猫当孙子养，连平常只爱坐着喝茶听戏的老爸也主动端着猫窝手动给猫当摇篮，几天下来胳膊肌肉都紧实不少。

有的养宠人父母是退休教师，非要趴在狗窝旁边给孩子讲《上下五千年》。

狗：我听不懂，但我大受震撼。

网友@阿咪_meow第一次把老妈和狗子单独留在家，办完事就赶紧往家跑，生怕一个不注意就触发第三次家庭大战。一回家，好家伙，老太太为了和狗子平等交流，比小狗趴得还板正。

小盒的爸妈从坚决反对和她养的狗子互动，到把狗子当亲生闺女，也不过两三天。大年三十晚上，二老不仅给小柴犬穿上了过年的新衣服，亲亲热热地握着狗子的前爪给各家亲戚录了拜年视频，还在朋友圈大晒小狗萌照。

往年都是站照片C位的小盒，今年却成了给爸妈和狗子拍照的摄影三脚架，被幸福的一家三口撞了个猝不及防。带狗回家不容易，小狗竟成我自己。

不仅狗不再是自己的狗，爸妈也不再是自己的爸妈。父母对宠物的变脸速度之快，实在是让当代年轻人目瞪口呆。

更有可怜的独居打工人，带着猫狗回了一趟老家，却空手而归，被原本嫌弃宠物的爸妈横刀夺猫狗。

走的时候害怕毛孩子成为"留守宠物"，没想到人家一家三口亲亲热热，自己反而成了那个没到晚景就倍感凄凉的"留守人类"。

其实嫌弃宠物脏、有细菌，觉得养宠物是"太闲太有钱"，这些与年轻人的养宠理念背道而驰的想法，都是父母年轻时的生活经历造就的。物质相对匮乏时，人优先考虑的总是实用性。养狗是为了看家护院，养猫是为了捉老鼠蟑螂，什么精神需求和情感满足都得靠边站。

小冉养了只有点儿胆小的比熊犬，隔几年过年就要带回家一次。虽然父母已经被狗子的可爱俘获，但还是隔三岔五地抱怨它不会看门护主。

哪怕他磨破了嘴皮解释自己养狗只为了获得陪伴，老头老太太依然打心底觉得这小白狗"没用"。

不仅生活经历带来了观念的差异，长期没有更新的认知也带来了长辈和年轻人的信息差。

当代负责的养宠人，不仅会带宠物打疫苗、吃专用粮，还会训练它们定点上厕所、改正咬人等坏习惯，猫猫狗狗早已不是父母印象中只会在泥地里打滚的"脏乱差"形象。

想要弥补这种信息差，就要靠年轻人主动科普，展现宠物的真实生活情况，从而打消父母的质疑。

但观念的差异并非三言两语能解决，只能等待父母在与宠物相处的过程中发生改变。

这也是为什么虽然很多养宠人提前给父母打了"预防针"，可在实际生活中，父母接受儿女的宠物仍需要一定时间的相处，从而造就了无数"真香"案例。

如果你是那个过年带回家的毛孩子被父母接纳了的幸运儿，先别急着归功于自家的小可爱。

和宠物主人自己花钱购买、天长日久陪伴所生出的牢固感情不同，爸妈和猫狗也就相处三五天，其实很难生出多么密不可分的情感。就像养宠人对自家猫狗的爱，让我们花大价钱也要在过年期间把宠物带回家照顾。真正让父母愿意接纳这些猫猫狗狗的，还是对自己养了二三十年的儿女的爱屋及乌。

愿意改变几十年的固有认知，即使嫌弃脏乱也帮忙养着，甚至走之前还想把毛孩子留在自己身边……能让父母们做到这些的，大概也只有爱了。

远去的"厨房女王"

姚鄂梅 作者

厨房一直是每个家庭里的重中之重，而掌管厨房的人，百分之九十九是家中的女人，所以母亲在我眼里，俨然就是"厨房女王"，虽然她的舞台并不止于厨房。

母亲常年都是"老黄牛式"的表情，疲惫，安静，超越美丑，无视疼痛，动作缓慢结实，她是瘦弱而有力的，仿佛全身都是铁做的骨肉。小时候，她让长幼不一的我们围坐在一盏灯下写作业，自己则躲在一旁，在我们漏出来的光线里飞针走线。

母亲最大的天赋在于管家。表面上她深陷厨房，只问厨事，实际上家里的事都被她以吃的方式解决。孩子起了内讧，去厨房找她评理，她随手从陶罐里夹起一块腌制好的生姜，一姜在口，宠辱皆忘。有人过生日，她把他（她）悄悄叫进厨房，塞给他（她）一枚刚煮好的鸡蛋，当她的面吃下去，那份"专宠"比生日歌还让人感动。

至于厨艺，于她而言更像是一种本能，她有几样超越厨艺的本领，足以令她"傲视群妇"。

其一是米酒，长大后我喝过很多种米酒，但没有一种能跟母亲酿制的米酒相提并论。其二是豆腐，母亲当年若要吃豆腐，得从黄豆开始，经过漫长而专业的制作，才能把干硬的黄豆变成立在砧板上兀自颤巍着冒着热气的豆腐，中间还不断产出各种附加物：豆渣、豆花。豆花撒白糖，是我们永远也吃不够的美食。

可惜那时我们并不能领略制作过程的美妙，我们喜欢立等可取的美食，类似米酒和豆腐之类的食物，其制作过程实在令人厌烦，因为它会把厨房弄得像加工厂，会把我们的"厨房女王"置于高高在上的地位，无暇理会我们小小的诉求，它还会把我们的胃口高高吊起，又用粗陋的器物把我们和目标物远远隔开，迫使我们安于等待。

相比我的母亲，现在我也成为别人的母亲，那我又做了些什么呢？我不会做豆腐，不会酿米酒，不会做针线，看来，我正在浪费新一代"厨房女王"候选人的名额，我是如此依赖外界，便利店、加工和半加工食品、快递。有一次我出差，中途打电话回去，问孩子过得怎样，孩子却脱口而出："我很好啊！"那一刻，我的感受很复杂，我既希望孩子过得很好，又希望孩子可怜巴巴地问我"你什么时候回来呀"。

当我写这篇文章的时候，我去问孩子："我算不算我们家里的'厨房女王'？"孩子哈哈大笑："你？'厨房女王'？'黑暗料理女王'还差不多。"

那一刻，我的心真的"痛"了起来……

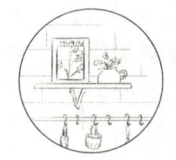

阳台上的花

黄咏梅

意识到母亲喜欢花，已是她退休的时候了。记忆中，我们家阳台上的花盆里，常种着小葱、小蒜、小辣椒、芫荽等。厨房里，主菜炒起来了，母亲会命我到阳台拔几根小葱或摘几个小辣椒，洗洗，直接放到锅里。"物尽其用"四个字，被母亲一辈子奉为人生信条。

小时候我们家住在一个半山腰的独间平房。房前有一片平地，被母亲用篱笆围成小菜园，里边种了不少蔬菜瓜果，基本上可供应一家人的日常需求。印象最深的是葫芦，藤蔓攀在篱笆上，果实藏在叶子下。我们三个小孩子会挑选出自己喜欢的小葫芦，用一根针，在葫芦上歪歪扭扭地刻下自己的名字，然后比赛哪一只长得又快又大，就像比赛自己的身高一样。母亲很懂种菜，在她特别的照顾下，刻有我们几个孩子名字的葫芦，总是长势喜人，最终结出了皆大欢喜的果实。

十七岁那年夏天，父母送我去大学报到。

我们住在一所简陋的小旅馆，旅馆对面有一个花坛，母亲在那里第一次看到了一种奇怪的花。小小的五个花瓣，组合成一张人的脸谱，有眼睛有鼻子有嘴巴，五官是深紫色，脸膛是浅紫色或嫩黄色。母亲对花的知识匮乏，直接称之为"人脸花"。她指着角落里的一簇花，说："这五朵，像不像我们一家？"那五朵花挨得特别近，都快叠到一起了，我和父亲都笑了，说像。我点着那些"小脸"数过去，这是我，这是哥哥，这是姐姐。数完，我的眼泪就流了下来。那之后的许多年，离别、想家成为一种习惯。

母亲退休之后，慢慢开始种起了花，阳台上的盆栽从实用转变为审美。种的都是些好养的花，年份最久的当数那株海棠花。花树不高，却很结实，每年过年回家后，我会挑一个阳光充足的中午，搬两把小椅子，让父亲母亲坐在这株海棠花下，我一点儿一点儿将他们花白的头发染黑。我站在他们背后，既感伤又幸福，虔诚地祈祷年年岁岁都拥有这相同的一幕。

今年，在小区散步的时候，突然发现小区围栏下新摆了一溜花盆，花盆里边挤挤挨挨地开满了一朵朵"人脸花"。手机里有一款植物识别软件，几秒钟之后，我得知，"人脸花"真正的名字叫三色堇，我用微信把照片发给母亲看，她高兴地说："你们那里也种'人脸花'啊！"我暗自偷笑，并没有纠正母亲。

早在很多年前，我家这位无暇养花的"花盲"，竟然无师自通，为我正确读出了那些"人脸花"的花语——请思念我。

饭菜都在锅里热着呢

梅雨墨

那年，我25岁，在一家国有煤矿做井下保健员。我的工作很简单，就是为磕着碰着、受点小伤的井下工人清理创口、简单包扎，大部分时间是与一部防爆电话和一个小小的急救箱为伴。

那天，像往常一样，凌晨5点多我来到矿井口，换上保健员的橘红色矿服，到灯房领了矿灯和自救器，下井的罐笼就带着我和上早班的工人呼啸着向地心深处滑去。

来到井下保健站的矿洞里，我按照常规检查了医药箱里的各种药品，然后打开一本书读起来。突然，我听到大巷深处传来了一阵闷响，然后是几声巨响，我头顶的日光灯熄灭了。

矿洞里一片漆黑。

我心里十分紧张，时间一分一秒地过去了，我听见矿洞外传来了纷乱的脚步声，拉开门，看见很多一闪一闪的灯光自远而近。从穿着来看，他们是矿山救护大队的人员，我知道是井下出事了，连忙向他们大声喊道："井下是什么情况？我是井下保健员，请问有给我的指令吗？"远处传来一个回答："垮巷了，有人员伤亡，我们去救援。你待在原地，等调度员发指令吧。"

我转身回到矿洞里，继续在黑暗中等待。那部防爆电话一直都没有响，我仿佛被人遗忘了。偶尔我会打开水杯盖，用舌头舔一下杯中的水。我不敢多喝，因为不知道自己还要在这里坚守多久。

突然，电话铃声响起，我拧亮头顶的矿灯，往电话所在的地方一照，不由得倒吸一口凉气——电话上方的顶板不知道什么时候掉落下来了，我要去接电话的话，只能匍匐着过去。

电话铃响了十几声，停了。我拧灭矿灯，四周再次陷入一片黑暗，我的耳朵能清晰地听到顶板摇摇欲坠的声音。我过去接电话，那个窄窄的、矮矮的巷子随时会垮下来……我不敢冒这个险，更不能擅离职守，只有继续默默等待。

不知道又过了多久，电话再次响起，响了十几声又停了下来。第三次电话铃声响起的时候，我感觉自己快要虚脱了，心想："去接一下吧，要真是垮巷了，那也许就是命吧。"

电话铃一直在响，我趴在地上慢慢匍匐向前。我的心怦怦跳着，头上的汗从胶壳帽的檐边流了下来，这十几米的距离，对我来说好像是生死距离。终于，我爬到了电话边，颤抖着抓起电话放到耳边，只听到里边传来："是井下保健员吗？现在通知你

立即上井。"我回答了一声"收到"后就扔下电话，赶紧倒着往回爬。

刚爬回到我出发的地方，我还没来得及站起身，只听到一声闷响，电话所在的那条小巷塌了下来。与此同时，我身后不远处落下了一块巨石……我慌忙爬起来，背起药箱，跌跌撞撞地走向井口，走进那个正等着我的罐笼，冲向地面。

师傅打开罐笼，我摇摇晃晃地走了出来。踏上地面的一刹那，我贪婪地深吸了一口气。

给我开门的师傅说："小伙子，你都在井下待了46个小时，真不容易。听调度员说联系不上你。但是，有一个人呀，一直在那里等你，不论白天黑夜。她回去做饭的时候会交代我，如果你上井了，一定要告诉她。"

顺着他示意的方向，我看见远处有一个自己熟悉的、苍老的身影，站在昏黄的灯光下。那是我的母亲。

我一步一步地走过去，朝着我的母亲。走近了，我轻轻喊了一声"妈"，就再也说不出一句话来。

母亲脸上没有流露出任何表情，她只是轻轻地对我说："孩子，你饿了吧？快些回家，妈给你做了饭菜，饭菜都在锅里热着呢。"

听到这句话后，我的鼻子有些发酸，强忍着没有哭出来。我快步走到前面，母亲则在我的身后跟着，我们就这样一前一后走回了家。路上，母亲没有问我一句话，我也没有和母亲说一句话。

我家厨房里，一锅热水，蒸笼上热着白米饭、红烧排骨、青椒土豆丝，都是我最爱吃的。我把这些饭菜统统端上桌，狼吞虎咽地吃起来。母亲拉过一只板凳坐在我旁边，静静地看着我吃，少见地没有提醒我慢点吃。

在以后几十年的生活中，我遇见过很多次风浪。每一次感到心惊的时候，我总会想到那次遇险，总会想到母亲的那句"饭菜都在锅里热着呢"……

家风

残雪

每个家庭都有一种特殊的风气,我们称之为"家风"。小五的父母常年不在家,她家的家风开放而自由,姐妹们在吵吵闹闹中达成妥协和统一;麻子家父亲不在,只有一位慈母在家,她家的家风放松而和谐;我的同学蝶的家庭属于最下层的穷苦人家,她家的家风直接而粗糙。那么,我的家庭又有着什么样的家风呢?我想,我们家的家风有百分之九十几是由于我爸爸形成的。

我们刚刚搬到城里的这个旧院子时,一个男孩出于好奇,晚上来到我家门口,透过门缝倾听屋里的动静。那是冬夜,我们全家人(一共七人)围着小小的煤火坐着,除了两个小弟弟不知在悄悄地玩些什么,其他人一人手里捧着一本书。男孩后来对他的同伴说:"这一家啊,他们家里就像没住人一样。怎么会这么安静?也很枯燥。"这就是我们家的家风。我们最喜欢沉浸在书的世界里,当然我们同样喜欢有刺激性的儿童游戏。

因为家里一贯很穷,我们从来没有追求过物质享受。至多也就是通过劳动挣一点点小费去买一点点零食。那种机会并不多。绝大部分时间,我们都在进行一种类似精神方面的追求,这显然是不知不觉在模仿我们的爸爸。邻居对我们家孩子的评价是:"老实,害羞,话少。"言下之意也是说我们很"嫩",不善于同人打交道和相处。在今天看来,那个时候我们家里有一种浓厚的理想主义的风气。我们家里不允许撒谎,更不允许骗人和出卖。每当爸爸说起这种"坏事",他就会义愤填膺,而我们都有同感。

我爸爸喜欢说的三个字是"没出息"。只要看见我们有怕苦、不努力、不肯独立思考这类行为,或是不敢同人抗争,他都会用这三个字来说我们。在我们看来,这就是最严重的批评了。虽然我们并不知道自己会不会"有出息","出息"又是怎么一回事。爸爸不重视同他的小孩之间的真正沟通。那个时候的爸爸们也很少有放得下架子来这样做的。所以我虽然从心里爱他,受他的影响,但我知道自己并没有成为他的朋友。他的形象在我眼中总是蒙着一层雾,我一直认为他是我生活中最深奥的人。这种深奥吸引着我又排斥着我。我感到他内心的非精神的那些东西是永远不会向我和其他人透露的。从表面判断,他是纯精神的书斋型的爸爸,我们的家风也是书斋型的。我们这种家庭遇到困难与灾难时,唯一的反应就是死扛。我们以此为豪,但这也说明我们的能力有先天的缺陷。

这种极端的理想主义家风虽造就了儿女们的某些较好的品质,但有的时候也会成为双刃剑。结果是姊妹中的几个在踏入社会之后都经历了一番生死搏斗,才保住了自己的身体没有垮掉。爸爸的书生气使得他没有教给我们很好的自保能力与技巧。健康的身体和令自己感到舒适的人际关系,是孩子们发展自己的最大保障;后来,在社会中经历了多少痛苦的磨砺之后,我们才先后擦掉了身上那层"嫩"皮,变得粗糙和实际起来。虽然这是我们获取自身财富一条特殊的道路,但我们确实觉悟得太晚了。

塞尚《读报的父亲》：感谢你没让我继承家业

流念珠

法国后印象主义画派画家保罗·塞尚早期创作过一幅名叫《读报的父亲》的肖像画，画中的模特正是他的父亲。

在创作出的第16年，《读报的父亲》成为塞尚第一件成功入选官方沙龙的作品。不少人对此有些不解：一幅满满透露出作者、模特的刻意与笨拙的肖像画，凭什么入选官方沙龙？人们若了解塞尚创作这幅画的背景，也许就不会有此疑问了。

1839年，塞尚出生在法国南部的艾克斯。作为家中唯一的儿子，自幼父亲便对他寄予厚望。父亲是做帽子生意起家的，踏实勤恳，通过奋斗最终成为这个小小城市里一位富裕的银行家。在这位保守的父亲看来，儿子自小热爱的艺术，毫无可能让他过上稳定的生活。正因如此，塞尚尝试顺从父亲的意愿，走上父亲为自己规划的一条人生路径。19岁那年，塞尚进入艾克斯大学法学院。同年，中学时期的挚友左拉为追逐自己的文学梦而来到巴黎，外向的他迅速成为文艺圈中的积极分子。在他给塞尚的来信中，描绘了那些令人沉醉的宴会中的思想碰撞。此时，塞尚正在父亲的身边实习，核对账簿。那段时间，左拉的信成了塞尚唯一的盼头——它能让他在短暂的休息时间暂时作别那些烦人的数据，转而通过友人热情洋溢的文字进入他所向往的文艺世界。这一切，都被父亲看在眼里。

有一天，父亲打开账簿验收。账簿上排列着严谨工整的字迹，那是敏感内向的塞尚尽了最大努力来迎合父亲。父亲同时看到，塞尚在账簿无关紧要的空白处，在那几平方厘米的空间里，画下了一幅幅微缩的画。父亲什么都没说，只是默默地将那些账簿都收走，并把一笔钱装进信封里，留在桌子上。就在那一年，年轻的塞尚来到了向往已久的巴黎。

5年之后，犹豫再三的父亲来到巴黎探望儿子，并且第一次成为儿子的模特。塞尚很想热情洋溢地告诉父亲，这些年发生了什么，但他明白，一辈子待在小城里的父亲不会懂。父亲也只是摆好本想随意却适得其反变得刻意的姿势，然后等着儿子画他。《读报的父亲》就这样诞生了。

确实，比起塞尚日后的画作，那幅赋予现代主义灵感、融合不同角度的《圣维克多山》，那些突出稳定构图和静寂色调、洋溢着沉稳之美的作品，《读报的父亲》真不算什么。它仅仅记录了某个年轻人和父亲待在一起的一个平凡的下午。那个下午，他们都如此刻意而笨拙，沉默地坐在一间小小的画室里。可那份沉默有个动听的名字，名叫"爱"。

母亲的菊花

徐博达

自从去年冬天父亲去世后，母亲便再没有拍过照片。我知道母亲是怕睹物伤情，因为以前的照片都是他们两人的合影。

这一年开春，长期憋闷的竹鞭爆开了，几十只竹笋捅破泥层，玩命似的往上蹿，母亲看着那节节飙升的绿势，眉目间有些开朗了。我说："妈，拍张照片吧。"母亲叹口气，刚有些活泛的脸色又黯淡下去，"等等吧。"我没敢再说话。

仲夏时节，门前的景象壮观起来，整个麦地呼啦一下就变了颜色，千丝万缕的金线在天地间交织。母亲眯缝着眼，瞅着那一地金黄，脸上的表情生动起来。我说："妈，来张照片怎么样？""再等等吧。"她的目光投向远方，我想，她大概又想起父亲来。

风泼过来像一碗冷水的时候，已经是秋天了。田地里仰躺着一大片割倒的庄稼，一眼望去顿时空旷许多。一种繁华落尽的感觉侵袭而来，我以为母亲的心情是不能好了。不想回屋后，发现母亲眉宇间竟隐约泛着几分喜气。"再等几天，给我拍张照吧。"我先是惊喜，因为母亲终于能让她的心灵从阴影里迈出来，摊在阳光下晾晒。同时我也有几分疑惑，母亲究竟在等什么呢？一天，母亲对我说："那菊花该开了吧，什么时候开了，你就给我照张相。"

我顿时明白母亲等待的是什么了。父亲生性爱花，常说养花可以怡情冶志，多年来一直汲汲此道，倒给我们带来了许多清芬和愉悦。园前屋后，常见黄桃白李迎风摇曳，天井阳台，更有杜鹃、山茶摇曳生姿，窗台上的一盆文竹，檐角垂下的几线薜荔，无不透出盎然的生机和喜悦。于是从这一天开始，我与母亲一起展开了等待。

终于有一天，母亲对我说："替我拍张照吧。"我默默地拿起相机陪母亲走了出去。在秋天的阳光下，那些菊花明亮而安详，细长蜷曲的花瓣里涌动着一个个金黄的旋涡。母亲站在花前仿佛受到感染，我赶紧按下快门，留住了这永恒的瞬间。以后的日子里，母亲常常捧着那张照片端详，脸上也有了舒展的笑容。篱下的菊花到底输给了时间，次第在枝头萎谢了。当最后一朵美丽也在时光中老去，我惊讶地发现那么多的黄花竟没有一朵从枝头落下。"宁可枝头抱香死，何曾吹落北风中！"在我们的生命中总有一些东西是需要坚守的，正如母亲对父亲的深情。

母亲的菊花在沁凉的秋风中，在萧索的枝头上，紧紧簇拥着不肯掉落。

第五章 陌上花开 幸福关键词

应该快乐

□ 梁实秋

这个世界，这个人生，有其丑恶的一面，也有其光明的一面。

良辰美景，赏心乐事，随处皆是。智者乐水，仁者乐山。雨有雨的趣，晴有晴的妙，小鸟跳跃啄食，猫狗饱食酣睡，哪一样看了不令人觉得快乐？

有一回我住进医院里，僵卧了十几天，病愈出院，刚迈出大门，陡见日丽中天，阳光普照，照得我睁不开眼，又见市廛熙攘，光怪陆离，我不由得从心里欢叫起来："好一个艳丽盛装的世界！"

"幸遇三杯酒美，况逢一朵花新？"我们应该快乐。

幸运的卤猪头和烧酒

曾颖

多年前我在一家县级电视台认识小李子时,他正给新装修的办公室刮仿瓷。每天中午吃饭时,他知道自己身上灰多,也不想进食堂招人白眼,等叽叽喳喳的电视台员工打完饭,才匆忙跑到窗口买饭,然后匆匆奔出饭厅,整个过程,像误入烤箱的冰淇淋,生怕被融化在半道上,一切都显得仓促而小心。

他打了饭,通常是溜到食堂外的台阶上,从包里拿出一小瓶酒,边喝边吃。那酒的质量和价格都不高,远远闻起来有一股红薯煮煳的味道。

小李子最喜欢吃的,是卤猪脑壳。猪脑壳中,又以猪脸为最。往往是一次买两份,白花花的一堆,砌在碗面上,被筷子一捻,一闪一闪的,像镶了金边的蝴蝶,摇摇晃晃地飞进他的嘴中,嚼成一摊油泥,然后一口烧酒冲下去,刹那间,一种爽感由唇齿到舌头再到喉咙和胃,一路招摇而过,令他里外上下,舒爽惬意。这是他忙乱半天,最享受的时候,也是他能够回答自己为了什么而忙而累的最清晰答案。

本来我和他没有太多交集。但有天下午,他突然求我帮他借一本杂志,他当时正停工待料,想找本杂志混时间,而阅览室的工作人员很讲原则,非本单位员工概不借阅。于是,他求了我。他要的杂志,不是故事类,不是时尚类,更不是装修专业类,而是一本关于中医的。我帮他拿到之后,他便喜滋滋地跑到楼梯口,沉浸在那本在我看来写着各种怪异难懂的文字,且封面和排版都古怪丑陋的书里,直至工友叫他去搬料,才意犹未尽地还给我。

因了这一借之缘,我们算是熟识了。我知道他姓李,住在离城几里之外的一个小村子里,父亲和他一样在搞装修,母亲在家务农,因为家里经济条件一般,年近三十还没找对象。他平素没什么特别爱好,就爱吃卤猪头和烧酒,每个星期花两元钱买一注彩票,最大的梦想,是当个抓抓匠(四川某些地方对中药师的称呼)。

我觉得他是一个鲜活有趣的人,像一株流落到人们视野之外,却依旧由着性子好好活着并自顾自开得一脸灿烂的野花。在他眼中,没什么挫折和绝望,只有待解决的问题,无论是对家里那几间破旧农舍,还是遥遥看不到解决日期的婚事,他都这么看。对他而言,再大的墙,也是一刷子一刷子刷完的。他的这种想法,对我影响很大。老天似乎是派小李子来提醒我,让我从浮躁而焦灼的情绪中解脱出来。

小李子告诉我,他最幸福的事,就是每天下班,买上一小包猪头肉,打上几两烧酒,晃晃悠悠地骑车回家,在离家很远的地方,就能看到院子里那棵高高的杜仲树,树下古旧的瓦房里,飘出袅袅炊烟,这是母亲一切安好的信号,只要它在,那小院子

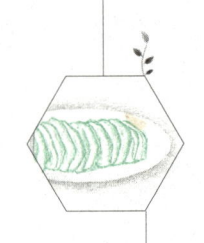

里就有一小方桌香喷喷的饭菜在等他。

　　大多数时间，他会在钢管井前洗一个冷水澡，浑身舒爽地和父亲母亲一起，吃着猪头肉，聊着白天的见闻，让家长里短与猪头肉和烧酒的香气把自己灌得晕晕乎乎，然后对着那台黑白电视机，什么都不想地混到眼皮打架。如果这一天恰好是彩票兑奖的日期，他就会翻出父亲的老花镜，把他那张永远不改号的彩票拿出来，和电视上的数字比对，无论对不对，都嘻嘻地笑。

　　请注意，他把这称为幸福。这对包括我在内的很多人来说，都有些不可理喻。在我们的词典里，"幸福"这两个字，显然要复杂得多。

　　后来，我到省城打工，我们的接触就少了。有一天，在失联差不多半年之后，他开着一辆崭新的奥拓来报社找我，想请我介绍一个中医老师，他终于可以实现梦想，去学中医当抓抓匠了。

　　在他兴奋劲过后，我问他走什么大运了。他神秘地笑笑："还记得我那张永远不变号的彩票吗？"

　　我当然记得，老天爷居然出手如此阔绰，把那么大个馅饼，直接砸到他的头上，不仅让他中了，而且是头奖，五百万元。乖乖！那可是20世纪90年代末，成都市中心的房子，每平方米也才两千多元。

　　那一串据说灵感是来自某一部经书的数字，曾带给他无数的讥笑，但他始终坚持买，既不抱热切的希望，也不丧心病狂，每个星期两元钱，为自己买一个看电视的乐趣，为漫长的一个星期打一个小小的逗号。这，在文化人口中，就叫希望。

　　还掉旧债，给帮助过自己的长辈们——发放他们这辈子想都没有想过的一笔钱，一夜之间让大家脱贫，又给曾经鄙视和刻薄过自己的长辈和亲戚发了同样的钱。之后小李子按父亲的意见，用一大部分钱买了两个大门面，据说年租金可以收好几十万元，然后和父亲一道，把之前答应别人的刮仿瓷的活，用十几天精细地干完，为自己的装修生涯画上一个圆满的句号。从那以后，他再也没摸过装修的工具，也没再碰彩票，他说人要知足，并且惜福。

　　我为他介绍了一个中医学院的老师，他开始耐心学习，并朝着梦想一点点迈进。最难办的婚事也办了，和一个长相中等、为人朴实且闻得惯中药味的女孩。他说，这个女孩最可爱之处就在于，不强迫他去学着吃什么海鲜牛排、喝高档酒，而是乐于与他一起分享卤猪头和烧酒，以及由此混合而成的简单幸福。

大舅的火锅哲学

罗倩仪

大舅爱吃火锅，还吃出了一套人生哲学。

人们常说，一个人吃火锅是十分孤独的。在大舅看来，这却是一件豪迈且享受的事。他遇到烦心事时，爱到外面点一份麻辣火锅。一边吃，一边流汗、流泪、流鼻涕。被辣出一身汗后，心中的抑郁愁苦也随之排解出来。用一顿火锅来解决烦恼，他屡试不爽。

我走上工作岗位的第三年，一次，母亲叫我到大舅家借东西，进门发现他一个人正在开心地吃火锅呢，见我来就招呼我一块吃。

恰逢我第二次升职失败，根本没有心情大吃大喝。无奈大舅太过热情，我只好坐下，如人形木偶般从锅里夹菜，心不在焉。"急什么，菜还没涮好呢。"大舅拦住了我，兴致勃勃地跟我畅谈生活、工作和理想。

得知我的境遇后，他微笑着对我说："其实，升职就像吃火锅，需要耐心等待，等水煮开，等菜被煮熟，总会有尝到好滋味的时刻。而在这之前，你要做的就是戒骄戒躁，认真工作，不断积累经验，厚积薄发。"我咬着筷子若有所思地点点头，回去继续埋头苦干。

一年后，我终于升职了，可新部门的所有业务，我都不甚了解，就连刚来实习的同事所做的事我都不懂。在所难免地，我感到很慌张，也怕别人瞧不起我。

就在我焦头烂额之际，大舅约我出来吃上一顿。吃的还是火锅。席间，我很自然地把满腔的苦水倒了出来。谁知，大舅笑着指了指桌上的食材，问我："牛肉丸好吃还是金针菇好吃？"我愣了愣回答："一个是肉类，一个是蔬菜，不好比较吧？""那你为什么要跟你的同事比较呢？"大舅反问。

是啊！我与新同事的工作性质完全不同，我为什么要与之比较呢？大舅用一顿火锅，把我从死胡同里拽了出来。

大舅吃火锅还有许多讲究之处。要是吃麻辣火锅，一定得有干碟和油碟，而干碟里的调味料必须有辣椒粉、花生碎、胡椒、糖、味精和醋，油碟里的调味料则要有芝麻油、蚝油、香菜、葱和蒜泥。要是吃一般的火锅，有三个菜是必备的，毛肚、牛肉丸和鸭肠。吃的时候，对菜的口感也有微妙细致的要求，比如虾滑要嫩，牛肉要鲜，藕片则要放入锅里多煮一会儿。

我不禁竖起大拇指："讲究。"大舅倒也不客气："那当然了！吃火锅要讲究，对待自己的工作、生活、爱人，更要分外讲究。"

谈话间，火锅已经沸腾了，从火锅里飘出的香气也更浓了。

饺子会指引回家的路

留学前我是会做简单饭菜的,但会的菜式不多,也做得不大好吃。一旦离开家,我的厨艺就开始有了广阔发展的舞台。胡辣汤、麻辣香锅、水煮肉片、麻辣拌、鱼香肉丝、红烧肉,还有东北大乱炖,每一道我都爱。

但要安抚一个中国胃,饺子无疑是最有效的。

在我小时候,家里基本每周末都会包饺子,小孩唯一能帮的忙就是擀饺子皮,爸妈也都很给力,不论我擀成圆的还是方的,最后都能包住馅儿。我开始只能两只手都放在擀面杖上,很费力也不均匀,擀成的皮中间薄边缘厚;后来学会一只手擀一只手转皮,擀得又快又好,非常圆,中间厚边缘薄。

和面看似很难,学起来却意外地顺利。一边在面里少量加水,边用筷子搅成絮状,没有干面以后上手揉,揉成团以后醒面,趁醒面时间去准备馅料,弄完馅料面也就光滑了,可以开包。调馅儿则是参考了老妈的经验和品诺王老师的配方,做出来的味道非常棒,让我信心爆棚。

但我心里最无可替代的饺子,是蒲公英饺子。

我家有个传统,每年都会去春游,赏赏梨花、桃花。然而,赏花只是顺带,挖野菜才是春游的根本目的。人们对挖野菜这项不用花钱却可以获得美味的活动似乎情有独钟,抱有极大的热情。

趁着春天野菜嫩,挖上几麻袋,回家焯水冷冻保存。原本是春季限定的食材,全年都可享用。每年春游后桌上必有野菜饺子,满满都是春天生机勃勃的味道。

虽然身在国外,可挖野菜的传统不能丢,春天要有春天的仪式感。

留学生会馆的旁边就是一条名叫阿武隈川的大河,我每天早上都会沿河散步,河两边长满茂密的草,是再合适不过的挖野菜地点了。河边蒲公英很多,嫩绿嫩绿,长得很集中,一簇一簇的。

挖回来的蒲公英,要先把根部剪掉,再择去不新鲜的叶子和根部的白色绒毛,每一棵都不能放过。还要把叶子洗去泥土,再焯水。处理的时间可能比挖的时间还要长,过程枯燥且乏味,但为了一口家乡味,再多烦琐的步骤都是值得的。

饺子煮熟出锅,立刻就和我的好朋友们一起分享。最好吃的蒲公英饺子,必须是热气腾腾刚出锅的,必须是带一点点苦味的,那大概是我们思念家乡的味道吧。

你们上一次拥抱是什么时候

拥抱，多么纯粹、柔软、温暖的字眼。

一个拥抱，对有些人，是犹如呼吸一般自然的日常；对有些人，是生命里随机掉落的奖赏；对有些人，是从未察觉的存在，没有得到过，也不知道如何渴望。

你还记得上一次拥抱是什么时候吗？

对亲密举动，大多数人似乎都有着天然的羞赧。

好像总有更多的东西可以替代这个动作——毕竟它也没有什么真正"有必要"的用处，如果你冷，我叮嘱你加件衣裳，帮你换一床更厚的棉被，或者晚上煮一锅热汤，这些具体的取暖方式，哪一个不比"我抱你一会儿"来得更有效？

所以，我们究竟是为何，至少会在生命里的某一刻，真心实意地渴望得到一个拥抱呢？

当然了，不少科学研究表明，对拥抱的渴望，是刻在我们的DNA（脱氧核糖核酸）里的。我们的身体里，有种名叫催产素的化学物质，当我们拥抱、触摸或是靠近别人时，它的水平会上升，进而给我们带来愉悦、幸福的感觉。日常的拥抱会帮助我们减轻压力、改善心理健康、减轻恐惧和痛苦。

木心写道："如果你还清晰地记得上一次拥抱是什么时候，你一定也记得那一次拥抱是什么感觉。"那种你几乎找不到什么确切的词可以精准概括的感觉，大约就是我们需要拥抱的原因。

与其他肢体活动相比，拥抱，是特别的。

一方面，它极致柔软。你要向对方张开双臂，露出胸膛和毫无防备的腹部，两个人将最柔软脆弱的部分袒露给对方，类似一种投诚。然后双臂交错拢住对方的后背，将面前的人拉近，与自己紧密相贴。即便在这个拥抱以外的地方我是一只刺猬，此刻，在这个拥抱里，我卸下所有防备，犹如一摊心甘情愿被太阳熔化的棉花糖。

另一方面，拥抱又犹如铠甲般坚强。它让两个人成为一个整体，用肩膀承托住彼此的脖颈，用紧贴的胸膛交换此刻诚实的心跳。你不必再害怕，这里是一处避风港，你无须担忧背后的情况，我是你忠诚的守卫。

斯特凡松在《鱼没有脚》里写道，"拥抱"一定是语言中最美的词。用双臂碰触另一个人、包围另一个人，与他相连，顷刻之间，在没有神灵的苍天之下，两个人就能在生命的洪流中合二为一。在坚强里，感受到保护与安全；在柔软里，感受到温暖

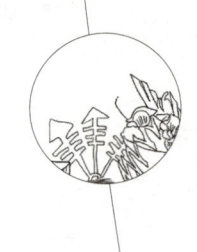

与爱。

那些对人与人之间的情感联结有着敏锐觉察的创作者，从不会吝啬对拥抱的描述。

他们知道，相对于其他表达，有时候，拥抱能够阐述的更多。意大利作家埃莱娜·费兰特所著的《那不勒斯四部曲》，是一部以友情为主线的关于女性的史诗，主角莱农和莉拉自幼相识，在战后萧条的意大利小镇上，两个女孩犹如野草般相依生长。

这不是一个纯然温暖的故事，两个女孩之间充满矛盾与冲突，她们是最好的朋友，会互相鼓励、互相支撑，但也会竞争、嫉妒。不过，在这样一个故事里，她们总是在拥抱。

童年的莉拉想要乖孩子莱农帮她做事的时候，总是"拥抱着我，祈求我"，莉拉的拥抱让莱农永远缴械投降。长大后，她们各自经历了生活的动荡，再次相遇，莱农心想："我渴望拥抱她，亲吻她，告诉她'莉拉，从现在开始，无论发生什么事情，我们都不能失去彼此'。"

《小偷家族》里，生活贫困的一家人收留了受原生家庭虐待而离家出走的小女孩，带她一起玩，给她洗澡。

妻子信代为女孩修剪头发，然后紧紧抱着她，说："如果说爱你，还打你，那一定是说谎。如果爱你，就会像我这样紧紧抱住你。"

傍晚昏黄的灯光打在她们的脸上，让你几乎觉得，这个混乱拮据的家是全世界最幸福的地方。

记得在阿乙的《寡人》里看过一句话，大意是，第一次爱上一个人，那种感觉就像封闭的山谷猛然敞开，大风无休无止地刮进来。

这是爱上一个人的感觉，而被爱的渴望会在这一刻同时攀上顶峰，所以我想，拥抱，大概就是用单薄的身躯，挡住大风和暴雪；用滚烫的胸膛，使一座孤零零的山谷春暖花开。

有个并不习惯与人有肢体接触的朋友说，她的上一次拥抱，来自昨天出去疯跑了一天之后脏兮兮的女儿。

她说，在结婚之前，她最习惯抱的是她养的猫，"因为你知道面对宠物，无论你怎么表达爱，都不会被拒绝"。

同样的感觉，她在女儿的身上再次强烈地感受到了。她常常情不自禁地拥抱她的女儿，感受小小的身体在自己的怀抱中那么放松又惬意地摇晃，"我从来不觉得我是在'给予'她拥抱，她大概不知道我有多感谢我可以拥抱她"。

小小的女孩虽然不知道母亲的感谢，但她天然地从这些拥抱里学会了表达爱的能力，她常常会没来由地抱住朋友，把脑袋埋在她的脖颈里，奶声奶气地说："妈妈，我真喜欢你，你是全世界最漂亮的人，我们永远都在一起吧！"

天越来越冷了，对吗？日子不断摇晃着，我们要不要给爱的人一个拥抱？

这世上大多数事情都是越松弛越好，除了拥抱。除了紧紧拥抱你，我想，再没有什么值得我如此使出全力了。

早起奔向面馆

余康妮

鱼面分离的长鱼汤面是小面馆的绝活儿，长鱼就是鳝鱼。一大碗汤面配上一小碟鳝鱼，足以作为一天的元气补给。汤面由青花瓷碗盛着，浸在奶白色的汤里。如果顾客无食忌，王师傅会加些葱花或韭菜提鲜。这碗汤，王师傅头天下午便开始熬。

这个熬可大有讲究，熬汤先熬骨。凌晨四点钟不到，已经开始忙活的王师傅往锅里加入鳝鱼片接着吊汤。直到清晨六点钟，汤熬毕，面备齐，小镇的八方食客也在来吃面的路上了。

王师傅利落地盛汤、盛面、迎客、送客。让我想起第一次看他"庖王片鳝"，原本呈三角面的鳝鱼骨头在王师傅手里瞬时变得不一样起来，似乎有了神圣的色彩。王师傅头一刀从鱼头扎下去，急速沿鱼肚破开，接着沿骨剖开，末了再来一刀，一条干净齐整的鱼骨就在这三刀间成功脱了下来。后来熟悉了小面馆，熟悉了王师傅，知道他就是这样一个干净齐整的人，案板总是清清爽爽，菜码也是秩序分明。简单的汤面，鳝鱼摆盘，他也尽可能用最短的时间拾掇得适宜、美观。我夸他认真，他一边片他的鳝鱼，一边笑道："日子不就是这样过的吗？"

除了"字典"里基本的整洁，王师傅还给自己的小面馆装了几盏灯。除了负责让店面更亮堂的暖黄灯管，还有星星一样的装饰灯，也是暖光的。他很得意地告诉我，这是他从儿子的课本上看来的，书上说暖色调会刺激人的食欲。

用王师傅的话说"忙总要忙出名堂来的"。其实，他追求的也不过四个字——"健康美味"，只不过他从未搞错这两个词的顺序。王师傅不怕麻烦，该先熬鱼骨就先熬鱼骨，该下鱼肉了才下鱼肉，该几个小时就几个小时。直到准确的步骤和恰到好处的时间让鱼骨里的胶质毫无保留地煨在汤中，进入每个食客的胃中，暖身暖心，最终久久地写入他们的味蕾记忆。王师傅还不怕浪费，他总是挑好的、贵的食材，从不吝啬。

在王师傅的小面馆里，的确蕴藏着极盛大的认真，大清早世界刚刚苏醒，他已带着足足的干劲盛汤、盛面、迎客、送客。热气扑向他，把他衬得像个早间厨神，好像人间千家万户的早餐，全都仰仗着他这双带劲的胳膊。

我大喝一口乳白色的鲜鱼汤，由它把我体内的一个个器官朋友彻底激活。在早上急匆匆的城市大背景里选择稳当坐下来，认真吃一碗热腾腾、鲜入骨的长鱼汤面，也是我过日子所坚持的认真。

厨房是家的心脏

马亚伟

我们一家人外出数日，归家开门后，一股冷清之气扑面而来，家里好像没有了往日的温情。我丢下行李，奔向厨房，打扫灰尘，收拾碗碟。整理完毕，烧上一壶水。整洁的厨房里，炉灶上传来"咕嘟咕嘟"的烧水声，瞬间感觉整个家活了起来。

那一刻我深深感到，一个家最重要的地方是厨房，厨房是家的心脏。一个家，只有厨房里有了水与火交织的场面，有了酸甜苦辣的味道，才会鲜活地跳动起来。

在厨房里为家人准备一顿饭，你的心底会生出一种把幸福攥在手里的感觉。幸福对许多人来说或许是比较抽象的概念，极力寻找也可能把握不住。而厨房里的锅碗瓢盆协奏曲，能实实在在让你品尝到幸福的味道。

一堆食材，几瓶调料，是你的创作素材。你将它们妥帖整理、得当搭配、巧妙点染。将散乱的食材，搭配出花红柳绿的模样，然后加入一两勺欢喜，三四勺温情。接下来，猛火爆炒，热油煎炸，或者文火慢炖，最终呈现出一道道美食。制作美食除了是为家人奉献爱心，还有非常重要的功能，就是让你生发出一种牢牢掌控幸福的力量。即使你在外面受了委屈，在工作中遭到冷遇，厨房里的烟火也能够抚慰你疲惫的身心。

饭菜香味弥漫的时刻是一个家最温馨的时刻。饭菜的香味缭绕，钻入家里的每一个角落，家仿佛笼罩了一层光芒，焕发出无与伦比的魅力。

从外面回来的家人，未进家门，先闻其味。紧接着，家人进门，一场有滋有味的对话展开了。"好香啊，今天做了什么好吃的？""你最爱吃的糖醋排骨。对了，还有干炸带鱼！""哎呀，我的口水都要流出来了，赶紧开饭吧！"一个家，不能没有这样的暖心时刻。

厨房是家的心脏，再简单贫困的家，如果厨房是温暖的，家里就有幸福。

电影《饮食男女》中鳏居多年的朱师傅厨艺精湛，他为孩子们做松鼠鱼、炖鸡汤、切鱿鱼花、蒸小笼包……为的就是用厨房中诞生的美味留住女儿们，让她们感受到家的温暖。

其实每个家庭都是如此，为人父母，能为孩子们准备一桌好菜，家对他们来说就有了实实在在的意义；为人儿女，能够陪父母品尝他们做的美食，就是对他们最大的安慰。家是温暖的城堡，厨房是家的心脏。每当我们的厨房里升腾起烟火，生活中就充满醇厚温情的味道。

迷茫时，就读读范仲淹

江徐

范仲淹有诗云："南阳有绝胜，城下百花洲。"

那年，改革失败的范仲淹被外放到河南南阳。有一天，他收到朋友滕子京从岳阳寄来的信，还有一幅《洞庭晚秋图》。滕市长说，我管辖范围内的岳阳楼已重修完工，邀请范诗人拨冗写篇美文，宣传宣传。

这便是北宋散文的压轴之作——《岳阳楼记》的缘起。文中的经典名句，彰显了范文正公的人格魅力，也成为仁人志士的人生信条，激励着一代代年轻人。

1

若夫淫雨霏霏，连月不开，满目萧然，感极而悲。

至若春和景明，波澜不惊，把酒临风，其喜洋洋者矣。

范仲淹手执笔墨，遥想洞庭湖无限风光：

秋天，秋雨绵绵，阴风怒吼，浊浪冲天，连月看不到太阳，有些文人就会伤春悲秋，一副凄凄惨惨戚戚的样子。春暖花开时，晴空万里，沙鸥翔集，湖面恢复平静，他们又会心旷神怡，遇上点儿喜事越发精神抖擞。

总之，湖面的风光随天气改变，游人的心情又随风景而定。

《岳阳楼记》中的这两句，说的是风景，也是世情。天气变化莫测，人们的心境随之流转不定，一霎柳暗，一霎花明。

范仲淹站得高，看得远，认识到了这种心态的桎梏。他所追求的，是无所偏颇、兼容并包的大格局。这种格局，就像苏东坡任职杭州时，闲来游西湖写下的诗："水光潋滟晴方好，山色空蒙雨亦奇。"在他眼里，晴天，阳光灿烂，波光粼粼；雨天，烟雨朦胧，别有韵味。总之，晴天雨天，各有各的好。

不管怎样的风景，都值得欣赏，真正的智者认为，日日是好日。

2

予尝求古仁人之心，或异二者之为。

人生一世，总在上下求索。

幼年丧父的范仲淹，随改嫁的母亲从苏州到了长山的朱家，改名朱说（yuè）。

朱说好学上进，立志苦读。每天早早起床，煮一锅黏稠的粥，晾凉了，切分成四块，早上两块，晚上两块，拌上腌菜。吃饭的问题就这样解决，可以将更多时间用于读书。

长大后，得知身世的他很想争一口气，希望出人头地，有所作为。

于是背起行囊，带上喜欢的琴和剑，去往大名鼎鼎的应天书院。

剑胆琴心的少年，风尘仆仆的远方。星光熠熠，不负赶路人。

在学院五年，他除了早起，晚上还用冷水洗脸，赶走瞌睡虫，继续挑灯夜读。

他谢绝同窗赠予的美食，宁愿喝粥果腹，只为抵制诱惑，克制欲望。

他在佛前发愿：此生若不为良相，造福百姓，便愿意做个良医，普济苍生。

这位断齑画粥的寒门贵子，26岁时进士及第，从此踏上仕途，载沉载浮，一步步成为受世人敬仰的范仲淹。

他所求的仁人之心，是处世的热忱之心，做事的赤子之心，更是"为天地立心，为生民立命，为往圣继绝学"的千古圣贤读书心。这是他读书的志向，也是他活着的信念。

3

不以物喜，不以己悲。

这八个字，是范仲淹的人生观。不因事物美丑而喜怒，不因个人得失而悲欢。世界风起云涌，我自人淡如菊，如如不动，以不变应万变。正如庄子《逍遥游》中的一句："举世誉之而不加劝，举世非之而不加沮。"

岳阳楼重建完成后，滕子京的朋友和部下纷纷前来祝贺。他觉得没什么值得庆贺，反倒想痛饮一场，再凭栏恸哭一场。因为，他想起自己被贬岳阳的失意。

"不以物喜，不以己悲。"范仲淹既是在勉励朋友，也是在鞭策自己。摆脱情绪的枷锁，以平常心看人间百态，超然物外，不计得失，那一切都不是事，人生也自然处处喜乐。

4

先天下之忧而忧，后天下之乐而乐。

如果用一个字来概括范仲淹的一生，那就是忧。

他所忧，不为宝马雕车、凤箫声动，为的是忧国忧民，忧四面边声连角起。

范仲淹除了在庙堂秉公谏言、主持改革，还治水修堰、兴办学院、戍守边疆。不管身处何方，他都为家事、国事、天下事操碎了心。

皇太后刘娥去世后，宋仁宗亲政。很多曾受太后打压的朝臣站了出来，对她进行各种批评。同样被太后打压过的范仲淹秉公直言，提醒宋仁宗，应该看在太后功劳的份上，掩其小故，全其大德。

宋仁宗采纳其建议，下令不准众臣妄议太后往事。

在河南睢阳讲学时，一个孙秀才想要获得游学费用，范仲淹赠予他一千文。第二年，孙秀才又来，范仲淹照样赠予一千文，问他为何要游学四方。他说，家有老母，无力赡养，又不甘心荒废学业。范仲淹想起自己的求学生涯，表示愿意给孙秀才一个读书的名额，每月还可得一笔钱财供养。孙秀才很珍惜这个机会，发奋苦读，十年后成为受人尊敬的"泰山先生"。

范仲淹和他敬仰的圣贤一样，"居庙堂之高则忧其民，处江湖之远则忧其君。是进亦忧，退亦忧"。从寒门走出的范仲淹，获得贵人相助的孙秀才，都告诉世人一个道理：你成为怎样的人，就有怎样的命运。

5

《岳阳楼记》是范仲淹的应邀之作，却惊艳了几个世纪，甚至有人说只有《滕王阁序》可以与之媲美。

白云苍狗，往事越千年，相同的困境总在不断上演。愿平凡如你我，都能从中感悟到人生的真谛：迷茫时前行，悲伤时自渡，绝望时发光。天地悠悠，人生漫漫，这始终是每个人一生的修行。

橘子的人情温度

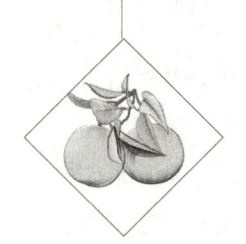

王邦尧

在小寒晴明的日光下，剥一箱川红橘。用小刀轻轻在外皮上划一个十字花，然后剥开，橘皮就成了一朵花瓣，放在阳光下晾晒，之后收好储存两年以上，普通的橘皮就成了陈皮，有了药用价值。

忽然就想起王羲之的《奉橘帖》，寥寥十二个字，却充满艺术的美感与人情的温度。霜降之前的某日，王羲之想念友人了，刚好园中橘子将熟，便给友人送上了三百枚，还附上了亲笔短札："奉橘三百枚，霜未降，未可多得。"尺牍虽短，但其间的每一个字，字字用笔不同，有方折，有圆转，字字挺立，笔意活脱，体态舒朗，可以想见王羲之写这封信时心中之欢喜，有友可想、有物同享的欢喜。

收信的友人欢喜定然更甚。橘子吃完也就完了，这封短札，却可以时常拿出来，细细欣赏其间风流洒脱的笔墨。好的书法，一笔一画都是艺术，令人见而忘忧。友人必是十分珍重地收藏着这封短札，所以，千百年后，我们才有幸窥见一代书圣的一点儿日常和妙绝风采。

抛开书法的艺术成就不谈，《兰亭序》让我们看到魏晋名士的风流意趣、超迈天真，而《奉橘帖》则把王羲之拉回了日常，有了日常的温度，像我们身边的人，会与朋友相互馈赠，还写了字条，好比家人外出时给你在冰箱贴上留了言：饭菜在锅里，甜点放在桌上……这样日常的温暖，和艺术一样，都可以抵达永恒。

无独有偶，后来，王羲之的儿子王献之也送了友人梨子，也写了帖子，名《送梨帖》。行为类似，连帖的内容也类似："今送梨三百。晚雪，殊不能佳。"一个是霜降未至，橘未全熟不可多得；一个是雪落来迟，梨味未佳，些略遗憾。同样的俗世琐事、人情往来，却因了书法至佳，被流传下来。

谁也不知道王献之是否有意模仿其父。也或者，除了书法、文章上的成绩，影响王献之的，是父亲与友人之间往来的怡然自在、真情厚谊。当他日日被疾病纠缠时，他一定渴望有人能念着他、护着他、帮助他，哪怕仕途一帆风顺，他在脆弱时也渴望人情的温暖。

是啊！谁不渴望呢？霜降之际，雪落之时，人生的寒冬即将到来，有人还想念着你，并奉上一片心意，如何不令人心生温暖，只觉寒冬亦如三春？人生漫漫，我们所求的，不过是这样一种有人可以挂怀的情意，你来我往，互相陪伴，走过这滋味复杂的一途。

爱一朵花，何必猜它能开多久

朋友养了三年的昙花开了，约我前去观赏。昙花开花，生活中看到的机会并不多，于是欣然前往，同去的还有摄影和书画界的几位朋友。

晚风习习，大概晚上九点半，六朵如碗口大的花冠，次第绽放，花色纯白，花香浓郁，如一群白衣少女翩然起舞，在夜幕的笼罩下，显得分外清雅、迷人。大家见状立刻来了兴致，纷纷起身围着那盆昙花仔细品鉴：有的拍照，有的作画，有的吟诗，恨不得把所有美好的艺术形式都用上。

都说"昙花一现"，可是"一现"并不是"一瞬"，一朵昙花从盛开到凋落究竟要多久呢？凋落后的昙花会是什么样子？我禁不住好奇地翻起了手机。

这时一位老者笑盈盈地说："管它开多久呢，我们只要在它盛开的时候好好欣赏就行了。"

是啊！愿意开多久是昙花的事，享受昙花开放的美好，是我们的事，我这样猜来猜去岂不是耽误了看花的时间，也破坏了赏花的心境？于是我收起手机，继续和大家看花聊花，过得非常愉快。

后来，我也没有等到昙花谢幕就撤了，一来夜已深，第二天还有事要做；二来脑海中始终记着的是昙花盛开的美，岂不更好？

最近，偶然听歌手郭静唱《在树上唱歌》，其中有一句："不想对每件事都那么严格，弄得全世界好像只剩挫折，爱一朵花不猜它能开多久，放宽了心情，把什么都变美了。"

是啊！爱一朵花，何必去猜它能开多久呢？把心情放宽，尽情享受当下，周围的一切就都变美了。赏花如此，爱人和做事也是一样。

修车的老张

田秀娟

丁字路口，绿化带旁边，一辆旧电动三轮车，车厢里杂七杂八，满满当当。车厢上面绑着一块牌子，上面用红漆写着三竖排的大字：磨刀、补胎、换拉锁头。

修车的老张今年71岁，皮肤黝黑，长相憨厚，戴一顶旧棒球帽，穿一件旧中山装、一条磨得发亮的黑裤子、一双旧旅游鞋。他爱说爱笑，一笑就露出一嘴招牌烟黄牙。一颗上门牙前两年光荣"下岗"了，老张任其"来也匆匆，去也匆匆，就这样风雨兼程"。他没意见，不代表相邻的两颗牙就没意见。因为突然失去了依靠，两颗牙不约而同地向中间缺口处倾斜，颇有些桀骜不驯的架势。

老张干活实在，手还麻利，换个拉锁头，几秒钟搞定。扒带、补胎也是三下五除二，你低头刷手机的一会儿工夫，他已经补好胎打好气了。没有收款二维码，顾客来修车，有零钱给零钱，没零钱下次再给也行。忘了就忘了，老张也不在乎。生意不忙的时候，他就坐在马扎上抽旱烟、听京剧，有时站起来抖抖空竹。旁边摆摊的人乐呵呵地说："老张，真有两下子！"老张收了空竹，嘿嘿一笑："不止两下子，有三下子呢！"

冬天冷，夏天热，春秋有风，别人看着老张挺辛苦，可老张不觉得。"老在家待着，闷得慌。出来眼宽，心里痛快！"

其实，儿子、女儿不愿让老张出来摆摊，可老张不愿意。五年前，老张得了脑血栓。"一眨眼，就栓着了，花了好几万块，左半边身子还不利索。"出了院，本来性格开朗的老张，像变了个人，成了以泪洗面的"林妹妹"。亲戚朋友去看，老张一把鼻涕一把泪，哭得别提多伤心。老伴儿、儿女们轮番做工作，老张树立起了信心，一点儿一点儿地锻炼，先是拄着棍子，从屋里溜达到院子，慢慢从院子溜达到门口，再从门口溜达到马路上。一天，老张奇迹般恢复了健康，恢复了开朗的性格。

家里的地都包了出去，老张自学了补胎、换拉锁头的小手艺，出来摆个小摊，赚点儿零花钱，也顺便看了街景。忙里偷闲的老张一边用纸条卷着旱烟，一边说："我这辈子，除了抽烟这个不良嗜好，再没有一个不良嗜好了。"他吸了几口烟，略一沉思又说："啥是幸福啊？人啊！壮壮实实地活着，没病没灾，就是幸福！"

说这话时，老张身后的鸢尾花，像一群紫色的鸟，扑啦啦地开着。

爱的驯兽师

沈嘉柯

为了和我的猫更好地相处，我特意上网查阅浏览了一位著名的宠物医生的网站，还看了他在北京的演讲视频。

这个医生姓戴，他说："要正确理解动物，尤其是猫咪。你们不是主人和宠物的关系，在猫咪的世界里，你们只不过是室友。所以啊，对待室友你不能用惩罚的手段与之相处。猫咪和人类的世界观，根本上不一样。你想想，你要是弹你室友的鼻子，室友会喜欢你吗？"

戴医生还举例，怎么拉近你和猫咪的关系呢？很简单嘛！用好吃的猫粮训练它。

科学就是科学，很牛啊！我的猫本来对我爱搭不理的，自从我一回家就立刻给它一小把猫粮，它就对我热情如火。有时候不给猫粮，它也要趴在我怀里，枕着我的胳膊又是亲又是舔的。有时候要牵出去散步，就是不肯套猫链，给一点儿好吃的猫粮，它立刻乖乖地随便我怎么套。

动物的天性，是遵循条件反射。但也可以理解为，培养起愉快相处的习惯。好吃好喝的室友，才会在一起快快乐乐，建立起深厚的友情啊！

说起这个，我忽然想起了我小时候。我爸常年出差，有时候我都差一点儿忘记他了。男人嘛，总是比较粗线条的，我爸回家充其量给我点儿零花钱。

大概是中学二年级的一个周末，我回家看见我爸，他热情洋溢地吆喝我："快来试试看，给你买了一套牛仔服，很酷啊！"除了牛仔服，还有巧克力，以及他从南方带回来的坚果特产和巨大的广西咸蛋黄肉粽子。我那个高兴啊！做梦都在流口水。我得意扬扬地穿着新衣服去学校。

以后我爸一出差，我就问我妈："他什么时候回来啊？打电话了没？和你说了吗？"那种盼望无比强烈。后来一问，才知道这些是我妈的主意。小孩子嘛，当然喜欢零食啊，耍帅的衣服啊。小孩子有个念想，才会牵挂惦记。

当我长大后，工作赚钱了，买得起更多更好的东西。那些小吃零食之类的，当然不算什么。可是想起来，鼻子忽然就有点酸热。

人类再高级，也还是动物的一种。情感建立的法则是无差别的。食物和衣服，象征着温暖与饱足，给予这些，或者被给予这些，至关重要。最重要的，是寄托在上面的眷念和爱。

"嗨，小板栗，过来。"我叫着我的猫。它脚步轻快地跑过来，然后就地打滚，用软绵绵的前腿抱住我的脚。这都是鸡肉喂得足的功劳。对动物来说，时间漫长，就积累出了眷念。对人来说，也一样，这就是爱！

我心不尘，与尔同明

马樱花

作家冯唐说他爸妈干过一件挺文艺的事儿。"60年代，家家灶台清冷。我爸花大半个月的工资买了一辆西式婴儿车，于是初夏傍晚，夕阳下山，夫妻俩推着一个快饿死的儿子在河边散步……"苦中找乐，一幅美丽冻人的景象。

如此说来，谁家还没个同款文艺男呢？

譬如那人从老家回来，巴巴带回一条用氧气包养着的活鱼，美其名曰"青鲩"。我问："'青鲩'是不是老家本地才有的特色品种，类似于广西的芒果、洞庭湖的螃蟹？"他乐出声来："别让包装给唬了，就是条'胖头鱼'。"

本地胖头鱼才9块一斤，30元氧气包的钱都可以买条鱼了，会不会算经济实用账？

"我就想带条大河里的鱼回来，让你看看它在水里游的样子。"他答得理直气壮。

好吧，他那鱼饱的不是口福，是眼福，是情怀，文艺男的标配。

不是一家人不进一家门，文艺界历来巾帼不让须眉。

前年，我带着70多岁的姑姑、小叔一行去新疆。一拍脑袋，我决定带他们去最美的地方看最燃的风景——那拉提大草原和号称"大西洋最后一滴眼泪"的赛里木湖。往最高峰行进的时候，我激动地对着被猎猎山风吹得东倒西歪、披头散发的姑姑说："睁大眼睛吧，这山这树这羊群这蒙古包这大草原，都是咱们越过千山万水，乘飞机坐高铁、大巴，花大几万块才看到的。"姑姑艰难地咧了咧嘴，表情一言难尽。

晚上休整，我在卫生间外等姑姑。姑姑大声地讲电话："玩得可好了，看要不得的山，要不得的树，咱家后山坡多的是。还去看湖，湖有啥看的，咱家鱼塘里还有几条鱼，那湖里全是冰。不说了，我得去吃那要不得的饭，凭抢，再不去，菜汤都没得喝的……"

我只知道自己的风景在远方和大自然，哪知道村里来的姑姑，家就在山水间，她心中的胜景全是热闹繁华地。

所以说文艺的曼妙最是眉目清柔，润物细无声，足以浇灭心中一切块垒。

柴米油盐酱醋茶，前面几位虽然是现实的，但是有了茶香的滋润，生活就平添了雅致、清新和文艺。人生漫漫，除了被摁在地上摩擦成长，还有对酒当歌、临风把月的风情，还有木樨炒肉、酱香腊排的风味，还有桂花树飘的香、蜘蛛网结的露。不一样的风景，一如风吹黑发，雪满白头，我心不尘，与尔同明。

心里有花，遍地繁花

正史典籍中的王阳明，自是俨然肃然，历代以来坊间的他，则更生动有趣、可亲可爱，自然，在其生动有趣、可亲可爱中，同样透露着圣贤气质。

王阳明12岁时，便认为人生的终极价值应是"读书做圣贤"。王阳明的人生之路，他的种种努力，包括努力读书、努力修为、努力为官、努力授业、努力传道，都是奔向超凡入圣的境界。

他与弟子的一段对话，就凸显了这种超凡入圣。

弟子王艮有一天出游归来，故意以一副异常惊讶的声调说："我看到满大街都是圣人。"这个桀骜不驯的王艮长时间都不相信老师"人皆可圣"的信念，他以此讥笑老师——既然人皆可圣，那满大街的凡夫俗子自然就都是圣贤。王阳明自然知道王艮的那点儿"小心思"，便借力打力："你看到满大街都是圣人，满大街的人看你也是圣人。"

王阳明在庐陵任县令时，抓到了一个恶贯满盈的盗贼。此人冥顽不化，耍横说："要杀要剐随便，别废话了！"

王阳明就说："那好，今天就不审了，也不跟你谈道德廉耻。不过，天气太热，你还是把外衣脱了，我们随便聊聊。"盗贼说："脱就脱！"过了一会儿，王阳明又说："天气实在是热，不如把内衣也脱了吧。"盗贼仍然不以为意："本来就经常光膀子的，脱又有啥大不了的。"又过了一会儿，王阳明又说："不如把内裤也脱了，一丝不挂岂不更自在？"这回，盗贼不"豪爽"了，慌忙摆手说："万万使不得！"王阳明便乘势说："有何使不得？你死都不怕，还在乎一条内裤吗？这羞耻心何尝不是道德良知的表现？看来我还是可以跟你讲道德廉耻的。"至此，盗贼被彻底折服，认罪伏法。

人性，原本知羞知廉知耻，所以，人生之路上，以此起步，便可以一步一步紧赶慢赶拼命学习、努力修为、不停锤炼，到讲道德，致良知，再到看淡名利，从而一点儿一点儿使胸襟更坦荡、胸怀更广博，爱心弥满、仁心洋溢，最终，心里开出花来，如是，繁花遍地。

繁花遍地，映照人皆可圣；或者说，人皆可圣，种出遍地繁花。

是的，王阳明就曾庄严地说过："尔未看此花时，此花与尔心同归于寂。尔来看此花时，则此花颜色，一时明白起来。便知此花，不在尔的心外。"

开满世间的花，原来不在心外，全在心里。

心里有花，遍地繁花。

先自主，才有自己

韩青

俗世，熙熙攘攘，打打闹闹……显然，它不是一片清静之地。而古人说"闭门即是深山"，我们只能闹中取静，俗中取雅。要做到这些，就必须做到自主，不被外物迷惑。

《庄子》中就记载了这样一个自主者，他叫梓庆，是做鐻的高手，而鐻就是过去悬挂钟磬等乐器的木架，上面刻有鸟兽神怪等装饰图案。

有人问他："你凭什么妙法做得那么好呢？"他回答道："我只是一个普通的木匠，没有什么妙法，但是我在做鐻之前，从来不敢耗损精神，一定要斋戒让心神宁静。斋戒到第三天，内心不敢有领取赏赐爵禄的念头；斋戒到第五天，便不把他人一切有关毁誉巧拙的议论放在心上了；斋戒到第七天，有一种超然之感，连自己的四肢形体也忘掉。这个时候，一切朝廷之事都忘了，我的技巧高度专一而外界的任何干扰都消失了，然后我才进入山林，细心观察大自然中鸟兽的天然情状，一旦心有所得，我眼前便展现出一个完整的钟的架子，然后我才动手制作，不然便不动手。这就是以我的自然心性去契合鸟兽的自然形神，制成的器物被惊疑为鬼斧神工，恐怕就是这个缘故吧。"显然，他看管好自己的心了，所以，他把精力和时间都用在该用的地方，创造奇迹就很自然了。世间的成功者，无一不是如此。

可是，看管自己的心，实属不易。因为，红尘中的诱惑和欲望防不胜防，稍不小心，就会成为它们的俘虏。要想看管好自己的心，就必须处理好心与外物的关系，否则就容易被某一外物牵着鼻子走，进而迷失自己。

方法其实很简单，就是把附加在外物上的目的之类的东西去掉。

诗人顾城在一篇文章中写道："1985年后，我放弃了所有先验的诗的目的，诗不到来不写。我发现了一个奇异的现象，文字会自己行动，像一粒粒的水银，滚动或变成空气，每个字都是自由的，不再代表人加予它的意义，就像我们辞去了外在的职务恢复了原本的性情。"有专家说，他后来的诗要好于之前的诗，原因就在这里。这也表明：自主者最好的自主，就是顺其自然，千万不要歪曲或扭曲心意。也只有这样，我们才能活出最真实的自己。

现在，很多人动不动就说要做自己，其实，他们没有搞清楚，要想做自己，必须做到自主。先自主，才有自己，否则，那只是一句口号。

小人物的快乐

王太生

"扬州八怪"之一的郑板桥写过《田家四时苦乐歌》,对"乐"有着这样的理解:"春韭满园随意剪,腊醅半瓮邀人酌……原上摘瓜童子笑,池边濯足斜阳落。"大概是说,农家最大的快乐,莫过于随意剪摘满园带露的春韭,家中腊月酿的酒还有半瓮,想着哪天请乡人同饮。而在傍晚,看小孩子在田垄间摘瓜,洒下一串银铃般的笑声,渐渐走远,然后在池塘边濯足,一边洗,一边看远处的落日余晖,在霞光映照下发一会儿呆……

小人物的快乐,绝不止这些,生活意趣,无处不在。

日常生活里,对普通小人物而言,善于寻找、发现,并享受这份快乐,美妙就在身边。

邻居张二爹是个蹬三轮的,他最大的逍遥与惬意,是躺在一棵银杏下睡觉。在生意清淡的时候,他会把车停到一棵400年的银杏下,半倚半躺在三轮车上,在树荫下睡觉。偶尔,会有一片幸运的叶子落到头上,或是一只红蚂蚁,从树上掉到他的身上,老头儿睡意正浓,浑然不知。

小人物的快乐,是随遇而安,奔波忙碌之后,支配属于自己的一点点闲暇。有时候,内心的恬淡安逸,只可意会不可言传。

朋友大李经常上夜班,回到家已是凌晨两三点,老婆早已去见周公了,他睡意全无,就在台灯下画画。他喜欢画水墨仕女图,画好后一个人坐那儿观赏。有时候,干脆不画画,一个人蹑手蹑脚地站在阳台上听虫叫,"晨光熹微时,天空泛着鱼肚白,有时是蛋青色,你不知道,秋天的虫鸣有多美妙!"大李咧着嘴在笑。

有些快乐,不在于有多大的权力和多少财富。

我采访过的中年农民王小米,平时爱捣鼓一些小玩意儿,他花了两年,做了一列迷你蒸汽小火车。开学第一课,王小米被小学校长请去,在操场上铺了30米的铁轨,蒸汽小火车发动起来,"噗噗"地冒着白烟,载着十六七个孩子奔跑。那天,王小米坐在最前面的驾驶位置,开着小火车在校园里兜风,孩子们兴奋得手舞足蹈,不停地挥着小手,学大人在站台上送别,那面插在车头的小红旗,在风中猎猎作响。王小米眼睛眯成一条缝,开心得像个孩子。

人间的风景并不只是繁华。喧闹中,还有"小人物"快乐的憨笑、歌吟。快乐是一件简单的事,带给内心愉悦、满足和轻盈,像鼓荡的旗。

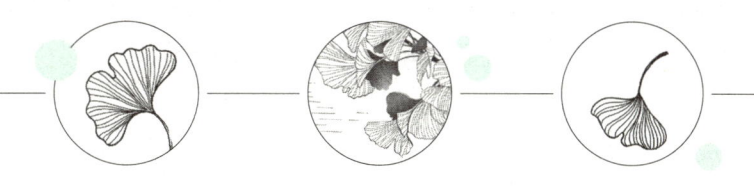

草是怎样一点点绿的

肖复兴

住在芝加哥的时候，楼后紧挨着一个叫尼考斯的街心公园，4月份了，却还是一片枯枯的，没有一点儿颜色。它的草地、树丛、山坡、网球场，还有一个小小的植物园，都成为我每天的必经之地，它们一点一滴的变化，都逃不过我的眼睛，好奇心让我观察着它们的变化，像看着一个孩子从爬到走到满地跑一天天长大。

最先让我惊喜的是，有一天清早，我看到公园的草地突然绿了，虽然只是毛茸茸的一层鹅黄色的浅绿。前一天夜里刚刚下了一场春雨，如丝似缕的春雨是叫醒它们的信使。

我看着它们一天天变绿，渐渐铺成了绿色的地毯。蒲公英都夹杂在它们的草叶间渐渐冒出了黄色花骨朵。但树没有任何动静。一直快到五一，才见网球场后面的一片桃树探出了粉红色的小花，没几天，公园边上的一排排梨树也不甘示弱地开出了小白花。它们的花蕾一天天绽放饱满，绯红色的云一样，月白色的雾一样，飘落在公园的半空中。尼考斯公园一下子焕然一新，春意盎然起来。

然后，金色的连翘也开了，紫色的丁香花也开了，每一朵，每一簇，我都能看出它们的变化。变化最快的是连翘，昨天才看见枝条上冒出几星小黄花，今天就看见花朵缀满枝条悬泻下满地的金黄。变化最慢的是一种我叫不上名字的树，很高，开出的花米粒一般，从近处看，几乎看不到它们，远远地望，一片朦朦胧胧的玫瑰红在风中摇曳，如同姑娘头上透明的纱巾。这种树，在芝加哥大学图书馆前的甬道旁铺铺展展的一大片，那玫瑰红便显得分外有阵势，仿佛咱们的安塞腰鼓一样腾起的遮天蔽日的云雾，映得校园弥漫在玫瑰色的雾霭之中。

再有变化慢的是树的叶子，大部分花都开了，树的叶子还没有长出来，无论是榉树、梧桐，还是朴树、加拿大杨。一直到芝加哥大学教学楼墙上的爬山虎都绿了，尼考斯公园草地间的蒲公英的小黄花都落了，长出伞状的蓬松而毛茸茸的种子，它们才很不情愿地长出了树叶。我看见它们一点点冒出小芽，一天天长大，把满树染绿，在风中摇响飒飒的回声。

我知道，这时候芝加哥的春天才是真正到来了。我才发现，这是我平生头一次看到了春天一步步地向我走来的全过程。像看一场大戏，开场锣鼓是草地上的草，定场诗是公园里的花，压轴戏是一树树参天而清新的绿叶。

留得枯荷

雪落尽后，留下一池枯荷。或折，或碎，或垂下，或倾倒，它们静静地站在水里，自生长到颓败，不知是因为冬天原本如此，还是因为池水冷冻成冰，只觉得天地好安静，它们仿佛是被时间遗忘在这里的，像是无人在意的，那些遗失在岁月深处破碎的纸鸢。

我站在寒风中，与这枯瘦的残荷彼此相望，不知心脏的哪个部位莫名地生出些羞愧，看到"荷"这个字，脑袋里冒出来的，仍是盛夏时的形容，"亭亭的""田田的""翩翩的"……而眼下，却全不是那样了。那枝盛夏时欢唱过的荷仍站在那里，一丝腾挪转移都没有，只是卸了浓妆，褪了华裳，就让人不敢认。

李商隐喜爱残荷，应当说，他喜欢步入凋零的花，他喜欢品尝生命的余韵。美国学者欧文试着解释李商隐那句"更持红烛赏残花"，说，"残"字，让人想到"全"，因此它能把"消逝"与"留存"的意义结合在一起。也就是说，残荷并不单独表达"凋零"，它以这般枯萎的样子告诉我们，它有过一段绚烂往事，它就是故意让人想起"亭亭的""田田的""翩翩的"来。

这当然是带着几分残酷的，一朵曾经那样娇盛的花，一柄那样孤高阔大的叶，如今只能以褐颜唤起旧日辉煌的记忆，惹人生出无限怅然。

清代画家金农以为，那些初生的，鲜嫩的，五彩缤纷的，一切属于春天的美，也是须臾的，脆弱的，转瞬即逝的，这何尝不是另一种残忍？

冬天虽然枯寂，却枯寂得很安静，很笃定，仿佛是永恒的。

一个干枯的莲蓬插在瓶中，再过十日，二十日，过整整一冬，一年，它都仍是那个样子，你轻轻拿起来，甚至听得到干枯的莲子碰撞蓬壁发出的声响，仿佛一句遥远的回应。

几乎不必细数古往今来有多少画家痴迷于那一塘枯荷，痴迷于那些褪去色彩之后，直接抵达中国画本质的简约与意境。将枯与荣的界限放开，将恨与喜的执念消融，或许那一片野寒之地，亦是人一生所求的，恒久又淡然的心安。

蒋勋曾聊到，"凋谢"的"谢"，和"谢谢"的"谢"是同一个字。联想起来，也许生命完成之后其实是可以充满谢意的。花谢也好，荷枯也罢，皆是如此，花谢可随流水，荷枯可埋淤泥，那是下一世生命正在孕育的地方。只在你手中，或是心里，留得一枝枯荷，然后在孤独寂冷时，想起这亦是生命的其中一个瞬间。

窗的话语

梁晓声

小时候的我，特别爱观察别人家的窗户，这其实更是一种对温馨的小康生活的憧憬。

中国有个成语叫"以貌取人"。我从不"以貌取人"，更不会以服裳之雅俗而决定对一个人的态度。但是坦率地说，我至今习惯于从一户人家的窗，来判断一户人家生活的心情。倘一户人家的窗一年四季擦得明明亮亮，我认为，实在可以证明主人的生活态度是积极乐观的。

我家住在一幢六层宿舍楼的第三层。那是一幢快二十年的旧楼，我家住进去也有十几年了，是全楼唯一没装修过的人家，但我家的窗一向是全楼最明亮的，每次都由我亲自一扇扇擦个够。我终于圆了小时候的一个梦——拥有了数扇可擦之窗的梦。我热爱那份家庭义务。

我劝住楼房低层尤其平房的朋友们，尤其男人，尤其心情不好时，亲自擦擦自家的窗吧！试试看，也许将和我有同样的体会。在生活中，有时我们花微不足道的钱雇他人在最寻常之方面为我们服务，自认为很值。其实，我们也许是在卖出，甚而是贱卖原本属于我们的某种愉快。

我的一名战友，返城后，一家三口租住在一间潮湿的地下室，一住就是十来年。他的儿子，从那地下室的窗，只能望见过往行人形形色色的鞋和腿，于是画以自娱。父亲大为光火，以为无聊且庸俗。现在，他23岁的儿子，已成小有名气的新生代漫画家。地下室的窗，竟引领了那孩子后来的人生。

我以为，最令人揪心的，莫过于卖火柴的小女孩在大雪天冻死前所凝望着的窗了——窗里有使她馋涎欲滴的烤鹅和香肠，还有能使她免于一死的温暖。

我以为，最令人肃然的，是监狱的窗。在那种肃然中，几乎一切稍有思想的头脑，都会情不自禁地从正反两方面拷问自己的心灵，也会想到那些沉甸甸的命题，诸如罪恶、崇高、真理的代价以及"一失足成千古恨"……

夜半临窗，无论有月还是无月，无论窗外下着冷雨还是降着严霜抑或是大雪飘飞，谁心不旷寂？谁心不惆怅？

窗在万籁俱寂的夜晚，似人心和太虚之间一道透明的屏障。大约任谁都会有"我欲乘风归去"的闪念吧？大约任谁都会起破窗而出，融入太虚的冲动吧？

斯时窗是每一颗细腻的心灵的框，而心是框中画。其人生况味，唯己自知。

窗是家的眼。你望着它，它便也望着你。

你的窗外，是怎样的风景

麦父

早晨，老黄醒来后的第一件事，是拉开窗帘，推开窗户，看一眼窗外。

窗外，是几十年不变的"风景"。

老黄喜欢出差、走亲戚或者旅游，就为能住在不一样的地方。住在山边，推开窗户能看到山；住在水边，推开窗户能看到水；住在乡下，推开窗户，就看到了田野和庄稼。但这样的机会并不多。而且，住几天就得回去；回去了，推开窗户看到的还是那些。而这个愿望在老黄退休后竟然实现了。

在朋友的撺掇下，老黄买了一辆房车，差不多花去了他一辈子的积蓄。

提车回来的当晚，他就开着房车来到了城西的湘湖公园。找到一个停车场，他在角落里驻车，休息。这是他第一次睡在房车上，可是这一夜一点儿也没睡好。

床板有点儿硬，新车的气味闻着也不舒服；停车场不时有车开进开出，还有人鸣笛，刚迷糊着，又被吵醒了，一大早又有人来跳广场舞……老黄只好坐起来，打开了床侧的窗户。我的天哪！这一下，惊呆了老黄——窗外是密密的树林，树林后面是飘浮着雾气的湘湖，湖水的尽头是黛色的西山。老黄揉揉眼睛，自己车窗外的风景真真切切，水墨画一样就挂在眼前。

老黄靠在床头，侧身看着车窗外。喧闹声仿佛都不见了，只剩下眼睛所看到的一切。

这么多年他无数次来过湘湖游玩，却是第一次在早晨躺在床上看湘湖。它与行走时看到的湘湖是不一样的，与坐在廊桥上看到的湘湖是不一样的，与住在湖边的酒店看到的湘湖也是不一样的。熟悉的湖，第一次向老黄展现了它完全不同的景象。

老黄正式开启了他退休后的房车生活。每天老黄睁开眼睛，打开窗户，就一定能看到不一样的风景。他的房车左侧有三扇窗户：驾驶室的窗户、卡座的窗户，还有床侧的窗户。开车时，他通过驾驶室的窗户看到流动的风景；而驻车之后，他希望自己躺在床头睁开眼睛就能看到窗外的风景；他也愿意坐在卡座上，喝茶、看书、发呆、听音乐……一抬眼，就能惬意地瞥见窗外的美景。

老黄几十年一成不变的生活因为一辆车、一个移动的家而忽然有了新意。他的日子变成流动的了、不确定的了、变化着的了，这是多大的意外，多大的惊喜！

如果靠在床头就能看到日出，坐在客厅就能看到雪山，探出脑袋就能看见满天的繁星；如果一扇窗户就能打开一个变化的世界，还有什么不满足呢？

老闺蜜

简媜

连续三日，气象局发布豪雨特报，难得等到雨歇，老妇人拎着煮好放凉的一瓶白鹤灵芝茶，撑伞出门，她得走一公里路，才能到她的小学同学家。

这同学也70岁了，两人分别50年后，有一日在小诊所重逢，起初，她们彼此觉得对方那张脸有点儿不一样，等护士喊名字，又觉得这名字也不一样，后来，其中一人鼓起勇气对另一人说："我叫×××，咦，我是不是认识你呀？"标准的老太太重逢法，两位老太太终于"哎哟哎哟"地执手相认，嗓门儿挺大，霎时忘了病痛，忘了50年岁月像一头老母牛趴在她们背上喘。

不是时间遗忘她们，这回是她们把时间扫地出门了，两个老同学一周见面三四次，天天通电话，看同一部连续剧，同一天上医院拿药，吃的蔬果愈来愈相像，连眼睛痛都搽同一款药膏，仿佛小学生互抄作业，要对一起对，要错一起错。

不久，其中一人患上了脑卒中，折腾个把月，幸亏不算太严重，一手一脚慢慢拖着还能走，只是心情沉入谷底，一副但求一死的模样。没患病的那个也像患了病，心里难受得茶饭不思，她天天到老同学家照应，鼓励她要按时吃药，要多做复健才能走到美容院烫头发，要快乐点儿才能多活几年，最后，搬出心底话："你不为儿女想也得为我想，我苦了一辈子才捡到个姐妹……"话未说完，两位老太太手拉手哭起来。

老妇人在自家院子种了好几蓬白鹤灵芝草，一得空就煮一瓶给老同学送去，当青草茶喝，她为了鼓舞老同学，剪了几枝短茎栽入盆内，放在老同学家的院子里，让她早晚散步做复健时，有个东西可以盼。

豪雨初歇，老妇人趁这空隙出门，手中那瓶青草茶看起来有点儿沉，雨虽弱了，到处仍是湿漉漉的，她打着伞，走得比往常慢，仿佛整个世界的雨水都压在她的伞上。

老妇人未走到门口即大声唤老同学的名字，这是她的习惯。坐在廊前等着的那个即刻起身，微拖一脚去开门。老妇人大惊："你别出来，地上滑……"门内的这个举起一根粗藤般结实的褐色拐杖，说："放心啦！有这个！"接着，她们聊豪雨，比对了8家电视台的气象预报，其敬业态度像天天得出海作业的渔人。

两位老太太互搀着进屋，那情景让人觉得友谊不是抽象的概念，而是她们从年轻时起即一针一线绣出的雪中送炭的锦帕，她们实实在在靠着老姐妹攒存的炭火，把晚年烘暖了。

攃菜的故事

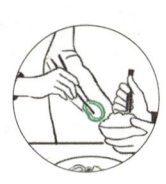

叶生华

那是四十年前的情景。

一桌人围坐着吃饭,娘姨拿双筷子团团转,忙着给客人攃菜。这个"攃"字不常见,读音同"兼",意思是(用筷子)夹。

娘姨好客,客人来了烧一桌子菜,把家里刚生蛋的小母鸡也杀了。客人去拖娘姨,叫她别杀鸡,可是没拖住。娘姨在客人身后转圈,看客人碗里是否有肉,见没肉了,就给客人碗里攃一块肉。浅浅一盆鸡肉其实不禁她攃,客人自己不攃,娘姨就攃得更起劲,出现了你攃我推的场面,嘻嘻哈哈的,很热闹。于是娘姨在客人饭碗里按住鸡肉,使劲戳,把肉戳碎了,肉和饭粒粘到了一起,客人没法再把鸡肉攃回菜碗里,娘姨才松手。

亲戚来我们家做客,我的父母也给客人攃菜。

我妈给客人攃菜,不像娘姨那样细致、耐心。饭桌上摆着一碗萝卜夹肉,烧得红彤彤的,泛着亮光,肉比较肥,烧出了很多油水。见客人没主动攃肉吃,我妈就给客人攃:"娘娘啊,你怎么不吃的呀?"把肉伸向娘娘。娘娘躲避,说着"不要不要",我妈说:"你到我家还客气啊,快点儿把碗拿过来。"娘娘还是不好意思,我妈就提高了嗓音:"快点儿呀!"娘娘看我妈一脸真诚甚至有点儿急了,连忙伸过碗来,让我妈把一块肉放进饭碗里。娘娘咬着肉喃喃道:"伐大娘真叫客气来……"

当年难得吃到肉,谁不想吃肉啊,只不过大家都知道各自家底而已。

我爸给客人攃菜,反而比我妈认真。客人推让,我爸会追着,筷子攃着一块嵌肉油豆腐,跟着客人的饭碗跟来追去的,把油豆腐按进客人碗里。客人要把油豆腐攃回去,我爸知道套路,迅速用筷子按住油豆腐,用娘姨的手法直接把油豆腐戳得面目全非,客人只能把油豆腐吃了。

用筷子把肉戳碎,是主人对客人最真诚的攃菜方式,因为戳碎了的肉没法攃回去,相当于主人给客人铺了个吃肉的台阶,客人顺势把肉吃了。推让,不是不想吃肉,是难为情吃亲戚家可怜兮兮的肉。

有一年春节,表叔来我家做客。我小时候,表叔和表婶常给我攃肉吃,至今记忆深刻。那天我也给表叔攃肉,表叔照例推让,他是从那个年代过来的人,见攃菜就推让成了习惯。我说:"阿叔你吃啊,现在不用客气了。"表叔说着"不客气的",真吃肉了,不再像以前一样难为情。

如今过上了有肉吃、有吃不完的美味小菜的日子,"攃菜"便成了故事。

神圣的沉静

刘心武

童年，我家住在南岸狮子山，从那里可以到更高的真武山去游览。真武山上有段路非常险，靠里是陡峭的山岩，靠外是极深的悬崖。那天我故意贴在悬崖边走，还蹦蹦跳跳。7岁的我还不懂生命的珍贵，那样做，有存心让母亲看见着急的动机。还记得那天母亲的身影面容，她紧靠着路段里侧的峭壁，慢慢地走动。眼睛却一直盯在我身上。

事后，回想起母亲在那个时刻的神态，我非常惊异，因为按一般的逻辑，母亲应该是惶急地朝我呼喊，甚至走过来把我拉到路段里侧。她却是一派沉静，没有呼喊，也没有要迈步上前干预我的征兆，只是抿着嘴唇，沉静地望着我，跟我相对平行地朝前移动。

直到中年，我问母亲那天为什么竟那样沉静，她才告诉我，第一层，在那种情况下必须沉静，因为如果慌张地呼叫斥责，会让我紧张起来，搞不好就造成失足；第二层，她注意到我是明白脚边有悬崖面临危险的，是故意气她，那时的状态是有着一定的自我防险意识与能力的。一个生命一生会面临很多次危险，也往往会有故意临近危险也就是冒险行动，她那时觉得让我享受一下冒险的乐趣也未尝不可。我很惊讶，母亲那时能有第二层次的深刻想法。

母亲留给我的精神遗产非常丰厚，而每遇大险或大喜时的格外沉静，是其中最宝贵的一宗。我写第一部长篇小说《钟鼓楼》时，母亲就住在我那小小的书房里，我有时会转过身兴奋地告诉她，我写到某一段时自我感觉优秀，还会念一段给她听，她听了，竟不评论，没有鼓励的话，只是沉静地微笑。后来《钟鼓楼》得了茅盾文学奖，那时母亲已到成都的哥哥家住，我写信向他们报喜，母亲也很快单独给我回了信，但那信里竟然只字未提我获奖的事，没什么祝贺词，只是语气沉静地嘱咐了我几件家务事，都是我在所谓事业有成而得意忘形时最容易忽略的。

后来，看达·芬奇的《蒙娜丽莎》，我忽然产生了一种非常私密的感受，那就是蒙娜丽莎脸上的表情并不一定要概括为微笑，那其实是神圣的沉静，在具有张力与定力的静气里，默默承载人生的跌宕起伏、悲欢聚散、惊险惊喜。那时母亲已仙去多年，我凝视着蒙娜丽莎，觉得母亲的面容叠印在上面，继续昭示着我：无论人生遭遇什么，不管是预料之中还是情理之外，沉静永远是必备的心理宝藏。

醒 来

  按睡眠时型分析，我应属"猫头鹰型"，晚上不睡，早上不起，年轻时枕边设定闹钟，或者放着定时收音机，全凭声响将自己从梦境中拽出来。彼时睡眼惺忪，迷迷糊糊，根本体验不到诸如"醒来红日浴晴川"那般的晨趣诗意。退休后的一段日子，时间充裕了，我终于可以随心所欲，每每睡到自然醒，睡得酣畅淋漓，醒得神清气爽。

  对大多数人来说，在生活中睡到自然醒是奢侈难求的。学业、工作、家事等繁杂纷纭，无法早睡，第二天还得继续日常，上班上学，睡眠不足便是通病。年轻时曾经设想，自己好睡懒觉，难以早起，能不能利用床上或梦中的时间做一些事？晋朝的罗含，在睡梦中看见一只五彩斑斓的小鸟，醒来灵气凝聚，最后创作出了令人敬仰的《更生论》。

  怀才之梦离芸芸众生太远，但那些年参加大学自学考试，十多门课，要背记的不少，苦于没有时间熟读，听说人在似睡非睡时，对声音的敏感度和记忆力最强，于是把笔记本上的要点，用录音机一一录下来，临睡前放在枕边，循环播放，借以加强记忆。试运行了几次，"醒来不记醉中书"，睡得昏昏沉沉，醒来混混沌沌，需要的知识根本没有储存进大脑皮层。其后便老老实实，晨起动征铎，书声茅店月。

  庄子说，日出而作，日入而息，逍遥于天地之间而心意自得。一个轻松的、充裕的早晨是美好的，也是可遇而不可求的。自从揽下了送孙子读书的差事，我仿佛一朝回到十年前，在每个工作日，手机上设置了固定的闹铃，梦中闻声，睡眼蒙眬地按部就班，机械地奏响一天天匆促的晨曲。

  若干年前，有位正当壮年的朋友告诉我，每天早晨醒来他从不拖延，三分钟内洗漱完毕。前两天遇见他，却兴致勃勃地向我推荐"床上运动"，早上醒来不要忙着起身，躺在床上慢慢动作：转睛搓脸、叩齿弹脑、仙人揉腹、正念冥想，这一整套做下来二十分钟，然后缓缓起床，这时候你会有身心俱佳的感觉。

  我说，如果拥有这样的"醒来自由"，我便赖床不起，尤其在冬日，智能窗帘已经开启，窗外的晦暗随薄雾渐渐消隐，听着鸟声啁啾，听任思绪了无际涯地跳跃驰骋，或者脑海静若止水，一片澄明；待到天边泛起绯红的霞光，阳光破云而出，欠身起床，此其时矣。

听 香

白音格力

第一次知道"听香"这个词，绝不是在开始学着附庸风雅的年代，更不是知道文人雅士的书房取名"听香斋"之类的，自然也不是在苏州园林狮子林看过"听香"的题额。

我曾看过一句诗："早听时务夜听香。"说的是每天早晨听当世的事务，夜晚听着卖花声，好似闻到花香，这实在是一种悠然的兴致啊！

对诗中"听香"的解释，我是参考了资料的，就我个人而言，还是宁愿将其理解为一种生活姿态。不论是花香，还是墨香，能让人心悠然从容、不理世事，沉浸于自我的世界之中。这时的香，一缕缕在飘着，仿佛耳朵能听见一般。

明代"吴中四杰"之一的张羽，为凉亭取名"听香亭"，题诗云："人皆待三嗅，子独受以耳。"查得此资料时，觉得这样的想法甚是可爱。这样的亭，人坐其中，听一壶茶香，或一池荷香，该是何等逍遥自在。

我觉得对"听香"的理解，应该有此二类：

一是听到与香有关的声音，比如开花声、卖花声，就会因美而产生美好的联想，耳朵里听到这样与花有关的声音，自然而然会感觉闻到花香。

二是香本身好似有声音，因为静谧，因为心存美好，能听到那香在飘动，虽然看不见，耳朵却又似听得着。试想，那些个夜晚，你案头一枝荷也罢，一枝梅也罢，静静守着你，你在一抬眼间，看到不知什么时候，花已初绽，你是不是仿佛听到花香在屋子里飘着的声音？你是真的能听到香的。

香到骨头里，鼻子能闻见，耳朵能听见，眼睛也能看到，我相信是这样的。

听香，原来就是你的心境之地长了耳朵，那一声香，让你的耳朵有了一场别有韵味的遇见，带着温慈的美。

从一枝冬窗下的枯枝上，能听到香的梦呓；从初春绽出的第一缕香瓣上，能听到香的私语；从一幅画的山河里，能听到香的浅笑；从一缕墨的走笔里，能听到香的脚步声……

这样的人，心上长着耳朵，细腻而美好。

第六章 向阳而生
生命颂

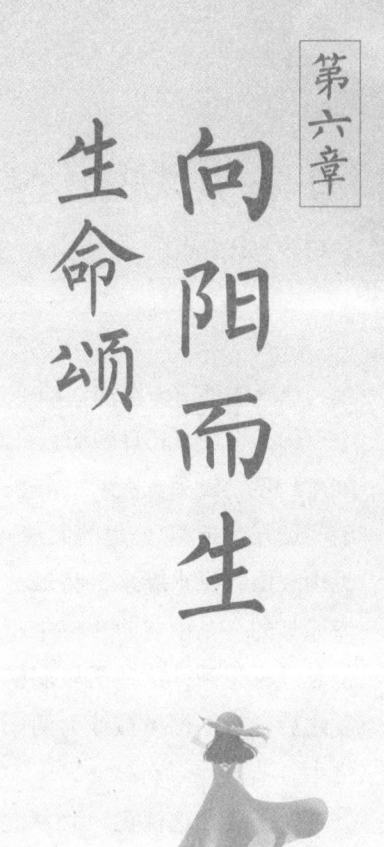

生

□ 许地山

　　我的生活好像一棵龙舌兰，一叶一叶慢慢地长起来。某一片叶在一个时期曾被那美丽的昆虫做过巢穴；某一片叶曾被小鸟们歇在上头歌唱过。现在那些叶子都落掉了！只有瘢楞的痕迹留在干上。人也忘了某叶某叶曾经显过的样子；那些叶子曾经历过的事迹唯有龙舌兰自己可以记忆得来，可是它不能说给别人知道。

百年震柳，人间奇迹

梁衡

地震能摧毁一座山，却不能折断一株柳。

1920年12月16日晚8时，宁夏海原县发生了一场当时全球最大的地震，震级8.5级，烈度12度，28万人死亡，震波绕地球两圈，余震三年不绝，史称"环球大震"。大地瞬间裂开一条237公里的大缝，横贯甘肃、陕西、宁夏。裂缝如闪电过野，利刃破竹，见山裂山，见水断水，将城池村庄一劈两半，庄禾田畴被撕为碎片。当这条闪电穿过海原县的一条山谷时，谷中正有一片旺盛的柳树，它照样噼噼啪啪，一路撕了下去。但是没有想到，这些柔枝弱柳，虽被摇得东倒西歪，断枝拔根，却没有气绝身死。狂震之后，有一棵虽被撕为两半，但又挺起身子，顽强地活了下来，至今仍屹立在空谷之中。

为了寻找这棵树，我从北京飞到银川，又坐汽车颠簸了4个多小时，终于在一个深山沟里找到了它。这条沟名为哨马营，一听名字，就知道是古代的屯兵之所。宋夏时，这里是两国的边界。明代时，因沟里有水，士兵在这里饮马，又栽了许多柳树供拴马藏兵。

那棵有名的震柳，身高膀阔，站在那里足有一座小楼那么大。枝叶茂盛繁密，纵横交错，遮住了半道山沟。欲问百年事，深山访古柳。但我不知道这株柳，该称它是一棵还是两棵。它同根、同干，同样的树纹，头上还枝叶连理。但地震已经将它从下一撕为二，现在从树中间可穿行一人。而每一半，也都有合抱之粗了。人老看脸，树老看皮。经过百年岁月的煎熬，这树皮已如老人的皮肤，粗糙、多皱，青筋暴突。纹路之宽可容进一指，东奔西突，似去又回，一如黄土高原上的千沟万壑。这棵树已经有500年树龄，就是说地震之时它已是400岁的高龄，而大难后至今又过了100岁。

看过树皮，再看树干的开裂部分，真让你心惊肉跳。平常，一根木头的断开是用锯子来锯，无论从横、竖、斜哪个方向切入，那剖面上的年轮图案都幻化无穷，美不胜收。以至于木纹装饰成了我们生活中不可或缺的风景，木纹之美也成为生命之美的象征。

但是现在，面对树心我找不到一丝的年轮。如同五马分尸，地裂闪过，先是将树的老根嘎嘎嘣嘣地扯断，又从下往上扭裂、撕剥树皮，然后将树心的木质部分撕肝裂肺、横扯竖揪、惨不忍睹。正如鲁迅所说，悲剧就是将人生有价值的东西撕裂给人看。你看，这棵曾在明代拴过战马，清代为商旅送过行，民国时相伴农夫耕作过的德高望重的古柳，瞬间就被撕得纷纷扬扬，枝断叶残。

但是这棵树并没有死。地震揪断了它的根，却拔不尽它的须；撕裂了它的躯干，却扯不断它的连理枝。灾难过后，它又慢慢地挺了过来。百年来，在这人迹罕至的桃源深处，阳光暖暖地抚慰着它的身子，细雨轻轻地冲洗着它的伤口，它自身分泌着汁液，小心地自疗自养，生骨长肉。百年的疤痕，早已演化成许多起伏的条、块、洞、沟、瘤，像一块凝固的岩石，为我们定格了一段难忘的岁月。我稍一闭目，还能听到雷鸣电闪，山摇地动。

柳树这个树种很怪。论性格，它是偏于柔弱的，枝条柔韧，婀娜多姿，多生水边。所以柳树常被人当作多情的象征。唐人有折柳相送的习俗，取其情如柳丝，依依不舍。贺知章把柳比作窈窕的美人："碧玉妆成一树高，万条垂下绿丝绦。不知细叶谁裁出，二月春风似剪刀。"在关键时刻，这个弱女子却能以柔克刚，表现出特别的顽强。西北的气候寒冷干旱，足够恶劣的了，它却能常年扎根于此。在北国的黄土地上，柳树是春天发芽最早、秋天落叶最迟的树，它尽力给大地最多的绿色。当年左宗棠进军西北，别的树不要，却单单选中这弱柳与大军同行。"新栽杨柳三千里，引得春风度玉关。"柳树有一种特殊的本领，遇土即生根，有水就长，干旱时就休息，苦熬着等待下雨，但绝不会轻易去死。它的根系特别发达，能在地下给自己铺造一个庞大的供水系统，远远地延伸开去，捕捉哪怕一丝丝的水汽。它木性软，常用来做案板，刀剁而不裂；枝性柔，立于行道旁，风吹而不折。它有极强的适应性，适于各种水土、气候，也能适应突如其来的灾难。美哉大柳，在人如女，至坚至柔；伟哉大柳，在地如水，无处不有。唯我大柳，大难不死，百代千秋。

这株灾后之柳，是一个活着的生命，它以过来人的身份向我们宣示，战胜灾难唯有坚守。100年了，它仍站在这里，敞开胸怀袒露着伤痕，又举起双臂，摇动青枝。它在说，活着多么美好，这个世界上没有什么能够扼杀生命。

我出了沟口翻上山头，再回望那株百年震柳，已看不清它那被裂为两半的树身，只见一团浓浓的绿云。100年前，地震在这里撕裂了一棵树；100年后，这棵树化作一团绿色的云，缝合了地缝，抚平了地球的伤口。震柳不倒，精神绵长，塞上江南，绿风浩荡。这不只是一幅风景的画图，更是一座活着的博物馆、一本历史教科书。

像麻雀一样活着

项丽敏

书房墙角有个麻雀窝。每次出门，在楼道口总会见两只麻雀，当我看它们的时候，它们也抬起脑袋看看我，一只蹦几步，另一只紧跟着蹦几步；一只飞到树枝上，另一只随后飞过去。很明显，这两只麻雀是一对儿。

两只麻雀在一起也时常会聊天，你一句我一句，煞有介事，有时还会凑到对方耳朵边上聊，像是讲什么不方便让别人听到的话。这两只麻雀也时常会飞到我的窗口，下雨天飞过来避雨，大热天飞过来躲避阳光，还会发出"嗒、嗒、嗒"的声音，像是在啄食着什么，啄了几下，又把喙在窗栏上来回摩擦，如同吃完大餐的人用餐巾擦嘴。

记得是四月，有天见一只麻雀飞过来，嘴里衔着羽毛。麻雀是从哪里找到羽毛的？作为筑巢材料，羽毛既高级又稀有，尤其这个季节，还没到鸟儿的换羽期，在地上捡羽毛可不比捡钱容易。莫非麻雀发现了一只废弃的羽绒枕头，从枕头里获得了需要的巢材？

过了一天，谜底揭晓——哪有什么废弃的羽绒枕头，麻雀嘴里衔的羽毛，是生生从斑鸠背上拔下来的。如果不是亲眼见到这一幕，很难相信小小的麻雀有这么大胆子，要知道斑鸠的体格可是重量级的，是麻雀的几倍。

被麻雀盯上并拔毛的，是在我卧室窗口抱窝的珠颈斑鸠。麻雀跳起，落在珠颈斑鸠背上，不等它反应过来，麻雀嘴里已衔住一根廓羽，"嗖"地飞走。珠颈斑鸠只是叫了一声，没有起身反抗，反而把身子趴得更低——相比失去羽毛，珠颈斑鸠更担心失去它的蛋。

麻雀做什么都会相互影响，一只有什么举动，边上的伙伴就跟着模仿起来。有时十几只麻雀全在那里抖着羽毛，将脑袋扭来扭去，一会儿伸到圆滚滚的腹部，一会儿伸到翅膀底下，看起来就像是在做团体健身操，有一种仿佛被训练过的默契。

群体生活的特征之一就是提供彼此学习的机会，而模仿就是学习的方式，动物如此，人也如此。人类之所以聚族而居，除了安全的需要，也有相互学习传递经验的需要。不同物种生活在一起，毗邻而居，也会相互学习。

"像麻雀一样活着，在这热烈又荒芜的人世。"当我在这个清晨用相机拍摄下麻雀在地面啄食、在草茎上荡秋千、在电线上梳理羽毛，还有彼此亲密地以喙相触的瞬间，心里冒出这句话。

像麻雀一样活着，也像野草一样活着，平凡而坚韧，并使大地充满生机。

大雁飞过

汤馨敏 作者

　　大雁的一生，和人的一生，究竟哪个更轻松更自由更快乐？有人会说：肯定是大雁。

　　那只是人的说法，大雁从不反驳，因为大雁不会说人话。

　　如果大雁会诉说，如果它们真实地陈述它们的一生，人类可能会觉得，自己的那点儿事那点儿难那点儿痛，真的不算什么。

　　大雁的一生，非常劳苦。大雁的消化道很短，一次只能吃下很少的食物，加上飞行需要消耗很多能量，大雁很容易饿，一天要吃很多次，需要比人类更频繁地觅食。从早上到晚上，大雁都在忙。给自己找食物，给幼鸟找食物，是它们永远的重心。

　　大雁的一生，非常能忍，能吃苦，能扛事。一年两次迁徙，拖家带口，持续一两个月，长达几千公里的飞行，这样的苦役对人类来说无法承受，但是大雁觉得理所当然。它们从不思考活着的意义，它们凭借本能，在季节的驱动下延续生命的进程。

　　大雁的一生，体现出达观的及时行乐和活在当下。它们非常拎得清，在迁徙、繁殖、筑巢这样的大事上毫不含糊，从不推脱，总是按时按量精准地完成任务。在劳作的间隙，它们很会享受闲暇，总是尽情享受大自然的各种恩惠，有谷子吃谷子，有虫子吃虫子，有鱼就抓鱼，有水就洗澡，有树枝就休息一下，顺便看看美景唱唱歌。

　　大雁从不向人展示它们的愁苦。大雁非常自信，也很容易满足，有这一顿的食物，它们就感激地唱歌，至于下一顿在哪里，它们不问也不猜，它们相信自己找得到，从不为此过度忧虑。

　　大雁从来不想占有太多，但它们最后拥有了天空和大地。人类如果经常注视大雁，会让自己舒坦很多。

　　经常注视大雁的人类，会减少不必要的欲望和行囊，会慢慢增加智慧和勇气，会去除杂质，活出内心的质感。如何让自己感觉幸福？适当地离开自己，去看看周围，看看别的生命，看看林中的树木、天上的飞鸟、水里的鱼。

　　如果有一天，成群的大雁从你的头顶飞过，请你停下来，仰望它们，欣赏它们，感受它们，祝福它们，然后目送这远道而来的精灵，没入蔚蓝的长空。

　　无论在哪儿，你要去看看长空，看看那些无边无际，吞没所有又托举所有，包容所有又安慰所有的蓝，它会让你忘记，忘了你的忧伤和你的难。

金雕的礼物

申平

在草原保护站工作的巴图,最近遇上一件麻烦事,他被一只金雕缠上了。

金雕,那是草原上的空中霸王,嘴尖爪利,目光如电,速度惊人。它凌空飞起,翼展可达两米三四。

这家伙,不但捕食野鸡、野兔、狐狸、狍子等小型动物,甚至可以猎杀野鹿、野狼等大型动物。如果你不小心惹恼了它,它会不断追踪和攻击你。

不过,巴图被金雕缠上,不是因为他惹恼了金雕;恰恰相反,那是因为他救了金雕。

这天早晨,有牧人前来报告,说他家草库伦边的铁丝网上,挂住了一只金雕。他亲眼看见,金雕在追赶一只野兔,野兔从铁丝网的空隙穿过去,金雕可能求胜心切,一时没有注意,一下子就撞到了铁丝网上。它的身体被铁丝网缠住,受了重伤。

巴图和牧人骑马赶到时,看见金雕已经奄奄一息。尽管如此,巴图还是上前解救它,养了将近两个月,见它的伤彻底好转才放生。

过了些天,巴图的"奇遇"就不断发生了。

他骑马上班,忽听头顶有什么东西嗖嗖地响,随即扑通一声,从天上掉下来一只野兔。巴图抬头看去,却见一只金雕正在他的头上盘旋。不用说,这是那只金雕前来报恩了。

开头几回,巴图还挺高兴,哎呀,这金雕还懂得感恩呢。可是渐渐地,他觉得这不是什么好事了。特别是那天,他正在草原上行走,忽然哗啦一声,竟然从天上掉下一条近两米长的大蛇来。那蛇还没有死透,蛇头烂了,蛇身还在草地上翻滚,把巴图吓了个半死。

于是,金雕的报恩就成了巴图的负担。

他开始想办法躲避金雕,白天躲到办公室里不出来,天黑了才敢回家。后来他又休年假,去城里住了半个月,心想这回金雕应该放弃报恩了吧。没想到,金雕却给他来了个大"惊喜"。

他是那天晚上开车回家的,第二天早晨他出去上了个厕所,回屋又睡回笼觉。忽然院子里轰隆一声巨响,把他惊醒了。他赶紧爬起来推门一看,妈呀,竟然有一匹狼躺在他家院子里。

巴图虽然在草原上也远远地见过狼,但是还从来没有近距离接触过狼。一大早的,自家院里突然飞进来一匹狼,也不知道是死的还是活的,巴图立刻吓得浑身

发抖。

他在想，金雕，你送的这礼物也太重了吧？我怎么承受得起呀！再说了，狼还是国家保护动物呢！巴图不敢出门，只好打电话报警，躲在屋里等警察过来。

不一会儿来了两名警察，他们看到院子里的狼也很紧张，于是商量起这事应该怎么办才好。他们想疼了脑袋，还真的想出了一个办法。

这天上午，警察陪着巴图，用一辆皮卡装着那匹死狼，还有金雕以前送来、一直被巴图冻在冰箱里的野兔、野鸡、旱獭什么的。

他们来到草原的一片高地上，巴图朝着天上喊："金雕，你在哪里？你过来呀！"

还真就好使！

没一会儿，天空中就出现一个黑点，眨眼到了他们的头顶，开始盘旋。巴图他们便在草地上挖坑，然后巴图把那些东西一样样举起来，朝着金雕说："金雕，我不需要这些东西，你以后再也不要给我送了。"

接着，巴图就把那些东西一样样丢进坑里，然后掩埋了。金雕看后一声啸叫，头也不回地疾飞而去。

从此，它真的不再给巴图送任何礼物了。

马的秘密藏在眼睛里

傅菲 作者

黑马有一双动人的眼睛。一双澄澈得让人伤感的眼睛。撒角每次看到黑马的眼睛，就会想起那个钓客的话："你的马眼睛里盛下了记忆的整个草原。"

据说，马眼睛可以感知北斗七星的移动。只要北斗七星出现在天幕，马就会抬头仰望。这是撒角听那个钓客说的。钓客说，马在夜间奔跑时是不会迷路的，也不会惊慌，马一边跑一边仰望北斗七星，北斗七星在指引它。在暮色渐起时，西边天际星斗初现，撒角坐在横栏上，看着黑马。黑马也看着他，微微昂着威风的脸。他回过头，北斗七星出现了。那个钓客说，有一次打猎，夜间在山林中跑得太远，他迷路了。林中没有路，四处荒草杂乱，树木空疏却高大。他对马说："回家吧，我迷路了，你带我回去。"马嗦嗦嗦地穿过树林，绕着一座又一座山梁，把他带了回来。钓客说，马的大脑里有一张路径图，标记着所走过的路，哪里是自己的出生地，哪里是自己的家，哪里有泉水，哪里有葱郁的野草，马都知道。在哪里受了难，挨了谁的鞭子，马也都知道。但马不记仇，马对狼都不记仇，只会尥蹶子赶走狼。马是宽容着活一辈子的动物。

当你看到马的眼睛，就知道马有多善良。

燕子窝

胡明宝

我小时候很皮，下河摸鱼、上树掏鸟的事没少干。

有一次，我站在我家屋檐下转着眼珠打燕子的主意。一个燕巢像壁虎一样紧贴在屋檐下，有小燕子叽叽喳喳的叫声撞击着屋檐上探出的瓦片。这叫声乍听，稚嫩悦耳，听久了全是噪声。既然是噪声，既然"全家人"都认为吵得不行，我捣碎燕子"老巢"的行为便变得名正言顺起来。就在我把竹竿当成凶器对准燕巢的时候，奶奶挪着小脚从屋里杀出来，她夺过我的竹竿，扔到一边，沉着脸说："谁让你戳的？"我傻在一旁，好久才不服气地反问："为什么不能戳？"奶奶说："就是不能戳！"

奶奶不让我戳燕子窝，我偏戳！谁让我又皮又叛逆呢？

我扛着竹竿在村庄里四处游荡，寻找可以"作案"的目标。

一天后，我便在秃老周家过门楼檐下发现了一个燕子窝。嚯，这个窝大，看上去像个硕大的冰淇淋，"冰淇淋"顶端站着几只黑色羽翼的小燕子，偶尔某只会抖抖翅膀叫几声。秃老周家大门紧锁，他肯定是去地里干活还没回来。真是天赐良机，我举起竹竿戳过去，"噗！""冰淇淋"从下面破了个洞，又一下，"冰淇淋"变得摇摇欲坠，泥土掉下来，鸟毛翻飞，几只小燕子乱抖着翅膀惊恐地大叫。

"住手，你就不怕瞎眼睛！"当我第三次举起竹竿时，秃老周怒气腾腾地站在了我身后，他的一只手用力攥着锄柄，好像随时会举起锄头打狼一样照我的脑袋砸下来。秃老周扳过我的身子，盯着我的眼睛，又无奈又惋惜地说："你个熊孩子，完了，你的眼睛要瞎了。"我立刻吓傻了，呆呆地问："为，为什么？"秃老周摇着脑袋说："戳燕子窝要瞎眼，难道你奶奶没告诉你？"啊？眼睛瞎了的话就什么也看不见了，多难受啊！怎么办？为什么奶奶不早告诉我？我扔掉竹竿连滚带爬，连哭带号地回家了。

奶奶正坐在院子里的马扎上择芹菜，一簇翠绿的菜叶散落在她脚下。奶奶看着我痛哭流涕、痛不欲生的样子，眼都直了。她一手拿着芹菜，一手拿着刚择下的几片菜叶，慌忙迎上来问我："怎么了？"我说："秃老周说我的眼要瞎了。"奶奶扔掉菜叶，给我擦眼泪，她粗糙的手擦得我眼角生疼。奶奶气愤地说："那个死秃子，胡说八道，他咋这样咒你？我去找他算账！"我拽住奶奶的手说："我戳他家的燕子窝了。"奶奶脸一沉，瞪我一眼，那神情完全是在说我自找的。绝望和怒气冲昏了我的头脑，我疯狂地拽拉着奶奶的手吼道："你为什么不告诉我戳燕子窝要瞎眼？为什么？"奶奶被我缠得哭笑不得："傻孩子，胆小鬼，秃老周是装模作样吓唬你呢。"

我一听奶奶的话，仿佛得到了特赦，擦着哭红的眼睛咧开嘴笑起来。奶奶蹲在我身边，手里那几棵择掉叶子的芹菜像青翠的柳条在我眼前颤动着。

奶奶说："秃老周是在警告你不能伤害燕子啊，这是祖辈流传下来的说法，也不能怪他说得难听。咱做人可得守规矩，以后别再戳燕子窝伤害燕子就好了。"

这件事就这样深深烙刻在我心里。我不知道人们究竟为何对燕子如此爱护和敬畏。是因为它穿着像绅士一样的燕尾服，又像绅士一样傲岸优雅吗？是因为它是益鸟，能吃掉很多糟蹋庄稼的虫子吗？是因为它每年春天都要不远万里从南方重返小村的故居养儿育女吗？是因为它从不像麻雀一样整天和人们争抢居住领地、企图占有人们的粮食吗？是因为古人一次次把它写进最得意的诗作里让人们觉得它可爱、高贵、神圣、凛然不可侵犯吗？或许还有很多的理由，不过这件事后，我再也不敢对燕子"动手动脚"了。

我有了一种赎罪的念头，我渴望能救一只或几只落难的燕子，让我负疚的心找到平衡。

我在村里的小巷和老屋前徘徊，在树林里的小河边徘徊，在大片绿油油的玉米地边徘徊，在长满青苹果的果园里徘徊，我的眼睛滴溜溜转，不懂我的人看我一定会觉得我贼眉鼠眼、形象猥琐，像个寻找目标的小偷。只有我奶奶懂我，奶奶知道我在寻求"见义勇为"的机会，我在渴求救一只突然落难的燕子。但是没有人给我提供这个机会，燕子更不会给我提供这个机会。这样也好，燕子平安，我亦心安。以后的日子，我一直这样安慰自己，直到岁月的尘埃渐渐填平我与燕子之间的沟壑。

今年五月的一天，顶着骄阳，我去拜访一位老人。老人住在一个老旧的居民区，环境卫生不怎么好，夏日一到，苍蝇乱舞，蛾子乱扑，这里的人们便早早用纱网将整个院落遮罩起来，既防飞虫袭扰，又干净卫生。到了老人家里，我习惯性地抬头看"天"，却没见头顶的纱网，感到奇怪，便问老人："今年咋没罩起纱网？是不是缺少帮手？"老人指着门楼的三角形顶棚说："今年来了两只燕子筑巢育雏，它们从天井里飞进飞出，如果罩上网子，就堵住了燕子的路。"

因为爱而爱，因为爱而护，因为爱而畏，这是一个普通的道理，很多人做不到，老人、奶奶和秃老周他们都做到了。

像鸟儿一样

寒鸦，黑灰色，眼似珍珠，嘴小且短。爱群栖，常结成喧闹的一群，它们在相互说些什么？有意义吗？

它们在林子里栖息了一夜，天微明，即将启程。一群鸟中，身形有大有小，有的很饿，有的不太饿，有的想立刻走，有的还想再眯一会儿，它们通过发出叫声来进行"表决"，决定是否飞起。通常在聒噪一阵后同时腾空而起。

英国的研究人员在6处栖息地录制了数小时的寒鸦叫声。他们发现，寒鸦飞起的时间与叫声密集程度相关。一只寒鸦发出叫声，即表示愿意起飞。当整群寒鸦发出的叫声达到一定音量或越来越强时，它们就会一起飞起，少数服从多数。

一同起飞，更容易获得食物，不易受到猛禽的攻击，尤其有益于幼鸟成长。

澳大利亚的凤头鹦鹉会翻垃圾桶。那些安放在户外的垃圾桶近一米高，盖子大而厚重，但见小小的鹦鹉，使用全身最有力气的喙，将桶盖撬起一道缝隙，接着扭动脖子，溜到垃圾桶侧，嘴爪并用，将盖子掀起，然后迫不及待地享用起美食来，三明治、腊肠、水果……应有尽有。

令人们头痛的是，它们肆无忌惮地翻翻捡捡，把周边的环境弄得一团糟。不知它们是如何交流的，很多鹦鹉都学会了这项技能。当地研究团队的问卷中，目击鹦鹉开垃圾箱的案例从之前的3个区域，在短短两年后便扩大到了44个区域。于是有人在垃圾桶盖子上压重物，但随即拍到一只鹦鹉，站在桶盖上，用嘴顶着大石头，起先似乎推不动，它稍稍调整了角度，一个用力就把石头推了下去。

再看高智商的喜鹊。科学家为了追踪它们的飞行轨迹，将跟踪设备安装在经过特训的5只喜鹊身上，这种背带式追踪装置，重量不到1克，十分结实，需要用磁铁或高质量的剪刀才能取下来。

然而科学家们惊讶地发现，在最后一个追踪器被安装完成的10分钟内，一只成年雌性喜鹊就用自己的喙，将群体中较小一只的背带取了下来；几小时后，大部分追踪器被拆得七零八落；等到第三天，安装在喜鹊身上的追踪装置全部消失不见。追踪与反追踪，喜鹊完胜，胜在它们互帮互助，悟出利他即利己的道理。

聪明的鸟儿会思索、擅学习、相互帮助、彼此征询，以求群体平安，像人一样。

够聪明的人，也希望像鸟儿一样，目视前方不羁飞翔。

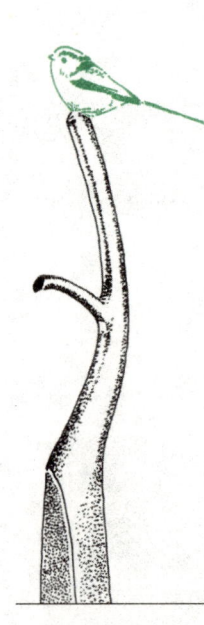

喜鹊的冬日

比起秋天,冬日的喜鹊几乎瘦了一圈,但是,能在寒冽饥饿的冬天里活着,实属庆幸。在冬天,稻田已经不知道被鸟儿翻过了多少遍,想找到一个饱满的稻粒几乎不可能,它们只能觅食一些瘪了的稻壳和草籽果腹。自然,在果实累累的秋天吃得一身滚圆的肉膘,逐渐被消耗得只剩下一个瘦身。

喜鹊不像松鼠、老鼠等动物会储藏过冬的粮食,所以,在冬天,即使再大再厚的雪中,喜鹊也得出门去找果腹的食物。还没有被雪彻底覆盖的树枝上的野果,包括海棠果、野山枣等,冻得坚硬或者干得像硬核,能找到几个,它们也会使出浑身解数,耐心地用尖锐的喙击打,直到啄开硬皮,一点点地啄食带着冰碴的果肉,勉强充饥。

仍然没有食物的时候,它们就去被树冠挡住雪的松树、柏树下,看看能否侥幸觅得几粒松子或者柏树籽。很多时候是无功而返。不过,寻觅的过程也许有种望梅止渴的慰藉。

树木萧条,大地银白,鸟儿的生存何其艰难。我常常在雪地里看到死去的喜鹊,它们的羽毛散乱,失去了空灵飞翔的梦想。但是,即使死亡之后,它们的羽毛还是保持着梦幻一样的色彩,蓝色、紫色、白色、浅绿色,都那样让人神魂颠倒。

在死亡的喜鹊面前,我常想拔下几根曾经只能仰视的羽毛,带回家夹在书页中,或者插在笔筒里,给我一个飞翔梦想的陪伴。可是,我做不到,即使它们没有了一点儿气息,喜鹊也是那样高贵,有着冷峻的孤傲和不容侵犯的尊严。

在冬天,喜鹊的叫声也变得轻缓,不再是春天求偶时的高亢,夏天养儿育女时操心劳肺的嘶哑,秋天满腹野果谷物时的长调。在冬天,它们不是高飞就是贴着地面,高飞也许是为了看看哪里的树上还有鲜艳的红果,低飞是为了看清落在地上的干果。

在寒风中,我看见两只喜鹊在鹊巢破落的树枝上度过寒夜,它们还是依恋着老巢。喜鹊的确是有情结的鸟儿,即使在那棵建筑鹊巢的大树被伐掉长达20年之后,它们也不离开故地,而是每天夜晚在故地新生的小树枝上栖身。

人也是一样吧,没有比消失的老家,更让人心疼的了。然而,人为了生存,不得不离开老家时,他只能把老家建筑在心里,让它跟随自己的一生到处漂泊,一辈子摆脱不了怀乡病。而喜鹊,却不会离开自己的老家,哪怕仅剩下一根树枝,也一直在祖先筑巢的地方,不离不弃,终生相守。

蜗牛教我的人生哲学

[美]伊丽莎白·贝利托 瓦·译 孙成昊

朋友把一只蜗牛带到了我正在养病的公寓。

在这里,有人照顾我。然而,这只蜗牛怎么办?晚餐时分,我惊讶地发现这只蜗牛的半边身子都在壳的外面。它身上裸露的部分从头到尾不过5厘米,湿湿黏黏的,剩下的部分都隐藏在2.5厘米高的褐色壳里。蜗牛稳稳当当地背着这个壳,优雅极了。我观察它是如何慢慢悠悠地、一点儿一点儿地顺着花盆的侧面爬下来。它每挪动一小步,头上的触角就随之轻轻地摆动。

整个晚上,这只蜗牛把花盆的侧面和底部的托盘爬了个遍。看着它缓慢悠闲的步态,我有些出神。我在想,它这样爬呀爬,会不会在这个晚上就走远了?也许我再也见不到它了,也许由它引起的一切疑问都会随着它的离去而消失。然而,第二天早晨醒来之后,我发现这只蜗牛又回到了花盆里。它躲藏在一片紫罗兰叶子下,全身都钻进了壳里,睡得正香。

床头的花瓶里放了一些凋落的花朵,我把一些干枯的花朵放进了花盆下面的托盘里。蜗牛醒了,它饶有兴致地爬下花盆,看看我到底为它准备了什么大餐。不多久,它就开吃了。虽然速度慢得我几乎察觉不到,可是一点儿一点儿地,这片花瓣确实在逐渐变小。

我凝神听着,果然听见了它进食的声音。这声音就像一个小孩固执地咀嚼着芹菜。我呆呆地看着,一个小时后,蜗牛把整片紫色花瓣吃得干干净净。

倾听蜗牛进食的微小声音把我和它的距离一下子拉近了。它和我同享一个空间,我们似乎形成了某种伙伴关系。而且,一想到床边枯萎的花朵可以废物利用,养活一个小生命,就令我非常满意。我喜欢新鲜沙拉,蜗牛却恰恰相反。它每天都睡在紫罗兰叶子下,也不时咬过几口,我却没见它对新鲜植物展现出对干花瓣那样的热情。生物不论大小,总有自己喜欢的口味,人类必须尊重它们。因此,我欣然接纳了蜗牛独特的选择。

我居住的这套公寓有好几扇窗户,窗外是一片美丽的盐沼地。可是床到窗户还有一段距离,就算我坐起身来也看不见窗外的景色。在这儿,从我一睁眼就看到的天花板,再到屋内的墙壁,全部是白色——我就像是被困在了一个白色的盒子里。尽管我在这间白屋子里受到了无微不至的照顾,对此我非常感激,但这毕竟不是我的家。我

的身体正经受一次怪异的、令我不知所措的洗礼，已经非常痛苦，现在还要饱受离家之苦。那些让我身心愉悦的事物，那片野树林和朋友圈，如今都已离我远去。

有时候，活下去就靠着那一点儿支撑：一段感情、一个信念、一个还有可能实现的希望。这点儿支撑甚至不需要那么宏大，哪怕只是转瞬即逝的快乐都可以：阳光照进坚固并且看似无法穿过的窗户玻璃，让毯子暖和起来。

连续几周，这只蜗牛就住在离我的床不远的花盆里，白天躺在紫罗兰叶子下睡觉，晚上出来活动。每天我吃早餐的时候，它又爬回花盆，钻进自己在土里挖的小洞，安然入睡。尽管整个白天它都在呼呼大睡，但我只要抬眼看看那花盆，见着叶下窝着的小东西，就安心很多。

紫罗兰根部的土不够用了，看护好心地从蔬菜园子里取了一点儿，往花盆里添了些土。这下蜗牛不高兴了。接下来的几天，它一爬上花盆就径直奔向紫罗兰叶子，就是不去踩新添的土。它要爬到紫罗兰的顶部，才能安下心来入睡。这样劳烦小蜗牛令我感到有些惭愧，于是托人从它原来生活的那片林子里取来一些腐殖土，把这些沙土换掉，这样小蜗牛才肯跑回土里。换了一张舒适的床，盖着柔软的紫罗兰叶子，小蜗牛终于心满意足。

这只蜗牛被人从树林带到一个陌生的环境。我想，它从壳里伸出脑袋张望的那一刻，一定感到一头雾水，不知自己身在何处，怎么会来到这里。这里没有植被，像沙漠一般贫瘠，一切都非常陌生。其实它和我一样，都不情愿地生活在一个不是自己选择的地方，没有了归属感的我们，心里都有无限的失落感。

我四处搜寻它那泥土色的小小身体，它通常蜷缩在花盆里睡觉。看到它那熟悉的身影，我就觉得自己并不孤单。

白天，尤其觉得反差很大：朋友们都在拼搏事业或是照料家庭，我却在这病床上动弹不得。看到这只蜗牛在白天呼呼大睡，我却有了新的启示：原来我并不是唯一虚度大好春光的人，蜗牛的习性就是白天睡觉，就算下午的阳光再明媚也不会打扰它睡觉的兴致。有它做伴对我而言是种莫大的安慰，让我不再觉得自己像个废人一样，没有一点儿价值。

晚上也有一段短暂却欣慰的时光，因为我知道整个人类世界都要卧床歇息。不过，健康的人可能头一沾枕头就能进入梦乡，而被病魔折磨的我经常在梦中惊醒，甚至整夜无法入眠。这时，小蜗牛又成了我的救星。当全世界只剩我一人失眠的时候，它也是醒着的，好像在告诉我：最黑暗的那段时光才是最美好的，更应该好好活着。

翅膀所达之处

傅菲

翅膀，把鸟运送到天空，把种子送到大地的每一个角落。翅膀，把鸣叫声搬运到高枝，把生命视作高远的飞翔。

整个大地都在翅膀之下，没有比翅膀更高的峰峦。天空的道路，是翅膀的道路。

每年4月，蓑羽鹤都会在新疆北部、东北等地的草地和沼泽地繁殖后代，到了10月，它们要飞越珠穆朗玛峰到印度越冬。

蓑羽鹤是现存的鹤类中体形最小者，通体蓝灰色，前颈黑色羽延长，悬垂于胸部，脚黑色。5万只蓑羽鹤中，有半数是第一次飞越珠穆朗玛峰，有1/4是最后一次飞越。它们依凭圆柱形的上升的暖气流，缓缓飞升。它们号角一样的叫声响彻寰宇。它们呈U字形散开，迎击风暴，躲避金雕，飞越地球最高峰。

这是能飞越珠穆朗玛峰的鸟。它们的每一次迁徙，都是在与死亡作勇猛的抗争。

北极燕鸥是一生飞行距离最长的鸟。北半球夏季来临时，北极燕鸥在北极圈繁衍后代；冬季来临时，沿岸的海水结冰，北极燕鸥向南迁徙，飞越高山、飞越海洋、飞越丛林，来到南极洲，度过南半球的夏季。南半球夏季结束，它们又北飞，回到北极。北极燕鸥每年往返南北两极一次，行程约4万千米，终生追寻光明，一生飞行距离可达150万千米。

翅膀所达之处，也是生命所达之处。150万千米，不知道翅膀要扇动多少次，每扇动一次，就是生命的一次狂欢。

鸟中，信天翁的翅膀最长，翅展超过3米。过去，迷信的水手以为信天翁是葬身大海的水手的亡魂，杀之必引来杀身之祸。英国诗人塞缪尔·泰勒·柯勒律治在其名篇《古代水手的诗韵》中也讲述了这个传说。

陆地上翅膀最大的鸟是康多兀鹫，它生活在偏僻的安第斯山脉高峰，翅展3米左右，是能飞行很高的鸟，最高达8500米，当地人称之为百鸟之王，智利尊之为国鸟。翅膀最短小的鸟是蜂鸟，最小的蜂鸟体长只有几厘米，是唯一可以向后飞行的鸟，它还可以向左或向右飞行，甚至可以悬停在空中，角蜂鸟还创造了鸟类翅膀扇动频率最快的纪录。

假如没有翅膀，不知道现在的世界会是什么样。没有鸟，也许天空是死亡的，海洋是死亡的（鳍是鱼的翅膀），人是死亡的（梦想是人的翅膀）。也许没有草木苍莽，没有四季溢彩，有的是死灰一样的寂灭，空茫的世界，阴冷的时间。

"魔都"的刺猬

上海有"魔都"之称,但在都市的夜里遇见刺猬这事儿,仍然超出我对魔幻的所有预设。

一天晚上,已是9点以后,我在小区外的绿地公园散步。走在塑胶步道上,枯叶寥落,忽然一小团黑影急急地从我面前横穿而过。我打开手机的手电筒,快步追上去,发现过路的竟然是一只刺猬,受到惊扰后在草坡上团成了一只刺球。

一只小小的刺猬,出现在繁华都市中心的小块绿地里,该是怎样的魔幻情节?但刺猬大概不会有我这么多心理活动,受惊后迅速启动唯一的也是原始的应急预案:缩成一只白褐掺杂的刺球,然后以静制动,等待接下来的未知。

就在这会儿,路过的行人发现我和刺猬,停下来,却不搭话,只是远远地观察。这让我着实有些为难。我若走开,他又会怎么对待刺猬?我若不走,霜冷夜寒,要耗到何时?

最终,我决定把刺猬带回家。刺尖,手疼,看来徒手是不成了。我急中生智脱下外套,轻轻把刺猬裹起来。刺猬更加惊惧,团得更紧更圆,就连脚爪和黑黑的小鼻子也全部藏进天然的"软猬甲"里。

到家后,我取来冬枣,还切了一小片苹果,放到渐渐松弛下来的刺猬嘴边。然而,刺猬不感兴趣,伸出尖尖的小鼻子四处嗅探,明显有些躁动不安。

我无意把刺猬当作宠物,冬枣和苹果大致算是对惊扰刺猬的补偿。当然,最大的原因是我不放心那位驻足观望的路人。不过,那路人因我的行为继而担心刺猬也未可知。

"它不会是有小崽崽的刺猬妈妈吧?"孩子的话提醒了我,再看刺猬,又觉它添了些楚楚可怜的感觉。我们都不能辨别刺猬雌雄,但它匆匆地走过草地,或许真有什么急事呢——总之,得快点儿把它送回去。

已经是夜里11点多,趁着夜深人静,我抱了纸箱,急急地把刺猬送回原来的那片草地上。刺猬再次把自己缩成刺球,在草地上一动不动。四下无人,我稍站一会儿后,也悄悄离开了。

不知这只小小的刺猬从哪里来,又准备到哪里去。江南的冬天,雨寒霜冷,它用来冬眠的窝可曾找好?

或许是我多虑了,能在这孤立的绿地生活、长大,似乎已经证明这只刺猬有足够应付都市生活的"神通"。况且,号称"魔都"的上海,还会有更多的花园、绿地、郊野公园以及善意,足以接纳红尘里所有过往的生灵,让这座城市更加美好。所谓文明,不就是这样的和谐共生吗?

养龟悟

陈美桥

父亲重病时，一直郁郁寡欢。我知道，这种病对情绪有莫大的考验。父亲从幼时开始劳作，终生未曾间断，直到大病袭来，才不得已歇息。那些年，作为子女，想在外多挣些医药费，便不能在身边加以照料，因此时常心神不宁。

我想让父亲分出心来，不被病魔缚手缚脚，打电话宽慰他，让他种花养鱼，调节心情。父亲果然在阳台上种了不少菊花，有黄、白两种，用手机发来照片，它们开得灿烂夺目。我也难得地笑了一回。

有一次，是母亲接的电话，说父亲正在洗缸。原来，他散步时，从公园买回一只乌龟。听老板说，乌龟最好喂养。此后，父亲在电话那头，不是在给乌龟切肉，就是在为它洗澡。

山居之地，隆冬时节，寒风呼啸。过年回家，乌龟正在水里冬眠，开年，天气渐暖，乌龟苏醒后，慢慢开始进食。而父亲，已在地下长眠。乌龟，在沉睡中一无所知。机缘巧合，我从深圳搬回成都。我像从父亲手中接过棒子一般，养起了乌龟，并对它寄予很深的感情。

家人说，一只太孤单，于是又买了一只，将前者唤作念念，后者叫思思。两只乌龟在缸里做伴。每天喂食、隔两天清理污水成了我的工作。刚开始，它们对瘦肉、鱼肉、内脏，来者不拒。后来，逐渐挑剔起来，只对精肉和饲料感兴趣，张口即吃。家人都说，乌龟被我宠坏了。眼见念念从我的拳头大小长到比我的手掌还宽。视频通话时，弟弟也很惊讶。仔细一想，父亲去世好几年了。我与念念相伴的时间，比这一生与父亲相处的时间还长，想到这些不禁潸然。

有一个冬天，因怀孕需要卧床休息，我将乌龟置于盒中，上面盖上旧衫，放在柜子底下，让它们冬眠。第二年开春，我才想起。我问肚里的孩子，想不想看乌龟贪吃的样子、缩脖的样子，还有腹部朝天时艰难翻转的样子。我兴奋地打开盒子，却目睹两具僵硬的龟尸，转而悲从中来，像是亲手扼杀了父亲的心血，以及他留给我们的活着的念想。

空旷的缸，四壁清冷，让人心生寒意。我又买了一只乌龟，取名来福。它冬眠之时，儿子已经半岁。我记住教训，想起父亲的话，让它一直泡在水里，只在缸顶做防风保暖处理。春天，它安然从冬眠中醒来，十分活跃。一副前爪常在缸沿攀附，后爪用力撑蹬，作翻墙之势，谁知一滑，又来了个四脚朝天。儿子看得咯咯直笑。

一日清晨，家人都未起身，我看缸里空空如也，阳台玻璃缝隙又宽，心预不测。四处寻找，一直未果。到一楼阴沟处查看，也无所获，乌龟的去向成为谜题。

三个月之后，走在单元门口，看到在阴沟的一汪积水处，有个熟悉的硬物，正蜷缩于此。我忐忑地抓起来看，它还活着，龟壳上留有明显愈合过的伤痕。我加倍小心，在缸边放上障碍物。平安度过两月后，来福又不见了踪影。

我凭经验直接朝楼下跑去，它果真跌在水泥地上，脊背渗出鲜血。虽知凶多吉少，我还是将它捧回去。儿子盯着我给来福消毒、上药，难过地问："乌龟疼不疼呀？"我点点头，又落下泪来。来福再一次奇迹般地活了过来。然而，事不过三。它又摔下楼时，身体碎裂，凄惨之状，令人不忍直视。花园北面的土壤里，埋着我养过的三只乌龟。我索性认命，感觉它们与我无缘，终要逃离我，便再也没有养过。那只缸，被放上泥土，种了一些香葱，掐掉几根，继续生长。

生 长

[美] 约瑟夫·马泽拉 译／夏殷棕

祖母的老房子周围有四个菜园子，一个园子种的是土豆，全家吃一年都吃不完，其他的园子种萝卜、卷心菜、洋葱、番茄等，还有许多的花儿。祖母对这些蔬菜花草特别钟爱，精心养护。她在打理菜园子的时候，总是哼着小曲，陶醉其中。

有一年六月，我记得很清楚，我和祖母在园子里拔草、浇水，小心翼翼地做着这一切，生怕一不小心踩坏了心爱的菜苗，也怕水浇得太急冲断了花草细嫩的叶片。我当时就想，难怪它们长得这么好，原来是祖母给了它们这么多爱！活儿干完后，我想骑一会儿小自行车。当我跨上车子转圈的时候，看到水泥地上的裂缝里，长着一棵蒲公英。我从车子上下来，蹲在地上近距离观察这棵神奇的蒲公英——水泥裂缝里没有水，没有土壤，更没有人精心养护它，它却顽强地生长着。

人的生命大抵也是如此。有时，我们像祖母种的瓜果蔬菜和花草，被精心养护；有时，又像那棵生长在水泥裂缝里的蒲公英，自生自灭。但是，不管在哪种情况下，我们都不能停止生长。生长在哪里并不重要，重要的是你在生长，这大概就是生命的意义。

寒 梅

淅淅沥沥的冷雨终于停息了，我决定到附近的花园走走。

天空依然阴郁着脸，寒风冷峭得刺骨。原来热闹的花园现在变得一片清寂，花园里的乔木绿叶早已褪尽，光秃秃地呆立着，一片萧索沉寂。

转过花园的弯角，蓦地，我的眼睛一亮，一大团鲜嫩的粉红色跃入眼帘，云蒸霞蔚般绚烂——原来是路边一树傲然绽放的寒梅。

梅在严寒中兀自独立，粗壮的虬枝布满绿苔，裸露着嶙峋的老茧，苍劲而挺拔。每根枝丫上，粉红色的花儿都挂着晶莹的雨珠。含苞的，娇羞颔首，豆蔻芳华；绽放的，红瓣灼灼，嫩蕊颤颤。犹如一大团粉红色的火焰，点燃了清寂的花园，点亮了阴郁的天空，驱散了寒意。

太阳出来了，明媚的阳光下，粉红色的寒梅盛放着烂漫的激情，我似乎听到了源源不断的生命诞生的爆裂声。在满目萧索的严冬里，寒梅傲然绽放的激情与风采，让我震撼，并顿生深深的敬意。

倏地，吹来一阵寒风，"簌簌簌"，我听到一阵极其细微的飘落声，轻轻的，柔柔的。转瞬，悠悠飘来一阵淡淡的馨香，丝丝缕缕地在树下弥漫开来，如久酿的老窖，韵味悠长。张臂，清香盈怀；闻之，心旷神怡。

抬头，但见一大片粉红色梅花瓣，如雪花，纷纷扬扬，飘飘洒洒，很快铺就了一地密集的落红。哦，是寒梅洒落的花瓣雨！

寒梅无言，只是静静地看着自己粉红的花瓣从树上纷纷飘落，星星点点碎了一地。而那枝头未落的花朵，依然在阳光下灿然绽放，全然没有丝毫的惊慌失措。因为它深知，生命的意义不只在于绽放时的激情与风采，更在于凋零时的坦然与达观，即使化作尘埃，也能以另一种形态绽放生命的精彩。清代著名诗人龚自珍曾经有过这样的诗句："落红不是无情物，化作春泥更护花。"不为独香，只为护花，诗人将落红的深情，升华为奉献精神，这是何等的人生境界！

此刻，花瓣还在风中纷纷飘落着，它们在空中悠悠地打着旋儿，似乎在跟寒梅作最后一场深情的告别。在快要触地的一刹那，那带着雨珠的花瓣在阳光下闪耀着璀璨的光芒，流星般飞速划过一道弧线，然后突然坠地。如此悲壮，如此凄美！寒梅，落红时洒脱从容、宁静自信、恬淡安详的美之绝唱，从此在我心中永远定格成一道壮美的风景。

从盛开到落红，寒梅，让我的心灵经历了一场绝美的人生洗礼。

一棵树

曾经看《这一生，至少当一次傻瓜》，书里的木村阿公，一生只为做成一件事，便是致力于种出不打农药的苹果树，坚持了9年终于守候到苹果花开。有人说全凭阿公的坚持和追求，才让这自然山林里的树长大开花结果，让这无农药参与成长的树，结出了不会腐败的苹果。但木村说，这不是我的努力，而是树的努力。

树的努力，这句话在我心中激荡很久。

是啊！在无人的山野里，树在自然山林里，深情地俯伏于大地，向土地里扎根，积蓄着力量去高擎天空，最终也能染尽一片山林。

木村将自然的土壤还给了苹果树，"苹果树每次掉叶子都会长出新叶子，一次次地掉叶子、长出新叶子。即使生了病，仍然要活下去"。这傻气的话语里藏着树木本真的模样。在书中，读到他每每失败后重新栽种，我总会为他的坚持而泪目，但回头想想，又何尝不是为树的努力而感动呢？

古时，文人墨客大多会在自家小院种下一棵树，作为近时陪伴和身处远方的寄托，成为一份心安依存的凭借。

白居易"手栽两松树，聊以当嘉宾"，他在平实、通俗的生活里，于出任扬州时所住的院里，手植两棵松树，将其作为寂寥日常的一份安慰，也是一份坚实牢靠的陪伴。而两棵松树也越来越像他，不惧风雨，在地从容。一如白居易坚定地走着新乐府运动的改革之路。

欧阳修离开扬州转任颍州，当送刘原甫出任扬州时，不禁想起曾任扬州知府的时光，写下"手种堂前垂柳，别来几度春风"。堂前的手植杨柳，见证过自己作为"文章太守"的快意日常，久久难忘。一棵垂柳留下来的是欧阳修的恣意人生，在扬州扎根生长，将他的潇洒驻足。

还有写《种柳戏题》的柳宗元，于柳州种下了一棵柳树，与树一同化作往事。"好作思人树，惭无惠化传。"《种柳戏题》中他一改往日严肃的姿态，变得柔软可戏。手植柳树化作相思追念他处，在此地所留存的故事，作佳话供世人笑谈，足以聊慰人生。我们总是说植树和树人，养树即养人，一棵树是映照，是陪伴，是一个人的心安之所，是一个家族绵延不绝的见证。

感知到树的力量的人，总想走进去被其环抱在怀，是拥抱安心，亦是拥抱自我。或许我们本就是一体，神话传说里盘古的毛发化身为树木花草，说不定树里面还残留着上古时期盘古的生灵。

人如树，树如人，独立且坚定。

可是杏花不在乎

幼时居住在江南，出门往右走到街尾，有两棵很大的杏花树。每逢三月初，便含苞带蕊，一树粉白。若是恰好落了阵小雨，杏花带露，欲诉还休，更有一份纤纤情态，教人心里软软的。导致很长一段时间里，我都坚信：杏花微雨，就是最灵秀的春。

如今的江南春，桃、樱、海棠依旧纷纷漫漫，杏花却见得少了。明明它也曾在无数人眼前、嘴边流连盘旋：东坡说它"杏飞帘散余春"，温庭筠赞它"杏花含露团香雪"，如今却落得无人提及，无人想念……

倘若杏花得知我在心中这般为它惋惜，大概会淡淡一笑，毕竟世人关注与否、赞誉与否、诋毁与否，它都不在乎。

古人最初是极爱杏花的。

宋人程棨在《三柳轩杂识》中说："余尝评花，以为梅有山林之风，杏有闺门之态。"端庄雅致，是人们钟爱杏花的理由。杏花的花瓣形似贝壳，边缘浑圆，瞧着有些幼态，即使在开得极盛时，瓣与瓣之间也挨得紧密，恰如闺秀一般得体。而不似桃李的花瓣，外缘收窄，一旦盛开，便张牙舞爪，过于忘形。

再者，杏花的花期通常在三月，恰好是科举放榜之时。古人认为"杏"通"幸"，有着幸运吉祥的寓意。就将杏花称作"及第花"，放榜后还要举行杏林宴会，以示庆贺。

一时间杏花风头尽出，地位远在桃李之上，绝对是春天最受人追捧的花之一。

宋祁有次出东城游玩，坐在小舟上眺望两岸，湖面被春风揉出层层褶皱，柳枝于薄雾中若隐若现，忽现一树红杏争先恐后地挤在枝头，开得欢欢喜喜，翩翩可爱。他瞧着瞧着，不由得脱口而出："绿杨烟外晓寒轻，红杏枝头春意闹。"原本才华平平的词人，竟借这份对杏花的爱，灵思如泉涌，创作出了流传千古的佳作。导致人们如今提到他，还会亲切地称呼他为"红杏尚书"。

然而杏花会在乎吗？每年三月，它依旧不慌不忙开着。粉红薄轻，未曾有一丝敷衍，守季守时，未曾有一日懈怠——杏花只想开最美的花。

不知从何时起，杏花的风评突然变了。

大多数花仅有一种颜色，但杏花有些另类：含苞待放时，它是"红花初绽"；花瓣半开时，是"淡红褪白胭脂涴"；憔悴凋零时，是"裁剪冰绡，满地堆香雪"。

在一些人眼里，这就是杏花的"原罪"了。他们认为：杏花花期不过十余天，竟无端生出许多波折，定是个骨子里不安分的！不守花德的杏花，不是好杏花！于是诗人们笔锋一转，开始对杏花大肆批判。

叶绍翁认为它开花时太跳脱："一枝红杏出墙来"，关也关不住；薛能觉得它"乱向春风笑不休"，姿态不雅观；欧阳修嫌它颜色低俗："红琼共作熏熏媚"；王禹偁批评它过于放荡，"多情犹解扑人衣"。

传闻，杏树若是只开花不结果，拿未婚女子的衣裙系在树干上，便能结出许多果子。清代的李渔亲自尝试后发现果然如此，立马在《闲情偶记》中写下："树之喜淫者，莫过于杏！"还直接将杏树命名为"风流树"，将杏花与低俗、薄情等词彻底绑在了一起。

但杏花从来是不争辩什么的，事实上它也无须争辩。毕竟，人与人的悲喜并不相通，更何况人与花呢？那些歪曲解读飘进杏花耳里，不过是换它在风中轻轻一笑，心想：且随他们去吧！我来人间一趟，只是为了散十里暗香，换春意翩翩呀！

但现在杏花消失了。

每年春天，樱花桃花依旧活跃在我们的视野中，有人甚至为了一睹花容，挤破头皮也在所不惜，但鲜有人会为了杏花大动干戈。

街头巷尾，甚至再难寻到一株杏花。可花不见了，污掉的名声，好似一直也没有回来。现如今，人们提到莲花还是"出淤泥而不染"，梅花依旧是"清极不知寒"，菊花更是"开尽更无花"。于是大家都说君子当如莲，如梅，如菊，却无人希望自己如杏。

只有《红楼梦》中的宝玉，在他心中，女子如杏花那样纯然而美好。但我要说，女子确然应该如杏，如杏娇美，如杏灵动，更应如杏花一般，不去在乎。

毕竟人们对杏花的爱恨，来也突然，去也匆匆，总归都不讲什么道理。杏花便想着：自己又何必去在乎这些所谓的"道理"呢？

它有自己的姿态，自己的骄傲，自己的坚持。它既选择了开花，那就一定要开花，顶着无数流言蜚语依旧要无畏无惧地开花，还要开得轰轰烈烈灿灿烂烂热热闹闹。

杏花能在乎什么呢？从头至尾，它只在乎自己呀！

有时觉得，杏花的一生，就如同女子的一生。总会接受太多来自外界的评判、规训和教导，他们总要试图插手一朵花的事。但开什么样的花，是一朵花的本能，又何须别人来置喙呢？

虽然如今再难见到一朵杏花，但杏花，依旧是那个杏花。依旧在山沟沟里"呼啦啦"地开得漫山遍野，如火如荼，绚烂到不顾一切，燃烧到酣畅淋漓。

愿你如杏，满不在乎。热烈而活！尽情绽放！

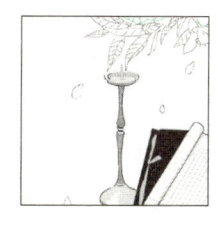

对一只狐狸怀柔

陈彦斌

几天前，王永浩告诉我，他看见一只狐狸在鸡舍附近转悠，要我当心点儿。当时我并没太在意。没想到它一下咬死十几只小鸡雏儿。

我许以重金把一位下夹子的高手请来帮我下夹子。我暗暗地想：只要你敢再来，何患捉你不住呢！一天早晨，我从后窗一看：有一只夹子真的翻了，当诱饵的死鸡也被狐狸拖走了，可夹子竟没有夹住狐狸。王永浩出主意说："咱们不妨搞点儿'怀柔政策'，喂喂它，说不定它吃了咱们的东西再不来偷鸡呢。"

第二天，我买回来一块牛肉，割下来一小块扔到鸡舍外面的草地上。直到第六天早晨，那块牛肉没了。

还真别说，从我给狐狸放食以后，再没有发生过丢鸡的事情，"怀柔政策"还真好使。从那以后，我时常给狐狸放些食物，却从来没有见过它。

一天傍晚，我一个人散步，忽然听到草丛中传出一阵细碎的脚步声，那只我一直没见过的狐狸终于出现了。它从一丛乱草窠子里钻出来，在离我十多米的地方站住，歪着脑袋打量着我，踌躇不前。

我也仔细地看着那只狐狸：尖尖的下颏儿，白面颊，黑黑的圆眼睛，披一身金黄色的毛。长得确实很漂亮，十分招人喜爱。我赶紧回到屋里，拿块肉扔给它。它看了一眼我扔过去的肉，并没马上过去，仍旧歪头打量着我。见我确实没有一点儿恶意，它突然几步蹿到那块肉前，张嘴叼起来，然后迅速地消失在了草丛中。这样过了一段时间，那只狐狸不再怕我了，它时常到鸡舍来朝我要东西吃。当我把肉扔给它时，它每次都是当着我的面把食物吃干净，然后舔舔嘴巴才慢慢地离开。

转眼间，一个多月过去了，我养的头一茬鸡也长到两斤来重了。这天我正在鸡舍里喂鸡，听到外面的王永浩在和什么人说话："你来了？"

我忙迎了出去，没想到来的竟是那只火狐狸。不过这次它还领了四只前蹿后跳的小狐狸。看到老朋友领着它的孩子来了，我赶紧让王永浩给它们弄点儿吃的，好好招待它们。那只狐狸还真像我们邀请来的贵客，彬彬有礼地领着四只小狐狸把头凑近喂食的盆子，边吃边抬头看着我们，直到把盆里的东西吃完，才领着它的孩子恋恋不舍地钻进枯草丛中。

那次它们走后，再也没到养鸡场来过。过后我时常想，那只狐狸可能是领它的孩子们来认认地方，好让它们长大以后，不要到这里来偷鸡吃吧？

狐亦有情！

把无才活成王者的高山榕

朱永波

汪曾祺在《人间草木》中对高山榕进行过描述:"大青树不成才,连烧火都不燃,故能不遭斤斧,保其天年,唯堪与过往行人遮阴,此不材之材。"

大青树即高山榕,是南方一个生命力极强的树种。汪曾祺说它"不材",是因为这种树树冠太大,树身太短,且材质一般,在木匠眼里没有价值,就连当柴也不好烧,只能遮阴。

从对人类的价值来看,高山榕似乎用处不大,但在自然界,高山榕是强者。

正因为不堪大用,做不了栋梁,高山榕才逃脱了人们的砍伐,长存于世。在南方很多村落,松树、杉木等大多随着岁月的流逝,成为木材,而高山榕却活成了古树名木,有些甚至成了当地独特的景观,吸引着各地游客前去瞻仰。高山榕不与松、杉争高低,反而成就了自己。

高山榕的另外一个生存绝技是附生。在热带雨林,由于气候温暖湿润,植被往往比较茂密,一粒种子要想在别的植物脚下突破重围生长起来,并不容易,于是高山榕独辟蹊径,选择了附生。

对别的植物来说,当鸟兽把含有种子的粪便排到树干上,便意味着这粒种子失去了生存机会;但是对富有生命力的高山榕来说,这恰到好处。高山榕种子在树干上迅速发芽,并利用树干上的养料和空气中的水分长出气生根,开始了"树上树"的生活。

这一棵依附在大树枝丫上的小苗甚至没有一些蕨类植物高大,但体内蕴藏着无穷的潜力。

细如麻线的气生根悬垂而下,扎根入土,然后变粗,最后形成很多树干状的支柱,时间久了,还会形成一木成林的奇观。而另外一些气生根则会缠绕着寄主主干,最终入土扎根。随着岁月的流逝,高山榕逐渐长大,寄主逐渐死亡,高山榕最终取代寄主,成为这块土地上新的主人。

高山榕绞杀寄主树木的行为看起来似乎是忘恩负义,其实这只是大自然的优胜劣汰,高山榕绞杀的往往是老弱树木,它的成功加快了森林植被的更新。

另外,纵横交错、一木成林的特殊结构也让它成为蕨类、兰花、蜈蚣藤等植被的寄主和鸟兽们的天堂,它的存在,让森林里的阳光、水分和空间分配更科学、更高效,森林也更生机盎然。

虽然在人类眼中它成不了"栋梁",它却靠自己的智慧成为森林中的王者,成为生命力和顽强的象征,并在生态系统中发挥着独一无二的作用。

孵小鸡

汤朔梅

我们小时候，每家都有三五只母鸡，一个宅上，总留有两三只公鸡。一个星期下来，能积储下二三十个鸡蛋。主人家就挑选出个大周正的二十来个蛋，小心地放到梅子瓮内，再用棉絮窝好，等待哪只老母鸡抱窝时孵小鸡。抱窝，是母鸡特有的生理周期。一般是一窝蛋下完后，母鸡就会抱窝。抱窝前的母鸡有个征兆，哪怕不是看到公鸡，看到人靠近，它也会俯下身子做驯顺状。而且此时，它懒得进食。这时主人就知道那母鸡要抱窝了。

于是，主人家就将母鸡抱起，放入已铺好鸡蛋的窝内。上面再罩一只畚箕或栲栳，使母鸡处在黑暗中，不辨昼夜。此时的母鸡显出作为母亲的温驯，"咯咯"的叫声也特别柔和。它轻轻地趴在蛋上，唯恐爪子伤了它的宝贝。又恐边缘的蛋得不到它翅膀的照拂而着凉，便轻轻翻动。完后，便微展翅膀，匍匐在蛋上，半闭着眼睛。而等待它的，是一个艰辛又漫长的孵化期。

在这段时间内，它不思茶饭。每隔两三天，主人家会把母鸡抱出来。此时的母鸡，极不情愿离开自己的宝贝，有时还会啄主人的手，可主人不怪罪。对鸡，人们一般都是捉住它的两只翅膀，而这时的母鸡，主人家却特别看重，就像对待一个坐月子的女人，所以一定是小心翼翼地抱着。虽然是畜生，可它也是母亲呢！于是给它喂上好的谷糠和干净的水。趁机将蛋翻动一遍，免得里面的蛋黄沾壳。

等到孵上个把星期，主人就会趁夜晚，用一张道林纸，在上面剪出鸡蛋大的洞，把蛋贴在洞口，就着燎泡灯，拧亮灯火，照照那蛋是否有色（受精）。那蛋在昏昏的灯火下，像月全食刚出来的月亮，晕红晕红。如果发现鸡蛋内有混沌初开似的血丝，那证明这个蛋有色；如果没有血丝，那就证明是无色。这无色的蛋称为"头照蛋"，于是拿出来做一般蛋处理，吃起来口味无异。

孵到两个星期，还要照一次，看看小生命的胎盘发育得是否健全。这过程就像孕妇做B超。那时，蛋壳内的生命已成雏形，依稀的脉络宛然，眼睛是两个小黑点。蛋黄都积淀在下腹部。如果发现小生命的肚皮与壳粘连，再把它剔除出来。那剔出的蛋叫作"孵退蛋"，也叫"喜蛋"。那时食物匮乏，喜蛋舍不得丢弃，就放在锅里一煮，吃起来香喷喷的。据说那东西大补，像婴儿出世时的胎盘——药名叫"紫河车"。

尽管大补，尽管那个年代没什么好东西吃，但我不敢吃。觉得那是个不幸的小生命，怪可怜的。它未能成鸡而夭折在襁褓中，没能看看这个由人主宰的世界；没能成为一只雄健的公鸡,雄赳赳地打鸣;也没能成为婷婷的母鸡,抱一次窝,养儿育女。真可惜!

看来一个生命能到世上走一遭,纯属偶然。那是比摇中几亿分之一的奖还要难的事情。孵至十五六天,主人还要给那些胚胎做最后的检查,不过已不能用燎泡灯照了。因为鸡蛋的胎盘组织液都已演化成肌肉组织,用照的方法是看不见的。于是主人就在一个脚桶内倒大半桶温水,将鸡蛋从老母鸡温暖的胳肢窝下掏出来,放入水中。等激荡的波纹平静后,奇妙的现象出现了。这些蛋大多在微微摆动,相互磕碰着。那是小生命在蛋壳内伸胳膊蹬腿的缘故。而没一点儿动静的,说明已胎死腹中。于是再剔出。这蛋一般没人吃了。因为上面已有疏松的羽毛,肠子里已有粪便。但也有人喜欢吃这个,就如有人嗜痂成癖一般。几经劫难,原来二十来个蛋,到这时仅剩十一二个了。

三个星期后的一个晚上,夜深人静时传来小鸡孤独的啾啾声,那是第一只破壳的小鸡,至天亮,那声音越来越稠密,因为所有的小鸡都破壳了。

此时的母鸡,已虚脱得鸡冠耷拉着,心力交瘁,拎起来分量很轻。此时的小鸡,怯怯的,憨憨的,脆弱得站也站不稳。本能驱使它们觅食,但只能吃些米糠或麦麸。外界稍有动静,它们就立刻往母鸡的怀里钻。它们在温暖而幸福的母亲的怀抱里,啾啾出无限的静谧与安宁。

一个星期后,母鸡的体力恢复了,小鸡的脚脖子也硬朗了。作为母亲的老母鸡,就带着孩子们到房屋的四周转悠。这是母亲给儿女们上的第一课,让它们熟悉环境。

现在,即便在农村,也难得见谁家孵小鸡了。除非是七老八十的农妇,闲着无聊,才好玩似的孵几只小鸡侍弄。我曾细心地观察过现代化养鸡场里的鸡。它们虽衣食无忧,也无风雨之困扰,只是一个劲儿地下蛋长膘,可它们不知道父母,从未体验过母爱,也从未有过兄弟姐妹间的情谊。它们不懂得得食后的相呼,只顾自私地享用。它们懂得什么是幸福吗?这只要看它们的表情与眼神就不难体会。那表情是呆板冷漠的,眼睛里只有迷惘、空虚与自私。

这要怪人,为了满足私欲,而对鸡雏的造孽。由此联想到那些父母遭猎杀后的小象,它们没有父母的言传身教,长大后就成了"问题小象"——叛逆、暴戾,不能与周围的世界和谐相处。再联想到人,鸡尚且如此,若人自小缺乏爱的熏陶,则情何以堪呢!

小白

一明

"小白"是父亲买回来的。

父亲买回来的猪崽自然都是好品种。当父亲将这头通体雪白的小猪崽拎进家门时，全家人无不眼睛一亮。

那时候谁见过白色的猪呢？俗话说老鸹子笑猪黑，千百年来猪都是黑色的呢！

"这叫约克夏，外国种。"父亲得意扬扬地说。

身为外国种的小白胆却小。刚满月的小猪崽当然得上一点儿好料，所谓好料也就是往米汤或者稀粥里兑一些糠面。跟小白同栏的还有一头猪，算得上猪兄，比它大，有三五十斤。猪兄本来有自己的食槽，可一见小白这边上了好料，二话不说就奔过来了。小白见了立刻怯生生地站在一边，一言不发地望着我婆婆。对猪兄的这种侵略行径唯一的办法就是制裁，所以，每逢给小白喂食，我婆婆就手持一根木棍站在圈外，直到企图偷食的猪兄逃开后小白才慢慢挪到槽边。小白每吃几口食都要抬头瞅婆婆一眼，小白的眼睛很好看，就像一潭清水里映着蓝天白云。

渐渐地，小白大了，猪崽一大饮食上的优惠也就没了。那年头喂猪主要是草，我的主要任务除了上学就是打猪草。打猪草有专用的筐，每天必须打满一筐。我们家离学校近，我每天一出校门立马拔腿往家里跑，只有打满一筐猪草才能吃晚饭，这是规矩。

尽管田头地角乃至漫山遍野不缺猪草，但猪委实太多了，那年头谁家不养一两头猪呢？那年头家家户户的狗懒得叫，瘦骨伶仃地偎在门边晒太阳，倒是圈里的猪一天到晚引吭高歌。

奇怪的是小白从来不叫，总是卧着，有人进来立刻蹿起，静静地站在槽边，用那双映着蓝天白云的眼睛看着你。

转眼一年过去了，小白已成"糙子"了。乡下喂猪二三十斤称为"半糙子"，到了五六十斤则称为"糙子"。糙是粗糙，不精致，"糙子"的意思大概是指初坯。头一年小白就从猪崽长成了"糙子"，这在当时属于生长很快的了。然而，令人始料不及的是，到了第二年，小白却一天天瘦下去了。小白的饭量似乎不见减小，可就是不着膘。不，不是不着膘，而是连原来的膘也日复一日不见了。按照惯例，到了第二年秋天就应该给小白催肥了，可小白依然干瘪。那年冬天很冷，还没有进"九"，第一场雪就下来了。我们估计，小白活不过这个冬天了，婆婆却仍然一如既往，打入冬起，就给小白喂熟食。婆婆还找生产队称了一捆稻草，拆了一床旧棉絮，为小白做了一个窝。半夜里，婆婆还常常披衣起床，去猪圈看看小白冻没冻着。每次给小白喂食，还要把煮熟的猪潲再回火一遍。

到了第三年春上，小白竟逐渐好起来了。腰身慢慢圆滚，毛色也有了光泽，只要我们出现在猪圈门口，小白依然像一只充了气的皮球噌地弹起。小白大了，成大白了，成了大白的小白目光里依然有蓝天白云飘着。

秋天快要结束的时候，小白肥了。按理，小白应该作为年猪留下来到冬天宰的，可婆婆偏偏要卖，任谁劝也没用。

没想到，临出门时，平日里安安静静的小白一反常态，一边声嘶力竭地喊叫一边发疯似的狂挣，三条汉子居然都无法近它身。没办法只得找来婆婆。婆婆唠叨着走进猪圈，说："小白啊，我养了你三年，你以为我就舍得吗？我也舍不得啊！可我舍不得又有什么办法呢？你毕竟是猪啊……"

婆婆哭了，泪流满面。

咻咻不止的小白突然一动不动，像一个做错事的孩子般耷拉下脑袋。

鲸之爱

[美] 赫尔曼·麦尔维尔 / 曹庸 译

仿佛是一条被戳伤的鲸，索桶里已经拉出了好几百米长的绳索把它拴住了；仿佛它在深潜到海底后，又浮了起来，弄得那根又松又卷的绳索，呈螺旋形直向空中浮冒起来。这时，斯达巴克所看到的，就是这般情况。

原来是一条鲸太太的一大卷脐带，而那条小鲸似乎还跟它母亲连在一起。在变化多端的追捕中，这并不是罕见的事，这根天然绳子，往往一从母鲸后边脱落下来，就跟那根麻绳纠缠在一起，所以也把那条小鲸给套住了。在这个令人迷惑的大池里，好像海洋的一些极难解的秘密也向我们展现出来。我们竟看到了小鲸在海底的亲昵景象。人类总是自私地把自己置放在最智慧的生物的位子上，以为只有人类的爱才配被写入文学经典，殊不知在这样静谧的海里，鲸鱼的爱如同暗流一般沉沉涌动，源源不断，这种原始的、恳切的爱，是与人类的母爱没什么分别的鲸之爱。

蜜蜂不用招呼

南在南方

一直想有箱蜜蜂,不说吃蜜,就是想着也高兴。父亲做了蜂箱,架在屋檐下,架了好多年,眼见着蜂箱老旧了,依旧是个空箱子。

在乡下,蜜蜂不用养,也不用放,它们野天野地过自个儿的好日子,可望不可即。只是它们要分家,要是正好遇着,抓把细土朝它们撒,一般,它们会歇脚,聚在树上,密密麻麻的一堆,收回来,倒在蜂箱里头,事情就这样成了。可是这样的时候难遇。

不想,大前年夏天,一群蜜蜂不请自来,住进了蜂箱。父亲高兴坏了,虽说这群蜜蜂不多,可是看着,眼睛像是甜的。

我们终于有箱蜜蜂了,除了冬天,乡间总有花开,李花白,桃花红,嗡嗡飞来采蜜虫,看见时,就想着这是我家的蜜蜂呢。

鲁迅先生写,"肥胖的黄蜂伏在菜花上"。那时老师要讲这个"伏"字的好,那时我只想着黄蜂又不采蜜,伏着干什么呢?要是蜜蜂伏在菜花上那才叫好。我看过蜜蜂采蜜,像个小无赖似的在花间打滚,粉头粉脸的可爱。花色不同,它们的后腿颜色也不同,黄的明黄,紫的淡紫,红的粉红,最好看的是它们在苹果花里工作时的那一双粉腿!后来看篇科普,才知它们的后脚确实与众不同,它们的后脚有个专门的名字:携粉足。

蜂箱一直在那里,大多时候,我们不管它,要是黄蜂来了,它们动静大,有点儿轰鸣的感觉,得用长竹拍子赶,虽说黄蜂是抢蜜大盗,不过,蜂箱留的缝很小,它们也没办法。到了冬天,找件棉袄盖着蜂箱,这是人的一点儿心意。

其实,蜜蜂冬天抱团取暖,不用担心会被冻坏,它们不停地运动,外面的朝里头挤,里头的朝外挤,挺祥和的大家族。

这世上有许多东西给我们甜。苹果、樱桃、梨子等,可这些果树一个不吃,我们从树上摘果子时,都有一点点歉意,像是吃独食。蜜蜂也给我们甜,可是它们自己也吃蜜,这样就有些分享的感觉。

虽说有一箱蜜蜂,可是我们一次也没取过蜜,动过心思,可打开蜂箱后,父亲总是犹豫,不知道它们够不够吃啊,反正咱也不缺这一口。又盖上了。

老家的蜂箱在,蜜蜂也在。我每回探亲,都要抽时间回趟老家,没什么事,东家坐了西家坐,要么就是坐在蜂箱对面,看蜜蜂,那种感觉,好像它们是看门人,想要亲近,却难得亲近。

第七章 时光低喃 锦年情事

悄悄话

□ 草予

四下无人，只有我们两个，男孩拽拽我的衣角，要我俯身，悄声附耳一句："告诉你，外面下雪了。"分明是句悄悄话，我却听来震耳。

原来悄悄话，说的是什么，并不要紧。要紧的是，我只对你说：你看，我将世界一把推开，只拉你在身边。

所以，悄悄话在交谈之余，往往另有他意。两个人在屋里，声音再响，也是"悄悄话"，没人能听去只言片语。可是不行，两个人还得轻声微语，句句咬耳。此时，不为言来语去，只为力证身心咫尺。

两个人在人群中，贴耳说着悄悄话，有时也不为说给对方听，而为说给别人看。有人见他们这般窃窃私语、谈笑风生，苦辣酸甜，总有一番滋味在心头。

最深情的代笔

沈嘉柯

我小时候读《红楼梦》，里面有一个章节，是说贾宝玉的爹出差去了，大观园里没有人管他，于是贾宝玉就光顾着和姐妹们玩。

过了一段日子，有消息传来，他爹办完皇帝交代的差事准备回来了，贾宝玉这才想起自己没有好好念书做功课，作业也没有好好写。

要知道，贾宝玉的爹贾政是一个非常挑剔和严厉的人，动不动就训斥儿子，甚至责罚打板子。他回来后，肯定要检查贾宝玉的作业。

贾宝玉这时候急了，连夜补写作业。问题是他平时玩得太爽，欠下的功课太多了。他只好请人代笔，他的姐妹们就杂七杂八地给他凑作业。

曹雪芹在《红楼梦》里淡淡地写了一笔："谁知紫鹃走来，送了一卷东西与宝玉，拆开看时，却是一色老油竹纸上临的钟王蝇头小楷，字迹且与自己十分相似。"

紫鹃是林黛玉的丫鬟，她送来的就是林黛玉给贾宝玉代笔的作业。

"钟王蝇头小楷"是什么样的呢？"钟王"就是钟繇的《戎辂表》和王羲之的《曹娥碑》风格的楷书。

"楷"字的本义是指一种乔木，又引申出了一丝不苟、端正细致，足以作为示范让人学习的意思，我们常常用到的词语是"楷模"。

"蝇头"的意思就简单了，像苍蝇的脑袋那么小。写这种书法字体，是极为劳心劳力的。

小时候不知道书法有多难写，也不通世事。成年之后，再读到《红楼梦》的这一节，我简直是内心沸腾，眼眶发酸，差一点儿落泪。

大家都知道林黛玉喜欢贾宝玉，可她到底有多喜欢呢？

林黛玉的身体不好，常年生病，睡眠也差，但是为了帮贾宝玉交差，这个身体孱弱的女孩子俯首书案，帮这个男孩代写了一卷作业。这一整卷，都是像苍蝇脑袋那么大的精致楷书，还要刻意模仿贾宝玉的笔迹，一笔一画，避免穿帮。

要多辛苦，就有多辛苦；要多用心，就有多用心。

就这么一卷代笔的楷书作业，放进去了林黛玉的无限深情。林黛玉从来不会在嘴上念叨"为你付出这么多"，她为的是她自己的心，而贾宝玉也对此心知肚明，感念于心，两个人有默契。

这两个玉儿如此情深，却未能白头。这部小说几百年来就像摧枯拉朽一般，掀翻我们的心。

无法释怀的告别

知乎君

你是否经历过"至今都无法释怀"的告别?

在这个知乎问题下,答主大猛说:

"我家的老宅在徐州某别墅区,隔壁邻居搬过来的时候,我大概8岁,他们家小女儿和我同龄,难得我们都喜欢养狗养猫,所以经常一起遛狗,一起成长。

"我大学快毕业的时候,是民间集资借贷最火的几年,后来"爆雷",好多家庭血本无归。邻居家的情况特别严重,不得已拿房子抵债。后来他们搬走了,没有和任何邻居告别。

"路过他们家时,我发现庭院中一片狼藉。我心里很难过,没有再看她一眼。

"一周后,我无意中看了短信,瞬间清醒。信息是她用一个连云港的新手机号码给我发的,大意是:她的爸妈要面子,怕邻居看不起他们,就决定不和邻居们告别了,但是她想搬家那天和我打个招呼,让我到时候打开院子后门。

"我的手机设置了陌生人免打扰,加上我确实不喜欢看短信,便错过了这则关键信息。而且,约定的那天,我们一家人都不在家。

"我忙打开家里的几个户外监控,摄像头是老式的,没有语音,我听不到他们说什么,却看到一幅让我难过的画面:她在我家后门敲门,没有人给她开门,又敲了一会儿,看她的样子是想给我打电话,然后她爸爸跑过来了,好像是让她走。后来她又回来,对着正门的半球监控勉强挤出一个笑容,然后挥了挥手。

"我赶忙给她打电话解释,发现那个连云港号码已经关机,徐州号码也已经欠费。父母说既然人家不开机了,就是不想让别人找到,给家道中落的人留一些面子和尊严吧。

"后来我多次梦见我们再次相遇,一起遛狗,互相抄作业。更是梦到那天,我准时把后院的门打开郑重地和她告别,道一句保重,告诉她:我们永远都是好朋友。"

后来,一位匿名用户回复道:

"你写我们小区事情的时候,我就知道是你了。我默默关注你了,还是特别关注。你养的金毛,名字叫MZ;我养的边牧,名字叫YB。暗号对上了吧?

"昨晚看了你的回答后,我感动了好久,本来不想回应的,犹豫再三,还是决定回应你一下。

"那天我没怪你,我也相信你不是我爸说的那种生性凉薄的人。

"我们不能相见,也不要找我,因为我和过去相差太大,我想把最美好的样子及记忆留在过去,女人的小心思,你这个大直男不会懂的。

"照顾好嫂子、侄子、侄女,我也结婚了,你有一个外甥女!

"对啦,我们永远是好朋友!"

我们的相遇，像一杯全套奶茶

李柏林

我和他第一次见面，是在学校旁的小吃街。

每天下了晚自习，我就会自觉地去那条小吃街买零食。有一次，我正在一家奶茶店里纠结喝哪种口味的奶茶时，一个男生在我后面说："他们家的全套奶茶最好喝。"

我回过头，看见一张清瘦的脸庞，惊讶地想，也有男生喜欢喝奶茶啊。就这样，我们都选择了全套奶茶。

走出奶茶店，我们结伴而行。他很仗义地跟我说，以后想吃什么告诉他，他就是吃这条街上的小吃长大的。于是，我们彼此留了QQ号，然后约定如果有好吃的，一定不要忘了互相推荐。

有时中午，我和同学买到好吃的零食，就会在晚上看到他的时候推荐给他。他有时也会在校门口等我，说他做了一个美食攻略，放学后一定要去试试。

学校附近有家店的麻辣烫太好吃了。为了吃上一碗热气腾腾的麻辣烫，我们都会空着肚子等着下自习，待下课铃声一响，就以百米冲刺的速度跑进麻辣烫店，然后点上一碗，觉得人生都圆满了。

很多时候，等我们点完菜品，其他同学才陆续来到店里。我们互相调侃，真是干啥啥不行，吃饭第一名。看着面前冒着热气的麻辣烫，还有对面的他，我突然觉得，高中的压力也没有那么大，有什么是一碗麻辣烫解决不了的呢？

还有那深夜里油滋滋的烤鱿鱼，冒着热气的关东煮，以及香气四溢的烤鸡腿，都让我垂涎三尺。现在想想，我给他的印象，也许是在昏暗的灯光下，吸溜着粉条满脸沉醉；也许是在马路边一口一个炸串，吃得满嘴冒油；也许是端着奶茶，边喝边问他，接下来吃什么？

每次他都会笑着说："看你吃东西真治愈，别的女孩子都怕长胖，你好像越吃越嗨。"

有时候，我们在路灯下边吃边展望未来，他说，以后他想当个编剧。我说，那要给我安排一个怎么吃都超可爱的角色，情节我来想。

可是，后面的情节，我并没有参与。

有一天中午放学的时候，我看见一个女孩给他送便当，她又瘦又好看，跟我是完全相反的类型。看着他们说说笑笑，我心里突然有一种说不出的悲伤。那时的我，因为喜欢在晚上吃小吃，体重直接涨了二十斤，脸上还冒出了很多痘痘。也是在那时，我才认真地看着镜子里的自己，生出淡淡的哀愁。

从那以后，我再也没有和他说过话，以学业繁忙为由，拒绝了他的所有约饭活动。后来的高中岁月，我也总是绕过小吃摊，就像在校园里躲着他一样。我想，没有一个编剧会把故事的主角安排成一个吃货。而我们，也仅仅是"饭饭之交"，我更不愿意充当别人青春的衬托。虽说如此，我的心里还是带着一丝抹不去的自卑。

高中毕业后，我们没了联系，年少的故事也就此搁浅。

大学时，我开始压抑自己对所有食物的兴趣，甚至很害怕别人觉得我是一个吃货。可每次路过路边摊，我总会想起那段高中岁月。

我想，我不是在怀念他，只是怀念那段无忧无虑的青春，不用担心身材和长痘，而现在要考虑身材，考虑颜值，所以提起吃，我才会觉得又快乐又忧伤吧。

一晃好多年，有一次我回母校参加校庆，居然又见到了他。少年时的横冲直撞都已不在，我也变得内敛很多，可是那些陈年往事都在叩击我的心门。我想起曾经我们一起胡吃海喝的那些夜晚，他见过我肆无忌惮的样子，也见过我满脸青涩的样子，也只有他，见过我身为吃货的样子。

我们礼貌地打了招呼，我装作开玩笑地问："你和高中喜欢的那个女孩在一起了吗？"他听后惊讶地说："高中的时候，不是只跟你混在一起吃东西吗？那时候我妈知道我的钱都买了吃的，总以为我吃不饱，还经常让我妹给我送吃的。"

他感叹了一句："那个年纪真美好，那一年吃的小吃，比我这辈子吃的还多啊。"

我诧异地问："你不是跟我一样喜欢吃麻辣烫、烧烤、奶茶吗？"

他不好意思地说："那次，只是恰巧我妹让我帮她带一杯全套奶茶。"

我们都沉默了。

我好像明白了什么，但是一切又不知道该从何说起。那年的我们，是柠檬水的酸，是小蛋糕的甜，是巧克力的苦，是麻辣烫的辣。而如今，这些都成了藏在我心底的咸。

分别时，他告诉我，吃东西是一件多么美好的事情啊，自信的女孩永远是最可爱的。

那晚，我突然想大吃一顿，这些年错过的鸡腿和麻辣烫，我想全部补回来。可是，我们错过的那些路，该怎么补回来呢？

我的心里像是有一道门被打开了，那些被压在心底的悲伤如洪水猛兽般冲进来，我开始明白，这世上有一些难过，是一碗麻辣烫治愈不了的。

闺蜜问了一句："你喜欢过他吗？"

我说："没有啊，只是觉得以后的日子，大家不能在一起吃路边摊了，有一点儿难过。"

我该怎么说喜欢呢？我们之间，从不联系的那刻开始，就走上了两条不同的路。我在十七岁的夜色里，就已经把他弄丢了啊。

那夜，月色浮动，时光流淌过我盛大的年华，只留下单薄的记忆。谢谢上天给我安排一场吃货戏份，不管后来的人生是何滋味，我都不会忘记相遇时的那杯全套奶茶，是十七岁肆无忌惮的甜。

我好喜欢爱对了人的感觉

小狐狸很想谈恋爱,可惜,她不知道该找什么样的人。有一天半夜,小狐狸发朋友圈说,好想吃夜宵呀。一个男生给她发信息,两个人聊得挺开心的;另一个男生给她买了烤串和奶茶,敲了敲她的门,就走了。

小兔子问她:"你喜欢哪一个?"

小狐狸说:"我听人家说,不要被男生给你剥虾、买奶茶、说一两句情话,这些低成本的付出所感动,你要看他的谈吐、视野、情绪管理,这些才是时间叠加起来的高质量付出。"

小兔子说:"你不能一边享受人家的用心,一边又看不起人家的付出。所有的善意,都应该被善待。再简单的付出,也在某一刻提供了情绪价值,不贬低别人的付出,也是一种教养。你知道什么是甜甜的恋爱吗?"

小狐狸摇摇头。

小兔子说:"人家凭什么偏爱你?因为他付出的一切,你看得见,你感受到他的用心,你回应人家的用心,然后,一件小事,突然有了浪漫的意义。如果你不喜欢呢,大大方方告诉人家,不要给人家期望。单方向享受,对别人来说,就是爱的剥削。不能喜欢的人送你一杯奶茶,就谈情绪附加价值;没那么喜欢的人送你一杯奶茶,就谈奶茶的成本只有3块钱。奶茶还是那杯奶茶,是你的爱为它加了糖。"

小狐狸恍然大悟,说:"原来回应才是真正喜欢一个人的开始。"

我好喜欢爱对了人的感觉,两个人一起为同一份感情努力,你给我剥虾腾不开手,我递给你奶茶吸溜一口,你问我虾好不好吃,我说好吃好吃,我问你奶茶甜不甜,你说甜甜甜。笑发自肺腑,付出总是碰到回应,可以互相宠成小孩,又可以互相成长。

谈恋爱嘛,主打的就是一个沉浸式开心,至于吃什么,喝什么,玩什么,聊什么,没那么重要,重要的是,互相陪伴的那一刻,自带七分甜。

衷曲无闻

感情里真正的美好

《梦中的那片海》开播的时候，我追过一段时间。其中有一个名场面，是贺红玲重新戴上小红帽，把春生约到什刹海冰场，想要来一波回忆杀。弹幕里，刷得最多的是："春生低谷你不陪，东山再起你是谁"。

或许正如叶芳所说，贺红玲谁都不爱，只爱自己。她清楚地知道自己想要的一切，并能将身边的人利用到极致。

当初得知肖春生很有可能永远站不起来的时候，她挣脱春生紧紧抓住她的手，头也不回就走了。

后来春生混得风生水起，她居然有脸说出"你当年一封信把我甩了，就当一切都没发生过吗"。

反倒是佟晓梅，明明是春生的"书签女孩"，在春生爱上红玲以后，选择祝福。在春生瘫痪以后，为了照顾他，几乎是自毁前程选择复员。

从现实角度考虑，贺红玲不愿为了瘫痪的春生搭上一辈子也能理解。但她完全可以先缓一缓，而不是那么急切地跑去分手，在给过自己那么多帮助的男友陷入最低谷时再插上一刀。

而肖春生，自始至终对她没有说出哪怕一句重话，他坦坦荡荡地承认爱过她，承认过往的时光很重要。

只是，人生不能重来，每一个曾经做出的选择，都会推着他们向前走。

她静静地站在那里，目睹曾经的爱人转身离去，牵起另一个女孩的手，泪水无声地滑落。

这一名场面，其实也传达了一种很正的爱情观："初恋"这个概念，并不重要。人生总有几段感情，就是用来错过的。

突然想起我带的第一届学生，有个女生在一个雷雨交加的夜晚，因为害怕而来找我聊天，提到自己和同班的一个男生恋爱了。但她觉得男生不太有上进心，认为只要考上500分就光宗耀祖了，放假了就坐不住，要么玩手机要么看电视，碌碌无为的，在他身上看不到未来。

我好奇地问："那你们何必在一起？"

她说："我还没和他在一起的时候，有段时间我胃疼，他晚上熬夜看了球赛之后又给我煮粥，接着去上课。这种待遇，我从没享受过。"

还没等到高中毕业，他们就分手了，男生消沉过一段时间。多年以后，陪在男生身边的，是班上的另一个女生。在女友的眼里，他成熟冷静，学习能力强，有担当，彼此包容、鼓励，应该会幸福完满一生。

在开始之前，熬夜煮粥送红糖水都算不得什么事，在结束之前，"赌书消得泼茶香，当时只道是寻常"，才算美好。

请拥抱在场的一位异性

温美鱼

在大家还不会打扮或者打扮得过度的时期,他却干干净净,一件白色校服衬衫,一个发自心底的露齿笑,便足以占据我的整个心房。

第一次知道他,是在新生典礼上,他作为学生代表在主席台上发言,那时候太阳还是很毒辣,我用手挡着太阳,从缝隙里窥见了站在高处的他,他也一样晒着太阳,嗓音却像秋日的泉,清越的声音萦绕在我耳旁。

说真的,我突然想在太阳底下多站会儿。

当我知道他和我是一个班的时候,我不知道自己在激动什么,只是在他进教室的时候不经意地瞥了两眼,便心虚地收回视线。

其实也不应该意外,我擦着线进入重点班,他都是新生代表了,肯定也是重点班的学生。

他的成绩很好,在我们班名列前茅,他的性格也好,问题解答不出来的时候老师如果不在,便会有许多同学跑到他课桌前求教。

那是一个普通的下午,教数学的刘老师有事先走了,刚好那天的数学作业有道题很难,班上做出来的人很少,重点班从来不缺好学努力的学生,有女生去问他:"陈界,你做出来了吗?"

我看着女生转过去问他问题,有那么一刻,我好羡慕她。

"做出来了。"

女生一听眼睛都亮了:"快,大神,教教我。"

许多人听到声音便围观讲题,又一次,我左边他的位置围满了人。

我心里有个小人在贪婪地叫嚣着,去看看呗,他对所有来问问题的女生都不拒绝,也肯定不会拒绝我的,我并不胆小,可想着要问他题目,却怎么也没法上前。

我躲在人群后,借着缝隙看他白皙的手在草稿纸上飞速地写字。

我和他的课桌只隔了一个人,我想,这便是我和他最近的距离吧。

他耐性极好,语速不紧不慢,声音像有魔力,勾走了我的魂。这时,下课铃响,题目刚好讲完,大家很有默契地一哄而散,我还愣愣的,不知道是谁,忙着回座位,把我往前推了一把。

眼看着要摔到他身上,我用力撑着桌角,终于刹了车。

他抬头,一双很好看的眼睛撞入我的眼底。

一瞬间,我心跳加速。

"你是要问题吗？"

一回生二回熟，有了上次向他问题目，我也成了向他请教问题的常客，我们慢慢地熟络起来了，终于不再是点头之交。

我问过他："教别人不浪费你的时间吗？"

"不会，教别人可以发现问题，还可以巩固知识点。"

体育课上，我球技不精，足球满操场跑，我狼狈地跟着球跑，这时，球向我滚来，是有人帮我踢回来了。还没等我抬头，他的声音就从不远处传来："不用谢。"

我笑出声，抬头看他，大片晚霞在他身后，全部成了陪衬。

他冲我笑了笑。

高中的时间过得真的很快，一转眼竟然到了高三，一下子从高一新生变成了整个学校最大的一届。我看着面前题目冗长的数学题，眼皮在打架，我真想一头栽到桌上睡死，可是耳边络绎不绝的翻书声让我觉得这时候睡着就是罪恶。

我拍拍自己的脸，打算画一会儿画醒醒神，我坐姿端正，在草稿纸上画起了画，或许我真的太困了，大脑放空，完全不经思考，只是把自己日思夜想的他画在了纸上。

就在这时，他向我借稿纸，我迷迷糊糊，想也没想就递给了他一整本草稿纸。

我困顿着一双眼，看着他接过我的草稿纸，目光落在纸上，又翻了几页，看了很久。

我顿时一激灵，抢过他手上的草稿纸。

天哪！我第一次希望我画得很差。

我小心翼翼地，不敢说话，泪水就在我的眼眶里打转，我坐在座位上，不敢看他。

察觉到他的气息靠近，我抿唇，脸红了大半。

"这是你的草稿纸，刚才掉出来一张。"

我多想，多想，抬起头来，看看他的表情。

从那之后，他没有提起，我告诉自己，他没看出来。

百日誓师那天，学校安排了著名心理导师给我们开讲座，班上人已经走了大半，我和他被老师留下来批改试卷。

到大堂的时候已经人满为患，我和他挑了个小角落，坐在了一起。

心理导师准备了许多小游戏，我提不起兴趣，直到他说：

"请拥抱在场的一位异性。"

听到的那一刻，我的心脏疯狂跳动起来，不敢看他。"做不到的，要深蹲哦。"

全场哄乱一片，就在我准备做深蹲时，落入了一个温暖的怀抱。

那一刻，我的世界好像只剩下他的声音，以及我的心跳声。

"我觉得行星不应该围着太阳转，应该自己成为太阳。"

不知不觉间，我已经泪流满面。最后环节，心理导师让大家上来拿着话筒，一人说一句话。我第一个上去。我说："我要进前十！"很不幸，他只是短暂地在我的世界降落。

很幸运，在最好的年纪奋斗拼搏，没有辜负自己来时的路。

分手52年后

马尔克斯《霍乱时期的爱情》的故事并不复杂：一个叫阿里萨的年轻人，20岁的时候爱上了小姑娘费尔米娜，费尔米娜当时才16岁。阿里萨用尽心力，想方设法不断给她写信，两个人很简单地相爱了。但是费尔米娜的父亲粗暴地拆散了他们，把费尔米娜带回老家，在山里的乡村生活了一年多。当这对年轻人久别重逢的时候，费尔米娜忽然发现自己不爱他了。后来她就嫁给了社会名流乌尔比诺医生，这位医生从法国留学回来，家境很好，是上流社会的精英。他们结婚的时候，彼此的感觉都很清楚，乌尔比诺其实一点儿也不爱她，而费尔米娜不久就发现自己也很鄙视他。

两个人就这样生活了52年。终于有一天，乌尔比诺意外去世了。老年的阿里萨又向费尔米娜表达了爱意，两个人毅然决定在一起。他们乘坐在一条船上，船上飘着一面代表霍乱的旗帜，这样其他人都不敢上船。他们同眠在那条飘着霍乱旗帜的船上，顺流而下，再也不畏惧世人的眼光。小说结尾，两个人心里发出一生一世在一起的誓言，这时候两个人都是白发苍苍的老人了。

这个故事听上去与常见的爱情小说不一样，很热烈，很浪漫，但又有很深切的痛苦，痛苦的成分远远大于浪漫。这里面的痛苦，用费尔米娜的话来说，就是"年轻的时候，上一代说你不懂爱情，所以不能决定自己的感情。老了的时候，年轻人又说你们太老了，不应该再谈爱情了"。费尔米娜的这番话，说出了生命里极具悲剧性的感受。

这让人想起思想家卢梭的话："人生而自由，但无处不戴着枷锁。"在现代社会，爱情是一个人最大的自由，谁也不能把你捆着去结婚。但精神的枷锁无时不在，很多人年轻时难以承受形形色色的压力，放弃了爱情这个最大的自由，用内心的枷锁重重地毁灭了青春。很多小说就写到这里，写成了悲剧。但《霍乱时期的爱情》不同，这部小说把生命的暮年写成了爱情的黄金时段，青春复活了，年轻时代所有的顾忌都被抛弃在河水中，只有爱情的旗帜高高飘扬。这就把卢梭的话反过来了，可以说是"人生而戴着枷锁，但无处不存在着自由"。

费尔米娜和阿里萨分手52年之后，在白发苍苍的年纪，终于又走到一起。这是一种脱离常规的爱，比他们年轻时的恋爱更有锐度，就像霍乱一样令人高热、神志不清，却开放出最绚烂的野性之花。

男朋友想要的安全感

蕊希

在真正恋爱之前，我对"男朋友"这三个字有很强的刻板印象。

他应该像偶像剧里那样，英俊潇洒、完美强大，永远能在最危急的时候出现，为我的人生遮风挡雨。但在恋爱之后才发现，偶像剧之所以受欢迎，就是因为它足够梦幻，而现实是：没有人可以永远强大，男朋友也会有很多意想不到的弱点。

恋爱一个月的时候，我发现男朋友好像怕狗。

那天晚上，我们在河边散步，迎面跑来了一只泰迪，我还没来得及反应，就被男朋友拉到了一旁。

我能感觉到他情绪的紧绷，他的眼睛一直盯着那只小狗，直到它消失才放松下来。

那一刻，我突然觉得他好无能啊，一米八的个头竟然会害怕一只小小的泰迪，这件事说出去肯定很丢人吧。

他解释说，他小时候被狗咬过，所以有了阴影，对所有的狗都有着条件反射般的恐惧。

虽然我能理解他当时的心情，但心中多少还是有些别扭。没想到男朋友在外面不仅不能保护我，遇到狗的时候竟然需要我挡在他的身前，做他的保护伞，这跟我想象中的恋爱角色真的完全不符。可仔细想想，除此之外，他好像没什么其他不好的。

我们在一起时相处很融洽，他会在我生病的时候守在身边照顾，会在我不开心的时候提供很多很多的情绪价值，和他恋爱之后，我的人生也一直在稳步向上。

所以后来时间久了，我竟然也习惯了在看到小狗的时候挡在他面前。

老实说，这种被依靠的感觉好像也不错。

其实在恋爱中，女生不一定总要扮演被保护的角色，真正相爱的话，两个人会相互支撑，成为彼此的保护者。你可以向我袒露你的脆弱，而我，愿意成为你的盔甲。

之前在网上刷到过一个视频：一个女生为了帮助男朋友克服恐高症，非要带他去蹦极。男朋友刚开始出于爱妥协了，但当他站在蹦极台上往下看的时候，马上开始后悔，想终止这项活动，而这个女生居然走上前毫不犹豫地把他推了下去。

作为一个同样有点儿恐高的人，看到男生被推下去的一瞬间，我的心跳都似乎停滞了一秒。

也是那一刻，我才意识到有些东西就是难以克服的，不能因为对方是男生，就强行让他变得无坚不摧。

每个人都是复杂而多样的，女生可以柔软也可以坚强，而男生可以强大也可以脆弱。

女孩子不一定非要一直躲在男生身后，很多时候，我们也有能力撑起感情中的一片天。

我想跟你一起洗手做羹汤

柒先生

我在青岛开了一家名叫"柒小汪包子铺"的包子铺。

有一个姑娘特喜欢鱼香肉丝口味的包子,每次都是点两笼,一笼在店里吃,一笼打包带走;后来有天晚上,姑娘来得有点儿晚,那天是七夕。

姑娘找了一个墙角坐下,我给她上了一笼包子和一碗小米稀饭。没一会儿,她说:"老板,你们家的辣酱怎么这么辣?"然后,她"哇"的一声哭了。

姑娘说:"我喜欢上了一个人。他对我很好,指导我如何打电话,如何约见客户,让我度过了毕业实习最灰暗的那段日子。他组织整个部门的人给我过生日。我加班到很晚,他会送我回家。我扭伤脚,他背着我送到医院,还为我熬鸡汤。情人节他怕我落单,就送我玫瑰花请我看电影。我以为的爱情,也不过就是这个样子吧。可是今天他答应陪我看电影,我去了电影院,却看见女总监抱着爆米花,挽着他的胳膊。"

我说:"人家对你的好,出于习惯出于礼貌,你当真了。现在,你知道就好了。"

这时候,包子师傅径直向我们走过来。我很疑惑地问:"你不是去看电影了吗?"

包子师傅从口袋里掏出一张电影票,拍在桌子上,说:"我才是那个大傻瓜,好吗?"

他对着姑娘说:"从你来包子铺第一次买包子,我就喜欢上你了。我看到了你的实习工作牌,巧的是我朋友在你们公司当个小主管,我叮嘱我朋友让你帮他带包子,让他在工作上帮助你,就是为了能时常见到你。"

"你生日那天,我买了大蛋糕让我朋友叫你的同事给你过生日。我不知道我该以什么身份遇见你,我就是一个包包子的。情人节那天我买了花,都走到你们办公室了,觉得太唐突,还是让我朋友给你的。你还记得不,那张卡片上画着一个笑脸,因为我不知道该写点什么。"说完,包子师傅拿起桌子上的笔,然后在电影票上画了一个笑脸。

"你扭脚的那一次,是我给你熬鸡汤,给你送过去的,可惜那一次,你睡着了。我放下鸡汤,叮嘱我朋友一定要让你喝。"

我很惊异地看着包子师傅,然后长长地"哦"了一声,我终于知道当年丢的那只鸡飞去哪里了。

包子师傅说："我终于鼓足勇气，买了四张电影票，让我朋友约你，我们一起看电影。我想，当时就跟你表白，你知道吗？我等到电影开场，打你电话，没人接，我就从电影院回来了。现在，你知道了吧，我喜欢你，喜欢了一个傻傻的姑娘。"说完，包子师傅居然哭了起来。

　　我看看桌子上的两张电影票，看看一脸惊异的姑娘。姑娘看看墙上的钟表，然后拿起两张票，说："票挺贵的，别浪费了，如果现在咱俩跑得足够快，应该可以看个大结局呢。"

　　从电影院出来，姑娘说："我想出去走走，散散心。"包子师傅说："既然你要来一场说走就走的旅行，那我只好来一场奋不顾身的爱情了。"

　　鱼香肉丝姑娘辞职了，包子师傅也辞职了，他们做了一个很奇怪的旅行约定："我不希望我们是因为没见过世面而在一起，以为对方就是自己的世界。你往南走，我往北去，把所有诱惑经历个遍，倘若再碰见，我们一起洗手做羹汤。"

　　那一场独自旅行为期两个月，要求不准联系对方，各走各的。

　　有一天，姑娘没忍住，给包子师傅打了一个电话，问："你在哪里？"

　　包子师傅说："你猜？"

　　鱼香肉丝姑娘笑了笑，沉默了一会儿，说："我心里。"

　　包子师傅说："分开以后，走了那么多的路，见了那么多的景，才发现，我只喜欢一条。"

　　鱼香肉丝姑娘问："哪一条？"

　　包子师傅挠挠后脑勺，笑了笑："我心里到你心里。"

　　鱼香肉丝姑娘说："这一个月来，我越来越发现，所谓情侣一场，不过就是我携一盏灯照亮你的路，你提剑前行壮着我的胆，你走前，我断后，把我们想要的生活一遍一遍过完。你要是在我身边的话，我们可以吃着喝着聊着，多好。"

　　包子师傅说："据说，你楼下的烤肉不错。"

　　鱼香肉丝姑娘疑惑地问："你怎么知道？"

　　包子师傅说："你别管，给你五分钟下楼，我等你。"

　　鱼香肉丝姑娘出了酒店门口，包子师傅就站在那里，手里拿着一棵大西蓝花。他挠挠后脑勺，尴尬地说："楼下没有卖玫瑰花的，只有这个，好歹是花，一会儿我们烤着吃，配着培根卷，可好吃了。"

　　鱼香肉丝姑娘问："你怎么知道我住这里？"

　　包子师傅说："我哪能轻易让你走丢，你走到哪儿，我跟到哪儿，你走走停停看风景，我停停走走看你。"

　　鱼香肉丝姑娘笑着说："你犯规了，从一开始，你就跟踪我？"

　　包子师傅把手里的喇叭递给鱼香肉丝姑娘，说："从今天起，你一吹喇叭，我就出现在你的面前。"

　　鱼香肉丝姑娘拿着喇叭，说："我想吃鱼香肉丝包子了，特别想。"包子师傅说："我们回家？"

　　后来，我知道，原来"我爱你"这么说——一个姑娘说："老板，来两笼鱼香肉丝的包子"。一个少年说："老板，加醋，加辣酱"。

你爱的其实是当初的懵懂

荆方

我朋友小G十七岁那年,遇到了生命里的第一个男生,是她的师哥,阳光、开朗的大男孩。两人迅速相爱了,但岁月并不静好,分分合合了好几次,最后分道扬镳。

直到分手五年后,传来男生得白血病的消息。得到消息时,男生恰好来小G的城市治病,她去医院见了他最后一面。不久,男生就去世了。

我小心翼翼地问:"他去世后,你很难过吧?"小G却淡淡一笑:"我最难过的日子是分手后那年,为了忘掉他,我离开父母和朋友,独自去一个陌生城市流浪。"而男生的去世,给这段初恋画上了一个句号。

我问她当初为什么会分手,小G说,现在想起那些撕心裂肺的分手戏码,其实十分戏剧性,比如约着一起去晚自习,她迟到了十分钟,他没有等她就独自去了;比如他开玩笑地评价了一下她的装扮,她生气要他道歉而他没有,等等。这些鸡毛蒜皮,被初恋的两个人燃成冲天大火,又将他们烧得体无完肤。

小G说,他们都是初恋,用生命投入这份感情,爱得太用力,一点点分歧都会引起排山倒海般的挫败感,每一次冲撞都鲜血淋漓,两败俱伤。原来,近十年中反复折磨自己的,不是别人,正是自己内心生长出来的莽撞和任性,而他,同样被这样的莽撞和任性折磨着。

小G最后评价:"初恋是一场吃相难看的盛宴,因为我们还没有学会优雅地享用。而对方是唯一看到我们吃相的那个人,因此我们会格外苛责对方,折磨对方。"

在生命的各种体验里,任何第一次都自带勇敢的懵懂和毫无保留的投入,这懵懂和投入在以后的岁月里只能越来越少。所以,任何第一次所带来的震撼和惊艳,都是无法忘怀的。人这一辈子,感官的偏好总是和最初的体验纠缠不清。记忆里的初恋总是唯美而深刻的,并不是因为那场爱情最特别、最浪漫,也不是因为那个人最优秀、最美好,而是因为,那是你遇到的第一场爱情。

初恋是一朵镶了金边的玫瑰,它可以像勋章一样挂在胸前,也可以像珠宝一样珍藏在盒子里,却不能日夜盛开在花园里,因为真正开在花园里的玫瑰,都要经历四季轮回、生老病死的残酷现实。

小 草

张世勤

公元前139年，张骞从长安动身的那一刻，远在千里之外的她尽管全然不知，但她和他的命运纠结已经开始了。司马迁没有记录下她的名字，为了叙述方便，我先临时给她取一个，比方说小草。

汉武帝希望穿越被匈奴控制的西域诸个小国，联络最西端的大月氏，进行两面夹击，策略正确，只是实施起来难度之大，可想而知。这不，张骞一行刚进河西走廊，就被匈奴的骑兵抓了个正着。

这时候，小草出场了。这算不得美人计，军臣单于的意思不过是，我也不杀你，但你还是忘记你那所谓的外交使命、安下心在这儿过日子吧。身为俘虏，张骞没有太多的选项。对小草来说，她能拥有的选项可能比做俘虏的张骞更少。两个命不由己的人只能走到一起。

青青草原，大漠荒沙。张骞不得不放下使命，生儿育女。这一晃就是10年，看管他的人认为他早已被同化，了无异心，便懒得理他，这为他的逃跑创造了条件。

这天，他和他的随从收拾行装，像每天外出打猎一样做着准备。这个时候，只有小草知道，他们分别的时刻到来了。她不想把事情挑明，是因为她还没做好随他而去的决定。更重要的是，他们相濡以沫10年，张骞也未向她挑明，说明他也并没有带她远走的打算。她只默默给了他一个拥抱，仿佛是想把曾经的10年留住。

好不容易逃出来，他们一路向西，终抵大月氏。可此时的大月氏已经放弃了抗击匈奴的打算。落寞回返的张骞使团，放弃北道，改走南道，沿昆仑山一线向东，为的是避开匈奴的势力范围。但曾经独立的羌人地区早已沦为匈奴附庸。他们再次成为匈奴人的俘虏。

这个结果是小草万万没想到的。她本以为他们之间的缘分已经结束了，当初分手时的那一抱，对她来说已经是决绝。但历史就是这么诡谲，小草和张骞又见面了，又生活到了一起。但很快，军臣单于的死和匈奴内部王位争夺的动乱，又给张骞的出逃腾出了空间。

这一次，小草没有再选择用一个简单的拥抱草草了事，而是直接打起包裹，坚定地跟他们同行。他们一路往东，回到长安。也许，到达长安后，她才多少知道了张骞出使西域这件事的伟大。

如果她真有要求的话，我相信并不高，她可能只想要一个名字。对在一个伟大的事件中，付出了13年青春、心血和爱情的女人来说，仅仅要一个名字，应该不算过分。

11号线的爱情

七毛

我们不认识,甚至没说过话。我想你应该不记得,12月20日,跟往常一样,我挤上了早上8点20分的11号线地铁。上海早晨阴冷的风像刀子一样割着我的脸,一出家门,我这迎风落泪流鼻涕的毛病又犯了。

然而今天,我忘带纸了。

我拖着两行鼻涕跑进车厢,门正好关上。毕竟很丢人,我小心翼翼地吸进吸出,生怕被挤在旁边的人发觉。"给。"我的胳膊肘被谁轻轻碰了一下,听到一个清脆利索的男声。转过头,看到拿着纸巾的你愣了一下,我这一把鼻涕一把泪的,你是不是以为我在哭?那一刻,我脸红红的,穿过熙攘的人群,只看到你。

你长得很好看,是我喜欢的那种浓眉大眼的男生。你穿着一件蓝色短款棉衣,里面配白色卫衣,围着一条黑色的毛绒围巾,比我高很多。你眼神清澈,看着我。我不敢正视你。

人群把我们隔开,我感觉跟你隔着两个世界,我还没来得及跟你说声谢谢。接下来,我一直用余光打量着你。你站在那头,有着好看的侧脸和温顺善意的神态。我就这样痴痴地盯着你,直到你下车。江苏路站,我记住了。

没想到,第二天,我刚上地铁就看到你了。我们竟然能连续两个早上遇见。

不,是我遇见你。

你掏出一本书,我看了下,那是契诃夫的短篇小说集。我喜欢契诃夫,这本我也看过,冥冥之中,好像跟你更贴近了一些。

这一天,我脑海里全是你。

我上班的时候想你,开会的时候想你,就连中午休息时趴在办公桌上想的也是你。想着你看我的清澈眼神,想着你认真翻书的模样,想着你离开时那高大的背影。我想我是喜欢上你了。

第三天,我提前半个小时起了床,决定认真化个妆。

我看着镜子中的自己,略施粉黛。眉毛是昨晚临睡前修的,眼线也练习了很多遍,选了最大方得体的口红色,涂了点儿腮红,看着年轻了好几岁。我特地挑了件卡其色大衣,配上贝雷帽,穿上闲置在鞋柜很久的黑色高跟鞋,也不算很高,我还能轻松驾驭。出门前又照了次镜子。舒服、精神、漂亮,万无一失。

从进地铁检票口那一刻起,我的心率就错乱了。

3分钟后，8点20分的11号线出现了。我知道，你来了。

屏蔽门打开，我进去，人还不算多。才两秒，整个车厢都被我的眼睛搜索了一遍。我在找你，而你正好在。

你手捧着书，站在地铁两节车厢交界处，很稳，根本不需要扶手。我慢慢往你那边挪了下，在距离你一米的位置停下来，扑通扑通的心跳让我不敢再向前。

第四天，我差点儿疯掉。从我上车那刻起，你就一直盯着书，没抬头看我一眼，这让我有点儿失望。我期待昨天像井一样深邃的眼神再次袭击我。

好在下一站，跟往常一样挤进了很多人，纷扰的人群把我挤得后退了好几步，我终于有理由站到你旁边了。几乎是下意识地头皮发麻、心跳加速、脸部发烫，我想我此刻脸一定红透了，不敢抬头。靠近你，除了眼睛，我全身都在看你。今天，我压抑的感情突然被你唤醒，喷薄而出，一发不可收。

于是我做了一个疯狂的决定。

第五天，到了江苏路站，你跟随人群走了出去。我踏出车门，跟在你后面。你上了扶梯，我离你大概10米。看着你高大的背影，我再一次恍了神。我竟然跟着你出来了。

你走出站，往左边继续走。我继续跟着你。鬼使神差地，我跟着你走了进去。你在电梯口排队，每次人多的时刻，你都能有条不紊不急不躁，安静等待，我想你在生活中肯定是一个成熟稳重的男人。

我又走近几步，看见你按了23楼后，我马上转身。等确定电梯门关闭后，我从隔壁电梯上去。

23楼到了。你不见了，我也没有再前进。但我知道你每天在上海某个角落上班，从此想念有了落脚地。我对你的幻想，终于超出了狭窄的地铁。

第六天，我一遍遍彩排今天上前跟你打招呼的场景。我想你是知道我的，从第一天你递给我纸巾的那刻起，你就认识我了。

我一头栽进你的眼眸，就像跌进爱情的无底洞。

8点20分，地铁来了。你来了。

你今天看起来很高兴，这是我第一次看到你的笑脸，那么惬意、舒服、好看。我整个人都要融化了。

奇怪，今天你手里竟然拎着一个袋子，是那种上班族早上拎在手里的饭盒袋。以前我带饭去公司吃，也是上下班提着。原来你会做饭，这么一看你，有种居家感。

好了，我要往你那边挤挤，打算开口跟你说一句迟到的"谢谢"。我对着玻璃理了理头发，整了整衣服，收拾好表情。我脚还没迈出，就看到一幕场景，脑子里一片空白。

你转过身，对着后面的一个女生说了句话，温柔暧昧。说完你搂着她。我突然定在那儿，如鲠在喉。她肯定是你女朋友。一种羞耻感吞噬着我。

拥挤的地铁里，我觉得全车人都在盯着我笑话我，在下一站车门打开的那刻我迅速挤了下去。我憋着一口气，在地铁消失的那一刻，突然哽咽起来。

第七天，我提前10分钟进地铁，走到末尾的车厢。

空调的风依旧在吹，身边挤满陌生疲惫的脸。屏蔽门开了又关，多少人来了又散。从此，我再也没有遇见过你。

多谢你出现

周末，闺蜜小秋约我去玩密室逃脱，路上突然有辆电动车从斜后方冲过来，我和小秋被撞到，电动车主见状竟然加速逃离了现场。我并无大碍，小秋却摔倒，膝盖磕在台阶上，沁出细密的血珠。

我连忙轻声安慰生气的小秋，随后从包里翻出消毒纸巾和碘酒棉签，先小心擦拭伤口周围的灰尘，再用棉签滚过伤口，所幸小秋只是轻微擦伤，并无大碍。看着她衣服上的污渍，我又掏出了免洗喷雾，喷了几下后轻轻揉搓，再拿纸巾擦掉泡沫，显眼的污渍只剩下淡淡的痕迹。

小秋对我说："我们也太倒霉了吧，不过多亏有你。"

小秋的话让我有些恍惚，同样的话我也和林淮讲过。

林淮高我两届，他大三那年，我刚刚入学。迎新晚会上林淮弹唱了一首情歌，我在台下鼓掌拍红了掌心，对他一见钟情。晚会结束后，我在离后台最近的出口等了一个多小时，终于等到了林淮，开口要他的微信。

和林淮恋爱的时候，我总是冒冒失失，丢三落四，经常打翻茶水蘸料、磕碰受伤。林淮的兜就像个百宝箱，装着皮筋、创可贴、去污剂，还有用来哄我的巧克力。

和林淮分手后，我因为这份冒失，吃过许多亏，狠狠摔过几次后终于长记性，养成了万事先准备的习惯。人也更加成熟，碰到事情第一反应是去想解决办法，而不是抱怨和哭泣。不知不觉中，我逐渐变成了林淮的样子。

等到了地方，店员告诉我们，本场游戏需要组队。换好衣服从房间里出来，我一眼就看见了坐在沙发上的林淮。这是分手之后我第一次同林淮见面。

林淮是个完美的男朋友，他包容我所有的任性与情绪，明明是我追求他，可我才是被偏爱的那个人。那时我太过年幼，只觉得恋爱大过天，满脑子都是些折腾人的新奇想法，全然不顾临近毕业的林淮，被学业与实习搞得焦头烂额的压力。

最后他为了照顾我，拒绝了许多机会，留在本市工作。他工作认真，得到领导赏识，被推荐去总部进修，这意味着我们将面临起码两年的异地。我自然不肯，冲着他大发脾气。闹到最后，我口不择言地对林淮说："这份工作有什么好的，你为什么不愿意进我爸爸的公司？大不了我养你啊。"话音未落，林淮难堪的脸色让我十分后悔。但我不愿意低头，赌气和他分手。后来我再也没有见过林淮。

其他队友陆续到场，自我介绍后，我才知道林淮的身份是冒险者，而我是他的守护者。

密室里的工作人员十分尽职尽责，我刚走到拐角，就被突然冲出来的怪物吓到惊声尖叫。"别怕。"下一秒，有人伸手握住了我的手，熟悉的安全感瞬间席卷全身，是林淮将我从恐惧的旋涡中拉出。

我跟在他身后，透过微弱的昏暗灯光，看着我们紧握的双手，不由得鼻头一酸。我深呼吸了几次，终于平复了心情。

稳住了情绪，我沉下心来认真收证，绞尽脑汁破解谜题，配合着林淮一步步推理，找到最后的通关钥匙，而门上挂着十排共一百把锁，一模一样，完全没有破绽和线索可言。作为守护者，我可以选择牺牲自己换到一个提示。正当我举起道具卡准备呼唤工作人员时，林淮按住了我。"要走一起走。"

林淮挑中了第五排第九把锁，然后插入钥匙扭动，"吧嗒"一声，锁开了。我的心也跟着"吧嗒"一声，像是被人丢进了一块巨石，荡起无数涟漪。五月九日，我的生日。

他拉着我推开门走出密室，猛然从昏暗密闭的小房间进入灯光通明的大厅，我一时间有些难以适应这样的强光。林淮伸手遮住了我的眼睛，缓了好一会儿才放开。

等在门口的老板冲着我们拉起一个小小的礼花炮，我在纷纷落下的彩带里与林淮相视一笑。我们拿到了第一名，老板送了个小玩偶，林淮把它塞进我怀里。

散场后林淮说请吃饭，小秋找了个蹩脚的理由离开，临走前还冲我拼命挤眼。事已至此，我当然明白今天这场和林淮的偶遇，应该是早有安排。

林淮带我去了一家附近的湘菜馆，落座后将菜单递给我，我没有推托，点了三菜一汤，上菜后林淮看着那道芹菜炒牛肉有些愣神。

我对芹菜，算得上厌恶，别说吃，光是闻到味道，就开始皱眉。偏偏林淮爱吃芹菜，我们恋爱后第一次外出吃饭，我看着桌上的芹菜发脾气，从那以后林淮再也没有点过。

我不再是当年那个事事以自我为中心的人，也学会更加平和的相处方式，更能看见在一段关系中对方付出的真心。

我越来越像林淮，新认识的朋友们都说我是个理性温和的人，反倒是林淮，多了几分我从前的率性与脾气。我们被彼此改变的那部分，融汇成习惯。

我想起林淮上个月发布的动态，他得到了留在总部进入核心团队的机会。

"恭喜你啊，事业有成。打算留在那边了吗？"

"我一直都没有打算留在总部。"林淮放下筷子直直与我对视，"这里有更加重要的人。"

我听懂了林淮的话，眼泪夺眶而出。

我想我再也不会错过林淮。

人鱼会乘轮滑抵达

既禾

韩嘉树有一双红色的轮滑鞋,鞋子的一侧印有一个小小的人鱼,它坐在海边的礁石上,看着映在水面上的月亮。买鞋的时候,韩嘉树第一眼就喜欢上了这双,闺蜜方方也买了同款人鱼图案的鞋子。

没多久,形形色色的社团开始纳新,她们一起加入了学校的轮滑社。

"嘉树,你什么时候才能和我们一起玩轮滑啊?"方方很多次问起。

韩嘉树轻笑着摇摇头,指了指自己的脚踝,然后看方方失落地撇撇嘴,戴上护具独自滑出宿舍。

大一的时候,韩嘉树不小心扭伤了脚踝,如今大半年过去了,脚上的伤早就恢复利落,但这依旧是她拒绝与方方一起去玩的借口。方方怎么会知道,让韩嘉树疼痛的,本就不是那无辜的脚踝,而是和方方牵手飞驰在校园里的陈一。

韩嘉树喜欢陈一,那个在后来成为方方男朋友的陈一。

那天晚上,方方去部门开会,技术生疏的韩嘉树和轮滑社小伙伴一起在路上练习,边滑边整理头发的间隙,和图书馆走出来的陈一撞了个满怀。男生直接坐倒在地上,怀里的书戏剧性地扬了一地;韩嘉树来不及调整平衡,也张牙舞爪地摔了下去。不同于同龄人的桀骜,陈一甚至连惊讶的声音都没有发出,更无抱怨和咒骂,反而条件反射地跳起来去扶摔在一旁的女生。

那一刻,她觉得眼前的男生的善意,格外真实而温暖。所以在帮忙捡书的时候,她借着昏暗的路灯,瞥了一眼他掉在一旁的校园卡——陈一。

一次,这个名字竟然意外地被方方提起:"嘉树,你知道吗?轮滑社新来了一个叫陈一的男生。他真的好帅啊!你要是没受伤,就可以和帅哥一起玩了……"

方方又说了什么,韩嘉树已记不清了。她只恍惚地觉得,那晚昏暗的路灯下温和有礼的少年再次从心头掠过,然后留下一阵挥之不去的悸动。

但那时,她的脚踝在练习刹车的时候扭伤了,一度告别轮滑在宿舍里休息。

没多久,韩嘉树开始频繁地听到陈一的名字。久而久之,韩嘉树在方方的转述中,知晓了他所在的学院,他的性格,甚至他的喜恶和悲欢。

那是韩嘉树第二次见到陈一,但显然,陌生而客气的陈一只以为是与她的初次相见。

三个人一起去学校外面的小吃街吃饭,韩嘉树更加确信,这不只是简单的引见,因为在四个人的长桌上，方方顺理成章地坐在了陈一那边。

韩嘉树缓缓抬头看向陈一，扯出一个生硬的笑，然后配上从电视里学来的台词："这姑娘傻乎乎的，你好好疼她。"

方方和陈一的感情很快升温，两个人一起相约去玩轮滑，飞驰在校园里的每个角落。

"你知道陈一为什么突然加入轮滑社吗？"有一天，方方突然神神秘秘地问起韩嘉树，和她分享着少女甜蜜的心事。

据陈一说，他喜欢上方方，是从一次偶然撞在一起开始的，那时他觉得，这个摔倒了一点儿也不娇气的女生格外帅气，于是莫名其妙地动心了。但当时光线太暗了，他没有看清女生的模样，只记得她脚下红色的轮滑鞋。于是他辗转加入轮滑社，盯着鞋子找到了自认为"命中注定"的她。

"虽然我早就不记得什么时候撞到过他，不过觉得自己真的很幸运。"方方说。

韩嘉树一言不发地愣在那里，那原本是属于她的幸运啊。

韩嘉树没想到陈一和方方的恋情会短暂如昙花。

和陈一分手后，方方几乎闭口不谈其中的缘故，所以那一日，在图书馆遇见陈一时，韩嘉树怕对方尴尬，最终选择视而不见，没想到陈一主动提出到一楼的咖啡厅坐坐。

陈一说，方方喜欢热情，而他沉默的时间居多；他最爱的哲学和心理学，是方方觉得最无趣的事物。韩嘉树极力控制着眼泪，她更加坚信，自己才是喜欢他的，并且拥有他喜欢的样子，却唯独少了那张本该属于她的入场券。

"我看过你发表在杂志上的文章，也记得你引用过的那段话。"陈一突然换了话题，走神的韩嘉树有些措手不及。他继续自顾自地说着："你说得对，把萍水相逢当命中注定，最傻了。"

韩嘉树知道，他说的那段话，出自《飘》："我缝制了一套美丽的衣服，并且爱上了它，后来艾希礼骑着马跑来，他显得那么漂亮，那么与众不同，我便把那套衣服给他穿上，也不管他穿了是否合适，我不想看清楚究竟怎样。我一直爱着那套美丽的衣服，根本不是爱上他这个人。"而他和她，恰恰都是爱上美丽衣服的那个人。

"我觉得，大概你才是陈一喜欢的类型。"大二，韩嘉树在宿舍里练习书法的时候，方方突然若有所思地嘟囔着，"他喜欢的样子你都有。"

那年生日，她收到了两张卡片，一张塞在一套崭新的轮滑护具中，方方用娟秀的字体写着"铠甲勇士向前冲"；另一张夹在厚厚的《飘》中，上面是陈一的字句："你不仅仅是艾希礼，更是最适合我美丽衣服的那个人。"

韩嘉树有些缓不过神，看着看着，就哭了。

那天，她终于拿出了那双被自己放到盒子里的鞋子，小小的人鱼依旧静默坐在海边的礁石上，不过她想，或许穿上轮滑鞋，人鱼公主总能抵达她想要的幸福。

站在你左侧，却像隔着银河

郭飞发牢骚是因为子惜——他青梅竹马的邻家小妹。

"我从来不知道，人生的出场顺序这么重要，我只是比他晚出现几小时，就永远没有机会了。如果还有下辈子，我一定会买最早的那趟火车，我要堵在你的校门口，让你一辈子都遇不到他！"

这是郭飞第一次发牢骚。在这之前，郭飞从不怨天尤人。

从懂事开始，郭飞就喜欢子惜。只是当时年纪小，郭飞不道那就是喜欢，就觉得对子惜好，自己会很快乐。等到知道什么是喜欢的时候，家境的衰败让郭飞陷入了自卑之中。他怕自己配不上子惜，他也怕子惜瞧不上自己，他更怕子惜知道了还装作不知道。

14岁，子惜成了郭飞的闹钟，迫使他准时准点出门，只为和子惜一起去学校；15岁，在学校写完作业之后，他每天负责送子惜回家，灯光把他们俩的影子拉得很长；16岁，子惜学着织围巾，把第一个失败的实验品送给了郭飞，郭飞欣喜地说着"真丑"，却怎么也舍不得摘下来；17岁，他们在公园边聊个没完，说梦想、说家长和老师的不像样；18岁，他们分道扬镳，去往不同的城市上大学。

年少时喜欢一个人，心里就像是有场海啸，可也只能静静地站着，不敢让任何人知道。

即便如此，郭飞对子惜的好也从未间断，几乎变成了习惯。

上高三的时候，子惜脸上的青春痘呈现泛滥的趋势，大大咧咧的子惜倒是不在意，郭飞却急个半死。有一次，郭飞偶然听见医生让一位患者多吃苦瓜来去火。

郭飞插话问："那苦瓜能治青春痘吗？"

医生模棱两可地说："苦瓜既是好菜，也是好药，它清火、解毒、和胃、护肝、养心。"

郭飞以为自己得到了肯定的答案，欣喜得像是找到了灵丹妙药。回到家，他就做了一桌子"苦瓜宴"，苦瓜炒鸡蛋、苦瓜汁、苦瓜煎饼、苦瓜汤……他挨个装好，给子惜送去。

为了帮子惜根治青春痘，他在阳台上种了四棵苦瓜，悉心照料，等苦瓜结果了，就变着法地做给子惜吃。做苦瓜的次数多了，郭飞还总结出了两个减轻苦味的小妙招：一个是"瓜片要切薄一些"，越薄苦味越淡；另一个是大火快炒，炒的时间越长

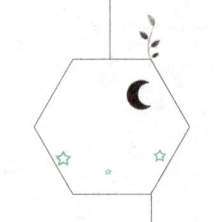

就越苦!

子惜却不买账,嘴巴都快撅上天了:"不吃不吃,坚决不吃,丑死我也不吃,打死我也不吃。"郭飞依然耐心地劝:"尝尝嘛!"

高考出成绩的那天,子惜对郭飞说:"我能和你填同一所学校吗?"郭飞没有回答。送子惜去上大学的时候,子惜面无表情,火车开走了,郭飞捂着脑袋,难过地说:"我多么想和你去一所学校啊,可是你那么努力地拼搏了三年,考了那么好的成绩,就不该陪我去一所不入流的大学啊!"

上大二的时候,郭飞去子惜的学校看她。没多久,子惜偷偷告诉郭飞,说自己有喜欢的人了,郭飞的心抖动得像缝纫机的针脚,直到子惜说出了一个陌生的名字,他才意识到自己错过了什么。但他依然什么都没说,努力佯装平静地听着,像个树洞。

子惜本来和那个男生是没有交集的,就是因为去火车站接郭飞,在校门口被那个男生撞到了。然后二人就鬼使神差地产生了交集。那个男生本来是有喜欢的女生的。子惜多方打听之后才知道是一个文文静静的高挑女生。

子惜问郭飞:"你说,我要不要改一改性格,变得文文静静的?你说,他会不会喜欢我?"

郭飞回复道:"苦瓜如果没有苦味就不叫苦瓜了,除去苦味它将变得黯然失色。你也是一样啊。突然变成乖乖女,你就不是你了。"

子惜回了一个字:"哦。"

子惜最后还是和那个男生在一起了。大四快结束的时候,子惜邀请郭飞去见见他未来的妹夫。他在子惜口中变成了"表哥",而这次见面的意义也被定义成了"见家人"。

郭飞跟在子惜后面,一步一步地往约定的咖啡厅挪。到了约定地点,见到了那个让郭飞"咬牙切齿"的人,郭飞显得很紧张。真正喜欢一个人的时候,连假想敌都会让自己方寸大乱,更何况那个"情敌"此时就大大方方地坐在自己对面呢?

闲谈下来,郭飞看出了那个人的能力和教养,以及处处流露出的对子惜的疼爱。他突然释怀了,他觉得这个人值得托付,也配得上子惜。

大学毕业后的第二年,子惜告诉郭飞:"明天,我就要结婚了。"

郭飞把准备了两三年的一段话给删了。他只发了四个字:"祝你幸福!"

然后,他起身到库房里,把很久没骑的摩托车擦干净,趁着夜色赶到了子惜的住处附近。他坐在摩托车上一直等,直到清晨,接亲的车队出现了。

郭飞在不远处看着,他看到了子惜不属于他的样子,他在心里骂了一句:"真好看,和我想象的一个样!"

他跟在车队后面,经过了一起放学走过的那条街,经过了那所高中,绕过了曾一起逛过的公园,终于在一家豪华酒店门口停下了。外面噼里啪啦地响起了礼花的声音。

自那以后,郭飞每年都会在自家的阳台上种上一排苦瓜。每逢挂念子惜的时候,他就认认真真地清炒一盘苦瓜。